LOVELAND PUBLIC L

000588831

W9-CRQ-581

violet
y
finch

jennifer niven

violet y finch

Traducción de Isabel Murillo

DESTINO INFANTIL Y JUVENIL, 2015
infoinfantilyjuvenil@planeta.es
www.planetadelibrosinfantilyjuvenil.com
www.planetadelibros.com
Editado por Editorial Planeta, S. A.

Título original: *All the Bright Places*
© 2015 by Jennifer Niven
© de la traducción: Isabel Murillo, 2015
Esta traducción se ha hecho mediante acuerdo con Random House
Children's Books, una división de Random House LLC.
Extracto del poema *Oh places you will go* de Dr. Seuss TM y
© Dr. Seuss Enterprises L.P. 1990. Utilizado con el acuerdo de
Random House Children's Book. Random House LLC. Una empresa
de Penguin Random House. Todos los derechos reservados.
© Editorial Planeta S. A., 2015
Avda. Diagonal, 662-664, 08034 Barcelona
Primera edición: mayo de 2015
Tercera impresión: febrero de 2017
ISBN: 978-84-08-14142-6
Depósito legal: B. 7.315-2015
Impreso por Huertas Industrias Gráficas, S. A.
Impreso en España – Printed in Spain

El papel utilizado para la impresión de este libro es cien por cien libre
de cloro y está calificado como **papel ecológico**.

No se permite la reproducción total o parcial de este libro, ni su incorporación
a un sistema informático, ni su transmisión en cualquier forma o por cualquier
medio, sea este electrónico, mecánico, por fotocopia, por grabación u otros
métodos, sin el permiso previo y por escrito del editor. La infracción de los
derechos mencionados puede ser constitutiva de delito contra la propiedad
intelectual (Art. 270 y siguientes del Código Penal).
Diríjase a CEDRO (Centro Español de Derechos Reprográficos) si necesita
fotocopiar o escanear algún fragmento de esta obra. Puede contactar con
CEDRO a través de la web www.conlicencia.com o por teléfono
en el 91 702 19 70 / 93 272 04 47.

Para mi madre,
Penelope Niven,
mi lugar más radiante

El mundo nos rompe a todos, mas después,
algunos se vuelven fuertes en los lugares rotos.

ERNEST HEMINGWAY

finch y violet

Loveland Public Library
Loveland, CO

Vuelvo a estar despierto. 6.º día

«¿Es hoy un buen día para morir?»

Es lo que me pregunto por la mañana al despertarme. En clase, a tercera hora, cuando intento mantener los ojos abiertos mientras el señor Schroeder sigue soltando su rollo. En la mesa, a la hora de la cena, mientras engullo las judías verdes. De noche, mientras permanezco en vela en la cama porque mi cerebro no se desconecta por culpa de todo lo que tiene que pensar.

«¿Es hoy el día?»

«Y si no es hoy, ¿cuándo?»

Me lo pregunto también ahora que me encuentro en una estrecha cornisa a seis pisos de altura. Estoy tan arriba que prácticamente formo parte del cielo. Miro la acera y el mundo bascula. Cierro los ojos, disfruto de la sensación de las cosas girando. Quizá esta vez sí lo haga y deje que el aire se me lleve. Será como flotar en una piscina, dejarse arrastrar hasta que no haya nada.

No recuerdo cómo he subido hasta aquí. De hecho, no recuerdo prácticamente nada anterior al sábado, y nada que sea anterior a este invierno. Sucede siempre: la mente en blanco, el despertar. Soy como ese viejo con barba, Rip Van Winkle. Ahora me ves, ahora ya no. Cualquiera pensaría que ya me he acostumbrado a eso, pero esta última vez ha sido peor si cabe, puesto que no he permanecido dormido un par de días, o una semana o dos, sino que he permanecido dormido durante todas las fiestas, es decir, Acción de Gracias, Navidad y Año Nuevo. No sabría decir qué es lo que ha sido distinto esta vez, solo que cuando me desperté me sentí más muerto de lo habitual. Despierto, sí, pero completamente vacío, como si alguien se hubiese estado alimentando de mi sangre. Ahora estoy en mi sexto día desde que volví a despertar y en mi primera semana de clase desde el 14 de noviembre.

Abro los ojos y el suelo sigue allá abajo, duro y permanente. Estoy en la torre que alberga la campana del instituto, en una cornisa de unos diez centímetros de ancho. La torre es pequeña, con unos pocos metros de hormigón rodeando lo que es la campana en sí, y luego este murete que actúa a modo de barandilla y al que me he encaramado para llegar donde estoy. De vez en cuando golpeo una pierna contra él para recordarme que está ahí.

Tengo los brazos extendidos como si estuviera dando un sermón y toda la ciudad, no muy grande y aburrida, aburridísima, fuera mi congregación.

—¡Damas y caballeros! —grito—. ¡Les doy la bienvenida a mi muerte!

Cabría esperar que dijese «vida», ya que acabo de despertar, pero es justo cuando estoy despierto que pienso en morirme.

Grito al estilo de un predicador de la vieja escuela, sacudiendo espasmódicamente la cabeza y pronunciando las palabras de tal modo que vibren al final, y a punto estoy de perder el equilibrio. Me sujeto por detrás, pensando que es una suerte que nadie se dé cuenta de ello, ya que, afrontémoslo, aparentar que no tienes miedo cuando estás aferrado a la barandilla como un pollo al palo del gallinero resulta complicado.

—Yo, Theodore Finch, sin estar en pleno poder de mis facultades mentales, lego la totalidad de mis pertenencias terrenales a Charlie Donahue, a Brenda Shank-Kravitz y a mis hermanas. Todos los demás, que se j...

En casa, mi madre nos enseñó desde muy pequeños a decir esa palabra deletreándola o, mejor aún, ni deletrearla (si debemos utilizarla) y, por desgracia, es una costumbre que tengo arraigada.

A pesar de que ya ha sonado la campana, algunos de mis compañeros de clase siguen pululando por el patio. Es la primera semana del segundo semestre del último curso de bachillerato y ya se comportan como si hubieran acabado y no estudiaran aquí. Uno de ellos levanta la vista en mi dirección, como si me hubiese oído, pero los demás no, bien porque no se han percatado de mi presencia, bien porque saben que estoy aquí y piensan: «Oh, bueno, no es más que Theodore *el Friki*».

De repente, gira la cabeza y señala al cielo. Al principio pienso que me señala a mí, pero es entonces cuando la veo, a la chica. Está a escasos metros de mí, en el lado opuesto de la torre, también ha superado la barandilla para encaramarse a la cornisa, su cabello rubio oscuro se agita con la brisa, el bajo de su falda se infla como un paracaídas. Aunque estamos en Indiana y en enero, va descalza, solo con medias, y veo que sujeta las botas en la mano y tiene la mirada fija en sus pies o en el suelo, es difícil adivinarlo. Está paralizada.

Con mi voz normal, no la de predicador, digo, manteniendo al máximo la calma:

—Te lo digo por experiencia, lo peor que puedes hacer es mirar hacia abajo.

Muy lentamente, vuelve la cabeza hacia mí. Conozco a la chica, o al menos la conozco de verla por los pasillos. Abre un poco los ojos al ver que estoy aquí y, por mucho que me gustaría pensar que lo hace porque soy guapísimo, sé que no es así.

No puedo resistirme.

—¿Vienes mucho por aquí? Porque digamos que este lugar es mío y no recuerdo haberte visto nunca.

Ni ríe ni pestañea, sino que se limita a mirarme desde detrás de unas gafas anticuadas que le ocultan casi toda la cara. Intenta dar un paso hacia atrás y su pie impacta contra el muro. Se tambalea un poco, y antes de que caiga presa del pánico, digo:

—No sé qué te ha traído aquí arriba, pero, a mi entender, la ciudad se ve más bonita y la gente más agradable, incluso las peores personas parecen casi amables. Con la excepción de Gabe Romero, Amanda Monk y toda esa gente con la que vas.

Se llama Violet Nosequé. Es una animadora muy popular, una de esas chicas con las que jamás pensarías tropezarte en una cornisa a seis pisos de altura. Detrás de esas gafas tan feas, es bonita, parece casi una muñeca de porcelana. Ojos grandes, una cara dulce en forma de corazón, una boca que ansía esbozar una sonrisilla perfecta. Es una chica que sale con tíos como Ryan Cross, la estrella de béisbol, y se sienta con Amanda Monk y otras abejas reina a la hora de comer.

—Pero, afrontémoslo, no hemos subido hasta aquí para disfrutar de la vista. Te llamas Violet, ¿no?

Pestañea una vez, y lo tomo como un sí.

—Theodore Finch. Creo que el año pasado estuvimos juntos en álgebra.

Pestañea de nuevo.

—Odio las mates, pero no es por eso que estoy aquí. Lo digo sin ánimo de ofender, si es por eso que estás aquí arriba. Lo más probable es que seas mejor en mates que yo, porque casi todo el mundo es mejor que yo en mates, pero tranquila, no pasa nada, ya que destaco en cosas más importantes, como en la guitarra, en el sexo y en decepcionar constantemente a mi padre, por nombrar solo algunas. Por cierto, por lo visto eso que cuentan de que nunca acababas utilizándolas en el mundo real es verdad. Las matemáticas, me refiero.

Sigo hablando, pero me doy cuenta de que estoy quedándome sin fuerzas. En primer lugar, necesito mear y, por lo tanto, no son solo mis palabras las que vibran. (Nota para mí mismo: antes de intentar suicidarte, recuerda echar la meadilla.) Y en segundo lugar, empieza a llover, razón por la cual, con la temperatura que tenemos, acabará convirtiéndose en aguanieve antes de que alcance el suelo.

—Empieza a llover —digo, como si ella no lo viese—. Supongo que luego dirían que la lluvia arrastrará la sangre, que nos dejará hechos un amasijo menos complicado de retirar. Lo que me preocupa, no obstante, es eso del amasijo. No soy un engreído, pero soy humano, y no sé tú, pero a mí en el funeral no me apetece dar la impresión de haber pasado por la trituradora.

Está tiritando o temblando, no lo sé muy bien, de modo que voy aproximándome a ella centímetro a centímetro, con la esperanza de no caer antes de llegar allí, porque lo último que deseo es quedar como un imbécil delante de esta chica.

—He dejado claro que quiero que me incineren, pero a mi madre no le va.

Y mi padre hará lo que ella diga para no disgustarla más de lo que ya lo esté, y además está lo de «eres demasiado joven para pensar en estas cosas, ya sabes que la abuela Finch vivió hasta los noventa y ocho. No tenemos por qué hablar de eso ahora, Theodore, no preocupes a tu madre».

—De manera que me pondrán en un ataúd abierto, lo que significa que, si salto, no estaré nada guapo. Además, me gusta mi cara así, intacta: dos ojos, una nariz, todos los dientes, un detalle que, si quieres que te sea sincero, es uno de mis mejores rasgos.

Le sonrío para que vea a qué me refiero. Todo donde debe estar, al menos exteriormente.

Viendo que no dice nada, sigo aproximándome muy despacio sin dejar de hablar.

—Sobre todo, me sabe mal por el tipo de las pompas fúnebres. Vaya trabajo de mierda, y encima tener que ocuparse de un tarado como yo.

Alguien grita desde abajo.

—¿Violet? ¿Es Violet la que está allá arriba?

—Oh, Dios mío —dice ella, tan bajito que apenas la oigo—. OhDiosmíoohDiosmíoohDiosmío.

El viento le levanta la falda y le alborota el cabello. Parece que vaya a salir volando.

Abajo se oye un murmullo y grito:

—¡No intentes salvarme! ¡Solo conseguirás matarte! —Y entonces añado, muy bajito, dirigiéndome solo a ella—: Mira, vamos a hacer lo siguiente. —Debo de estar a poco más de un palmo de la chica—. Quiero que lances los zapatos hacia donde está la campana y que luego te sujetes a la barandilla, simplemente que te agarres a ella, y cuando hayas hecho eso, que te apoyes bien y levantes el pie derecho para pasarlo por encima del murete. ¿Entendido?

—Entendido —dice, moviendo la cabeza en un gesto de asentimiento que casi le hace perder el equilibrio.

—No muevas la cabeza.

—Entendido.

—Y, hagas lo que hagas, no te equivoques de dirección y des un paso adelante en vez de darlo hacia atrás. Contaré hasta tres, ¿entendido?

—Entendido.

Arroja las botas en dirección a la campana y caen sobre el hormigón con un ruido sordo.

—Una. Dos. Tres.

Se agarra a la piedra y se apuntala. Luego levanta la pierna y la pasa por encima y queda sentada sobre la barandilla. Mira hacia el suelo y me doy cuenta de que se ha quedado paralizada, así que le digo:

—Bien. Estupendo. Pero deja de mirar hacia abajo.

Dirige lentamente la mirada hacia mí y con el pie derecho busca a tientas el suelo de la torre del campanario, y en cuanto veo que lo encuentra, digo:

—Ahora pasa la pierna izquierda como puedas. Y no te sueltes de la pared.

Tiembla con tanta fuerza que hasta le oigo el castañeteo de los dientes, pero veo cómo acaba juntando el pie izquierdo al derecho y sé que ya está a salvo.

De modo que solo quedo yo. Miro abajo una última vez, más allá de mi cuarenta y siete de un pie que no para de crecer —hoy llevo unas zapatillas deportivas con cordones fluorescentes—, más allá de las ventanas abiertas del cuarto piso, del tercero, del segundo, más allá de

Amanda Monk, que está en la escalera de entrada riéndose a carcajadas y agitando su cabellera rubia como si fuese un poni, sujetando los libros por encima de su cabeza en un intento de coquetear y protegerse de la lluvia al mismo tiempo.

Miro más allá de todo esto y me concentro en el suelo, que está ahora húmedo y resbaladizo, y me imagino tendido allí.

«Podría saltar. Estaría hecho en cuestión de segundos. Se acabó Theodore *el Friki*. Se acabó sufrir. Se acabó todo.»

Intento superar la inesperada interrupción que me ha supuesto salvar una vida humana y retomar lo que tenía entre manos. La percibo durante un minuto: la sensación de paz cuando mi mente se acalla, como si ya estuviera muerto. Soy ingrávido y libre. Nada ni nadie que temer, ni siquiera a mí mismo.

Entonces oigo una voz a mis espaldas que dice:

—Quiero que te sujetes a la barandilla y que, cuando estés bien agarrado, te apoyes y levantes el pie derecho para pasarlo por encima del murete.

Y de repente noto que pasa el momento, que tal vez ya ha pasado, y ahora me parece una idea estúpida, con la excepción de la cara que pondría Amanda cuando me viera pasar volando por su lado. Río solo de pensarlo. Río con tanta fuerza que casi me caigo, y me asusto —me asusto de verdad— y me agarro y Violet me sujeta justo cuando Amanda levanta la cabeza. Entorna los ojos. «Bicho raro», dice alguien. El grupillo de Amanda se mofa. Amanda ahueca las manos junto a la boca y enfoca hacia arriba.

—¿Estás bien, V?

Violet se inclina por encima de la barandilla sin soltarme las piernas.

—Estoy bien.

Veo que se entreabre la puerta de acceso a la escalera del campanario y que aparece mi mejor amigo, Charlie Donahue. Charlie es negro. No negro como los que salen en las series de la tele por cable, sino negro negro. Y creo que eso de tener un nombre tan de blanco es para él como llevar clavada una espina gigantesca y espantosa.

—Hoy toca pizza —dice.

Y lo dice como si yo no estuviera en el borde del tejado, con los brazos extendidos y una chica agarrándome por las rodillas.

—¡¿Por qué no lo haces y acabas de una vez con esto, rarete?! —grita desde abajo Gabe Romero, conocido también como Roamer, conocido también como gilipollas.

Más risas.

«Porque luego tengo una cita con tu madre», pienso, pero no lo digo porque, reconozcámoslo, es poco convincente, y también porque entonces subiría, me pegaría un puñetazo y me tiraría, lo que le quita la gracia a lo de hacerlo yo solo.

Lo que hago, en cambio, es decir a gritos:

—¡Gracias por salvarme, Violet! ¡No sé qué habría hecho si no hubieses venido! ¡Supongo que ya estaría muerto!

La última cara que vislumbro abajo es la de mi tutor, el señor Embry. Cuando me mira furioso pienso: «Estupendo. Simplemente estupendo».

Dejo que Violet me ayude a superar el murete y pisar el hormigón. Oigo abajo el murmullo de un aplauso, no para mí, sino para Violet, la heroína. Estoy tan cerca de ella que veo que tiene la piel lisa y transparente, con la excepción de dos pecas en la mejilla derecha, y que sus ojos son de un tono verde grisáceo que me hace pensar en el otoño. Son los ojos lo que me llama la atención. Son grandes e inquisitivos, como si lo vieran todo. Aun siendo cálidos, son ojos que no se andan con tonterías, de esos que te miran directamente, y estoy seguro de ello a pesar de las gafas. Es guapa y esbelta, pero no excesivamente alta, con piernas largas e inquietas y caderas curvilíneas, un detalle que me gusta en una chica. En el instituto hay muchas chicas con cuerpo de chico.

—Solo estaba sentada aquí —dice—. En la barandilla. No he subido para...

—¿Me permites que te pregunte una cosa? ¿Crees que el día perfecto existe?

—¿Qué?

—Un día perfecto. De principio a fin. En el que no ocurre nada horroroso, ni triste, ni ordinario. ¿Crees que es posible?

—No lo sé.

—¿Has tenido alguna vez uno?

—No.

—Yo tampoco, pero lo busco.

—Gracias, Theodore Finch —dice entonces en voz baja. Se pone de puntillas y me estampa un beso en la mejilla. Y huelo su champú, que me recuerda el aroma de las flores. Me susurra al oído—: Si alguna vez le cuentas esto a alguien, te mato.

Con las botas todavía en la mano, corre para cobijarse de la lluvia y cruza la puerta que conduce al tramo oscuro de escalera desvencijada que desemboca en uno de los muchos pasillos de la escuela, siempre excesivamente iluminados y concurridos.

Charlie la ve marchar, y en cuanto la puerta se cierra a sus espaldas se vuelve hacia mí.

—¿Por qué haces eso, tío?

—Porque todos tenemos que morir algún día. Y quiero estar preparado.

Este no es el motivo, por supuesto, pero a Charlie le bastará. La verdad es que hay muchos motivos, que en su mayoría cambian, además, a diario, como los treinta y cuatro estudiantes que murieron a principios de esta semana cuando un hijo de puta abrió fuego en el gimnasio de su instituto, o la chica dos cursos menor que yo que acaba de morir de cáncer, o el hombre que vi en el exterior de los cines del centro comercial arreándole una patada a su perro, o mi padre.

Charlie tal vez piense que lo soy, pero no me llama «bicho raro», razón por la cual es mi mejor amigo. Dejando de lado el hecho de que lo aprecio por esto, poca cosa tenemos en común.

Técnicamente, este año estoy en periodo de prueba, debido a un temilla en el que estuvieron implicados un pupitre y una pizarra. (Para que quede constancia, una pizarra nueva es más cara de lo que cabría suponer.) También tiene que ver con un incidente en el que rompí una guitarra durante una asamblea, la utilización ilegal de petardos y un par de peleas. Como resultado de ello, he accedido de manera no voluntaria a lo siguiente: someterme a una tutoría semanal, mantener una media de notable alto y participar al menos en una actividad extraescolar. Elegí macramé, porque no tenía ni idea de qué era y porque soy el único chico entre veinte chicas que están buenas, lo que consideré un porcentaje de probabilidades bastante elevado para mí. Además, tengo que comportarme, llevarme bien con los compañeros, reprimirme y no derribar pupitres y contenerme y no incurrir en ninguna forma de «altercado físico violento». Y debo siempre, siempre, haga lo que haga, morderme la lengua, porque, por lo visto, si no lo hago es cuando empiezan los problemas. Si a partir de ahora envío a tomar por c... cualquier cosa, se traduce en una expulsión directa.

En el despacho de tutoría, me presento ante la secretaria y tomo asiento en una de las sillas de respaldo duro hasta que el señor Embry está dispuesto a recibirme. Conozco a Embrión —como yo lo llamo— como si lo hubiese parido, y sé que solo querrá saber qué demonios hacía yo en lo alto del campanario. Con un poco de suerte, no tendremos tiempo para hablar de nada más.

Al cabo de unos minutos me indica con un gesto que pase. Es un tipo bajito y robusto que parece un toro. En cuanto cierra la puerta, su sonrisa se esfuma. Se sienta, se inclina sobre la mesa y me mira fijamente, como si yo fuera un sospechoso al que debe interrogar.

—¿Qué demonios hacía en lo alto del campanario?

Lo que me gusta de Embrión no solo es que es predecible, sino que va al grano. Lo conozco desde mi primer año aquí.

—Quería ver el paisaje.

—¿Tenía intención de saltar?

—No el día que toca pizza. Jamás el día que toca pizza, que es uno de los mejores días de la semana.

Debería mencionar que sé eludir las preguntas de manera brillante. Tan brillante que si me dieran una beca para estudiar en la universidad me especializaría en eso, aunque ¿para qué tomarme la molestia? Ya tengo dominado ese arte.

Espero a que me pregunte por Violet, pero me dice:

—Necesito saber si tenía intenciones de hacerse daño. Lo digo muy en serio. Si el director Wertz se entera de esto, está usted fuera de aquí antes de que le dé tiempo a pronunciar la palabra «suspensión», o cualquier otra cosa. Y ni que decir tiene que si no presto atención y decide volver a subir allí y saltar, me enfrento a una demanda judicial y, con el sueldo que me pagan, créame si le digo que no tengo dinero para defenderme. Y esto se aplica tanto a si salta desde lo alto del campanario como si lo hace desde la torre Purina, independientemente que sea propiedad de esta escuela o no.

Me rasco la barbilla como si estuviera reflexionando sobre lo que me acaba de decir.

—La torre Purina. Buena idea.

No se mueve excepto para mirarme casi bizqueando. Como la mayoría de la gente en este país, Embrión no cree en el humor, sobre todo si tiene que ver con temas delicados.

—No tiene ninguna gracia, señor Finch. No es para tomarlo a broma.

—No, señor. Lo siento.

—En lo que jamás piensan los suicidas es en lo que dejan atrás. Y no me refiero solo a sus padres y hermanos, sino también a sus amigos, novias, compañeros de clase y profesores.

Me gusta que piense que hay tantísima gente que depende de mí, incluyendo no solo una, sino varias «novias».

—Solo estaba matando el tiempo. Y estoy de acuerdo en que seguramente no es la mejor manera de pasar la primera hora de clase.

Coge una carpeta, da unos golpecitos con ella sobre la mesa y hojea su contenido. Espero mientras lee y luego

21

vuelve a mirarme. Me pregunto si estará contando los días que faltan para que llegue el verano.

Como los policías que salen en la tele, se levanta y rodea la mesa hasta que se cierne sobre mí. Se apoya en ella, se cruza de brazos y miro más allá de él, en busca del espejo unidireccional para identificaciones que debe de haber escondido en algún lado.

—¿Es necesario que llame a su madre?

—No. Lo repito, no. —Y lo repetiría más: «No, no, no»—. Mire, ha sido una estupidez. Solo quería ver qué se sentía mirando hacia abajo desde allí. Jamás saltaría desde lo alto del campanario.

—Si vuelve a suceder, si tan solo piensa en ello, aunque solo sea eso, la llamaré. Y se someterá a un análisis de detección de drogas.

—Valoro mucho su preocupación, señor. —Intento parecer lo más sincero posible, porque lo último que deseo es tener un resplandeciente haz de luz enfocándome en todo momento, siguiéndome por los pasillos del instituto, siguiéndome por las demás facetas de mi vida, sean las que sean. Y la verdad es que, en el fondo, Embrión es persona de mi agrado—. Y en cuanto a eso de las drogas, no es necesario que pierda su precioso tiempo. De verdad. A menos que cuente también el tabaco. ¿Las drogas y yo? Nos llevamos fatal. Créame, las he probado. —Cruzo las manos como un buen chico—. Y por lo que a este asunto del campanario se refiere, aunque no ha sido en absoluto lo que se imagina, le prometo de todos modos que no volverá a pasar.

—Así debería ser. Lo quiero ver por aquí dos veces a la semana en vez de una. Vendrá los lunes y los viernes y hablará conmigo, para que pueda comprobar cómo va.

—Encantado, señor... Me refiero a que de verdad me

gustan estas conversaciones que mantenemos, pero estoy bien.

—No es negociable. Y ahora hablemos sobre el final del último semestre. Se perdió usted cuatro, casi cinco semanas de clase. Dice su madre que tuvo la gripe.

De hecho, se refiere a mi hermana Kate, pero no lo sabe. Fue ella quien llamó por teléfono para justificar mi ausencia, porque mi madre ya tiene suficientes preocupaciones.

—Si eso fue lo que dijo, ¿quiénes somos nosotros para discutírselo?

La verdad es que estuve enfermo, pero no de algo que se explique tan fácilmente como una gripe. Mi experiencia me ha dado a entender que la gente se muestra mucho más compasiva cuando te ve fastidiado, y por millonésima vez en mi vida pienso en que ojalá tuviera el sarampión, la viruela o cualquier enfermedad que todo el mundo comprendiese para de este modo facilitar el asunto, tanto para ellos como para mí. Cualquier cosa sería mejor que la verdad: «Volví a desconectarme. Me quedé en blanco. Estaba patinando y al momento siguiente mi mente empezó a trazar círculos, como un perro viejo y artrítico que intenta ponerse cómodo antes de tumbarse. Y luego se apagó y me fui a dormir. Pero no a dormir como duerme la gente cada noche. Imagínate un sueño prolongado y oscuro en el que no puedes ni siquiera soñar».

Embrión entorna de nuevo los ojos hasta convertirlos en una raja y me mira fijamente, como si intentara hacerme sudar.

—¿Y podemos esperar que durante este semestre venga a clase y se mantenga alejado de todo tipo de problemas?

—Por supuesto.

—¿Y esté al día en sus deberes de clase?

—Sí, señor.

—Hablaré con la enfermera para que se encargue de realizarle el test de drogas. —Taladra el aire para señalarme con el dedo—. Como periodo de prueba se entiende «un periodo para poner a prueba la idoneidad de alguien; un periodo durante el cual el estudiante debe mejorar». Mírelo si no me cree y, por el amor de Dios, siga vivo.

Lo que no digo entonces es: «Quiero seguir vivo». Y no lo digo porque, teniendo en cuenta la gruesa carpeta que tiene delante, jamás me creería. Y una cosa más que tampoco creería: estoy luchando para permanecer en este mundo asqueroso de mierda. Lo de subir a la cornisa del campanario no tiene nada que ver con la muerte. Tiene que ver con el control. Tiene que ver con no volver a dormirme nunca más.

Embrión rodea la mesa y coge un fajo de panfletos de Adolescentes con Problemas. Entonces me dice que no estoy solo y que siempre puedo hablar con él, que su puerta está abierta, que está aquí y que volverá a verme el lunes. Quiero decirle que, sin ánimo de ofender, todo eso no me sirve de gran consuelo. Pero lo que hago, en cambio, es darle las gracias, y lo hago por esas ojeras oscuras que luce y por las arrugas tipo código de barras que le rodean la boca. Seguramente encenderá un pitillo en cuanto me marche. Cojo unos cuantos folletos y lo dejo tranquilo. En ningún momento ha mencionado a Violet, y me siento aliviado por ello.

violet

A 154 días de la graduación

Viernes por la mañana. Despacho de la señora Marion Kresney, psicóloga del instituto, que tiene unos ojos pequeños y bondadosos y una sonrisa excesivamente radiante para su cara. Según el certificado que cuelga de la pared, por encima de su cabeza, lleva en Bartlett High quince años. Esta es nuestra duodécima reunión.

El corazón me late aún a toda velocidad y me tiemblan las manos después de haber estado en esa cornisa. Me muero de frío y lo único que deseo es meterme en la cama. Espero que la señora Kresney diga: «Sé lo que has estado haciendo durante la primera hora de clase, Violet Markey. Tus padres están de camino. Los médicos ya están aquí para acompañarte al centro de salud mental más próximo».

Pero empezamos como siempre.

—¿Qué tal estás, Violet?

—Bien, ¿y usted?

Me siento sobre mis manos.

—Bien. Pero hablemos de ti. Quiero saber cómo te sientes.

—Estoy bien.

Que no haya sacado el tema no quiere decir que no lo sepa. Casi nunca pregunta nada directamente.

—¿Qué tal duermes?

Las pesadillas empezaron un mes después del accidente. Me pregunta por ellas cada vez que voy a visitarla porque cometí el error de mencionárselas a mi madre, que luego se las comentó a ella. Es una de las principales razones por las que estoy aquí y por las que he dejado de contarle cosas a mi madre.

—Duermo bien.

Una cosa curiosa de la señora Kresney es que siempre sonríe, siempre, pase lo que pase. Me gusta.

—¿Alguna pesadilla?

—No.

Antes las escribía, pero ahora ya no. Soy capaz de recordar todos los detalles. Como los de la que tuve hace cuatro semanas en la que me fundía, literalmente. En el sueño, mi padre me decía: «Has llegado al final, Violet. Has alcanzado el límite. Todos lo tenemos, y el tuyo es ahora». «Pero yo no quiero», pensaba. Mis pies se convirtieron en charcos y desaparecieron. Luego fueron mis manos. No dolía, y recuerdo que pensé: «No debería importarme porque no duele. Desaparezco, y ya está». Pero sí me importaba. Miembro tras miembro, acabé volviéndome completamente invisible antes de despertarme.

La señora Kresney se mueve nerviosa en su asiento, la sonrisa inamovible. Me pregunto si sonreirá cuando duerme.

—Hablemos sobre la universidad.

El año pasado, por esta época, me encantaba hablar sobre la universidad. Eleanor y yo lo hacíamos a veces cuando mamá y papá se iban a la cama. Nos sentábamos fuera, si el tiempo lo permitía, y dentro si hacía demasiado frío. Nos imaginábamos adónde iríamos y la gente que conoceríamos, muy lejos de Bartlett, Indiana, con una población de 14.983 habitantes, donde nos sentíamos como alienígenas de un planeta lejano.

—Has solicitado plaza en UCLA, Stanford, Berkeley, la Universidad de Florida, la Universidad de Buenos Aires, la Northern Caribbean University y la National University de Singapur. Una selección muy diversa, pero ¿por qué no aparece la NYU?

El programa de escritura creativa de la NYU ha sido mi sueño desde el verano previo a que cursara séptimo. Y todo fue a raíz de la visita que realicé a Nueva York con mi madre, que es profesora universitaria y escritora. Se graduó en la NYU, y durante tres semanas estuvimos los cuatro en la ciudad y conocimos a sus antiguos profesores y compañeros de clase: novelistas, dramaturgos, guionistas, poetas. Mi plan era solicitar plaza para entrar en octubre. Pero luego se produjo el accidente y cambié de idea.

—Se me pasó el plazo para enviar la solicitud.

Hoy hace una semana. Cumplimenté todo el papeleo, redacté incluso el trabajo que debía adjuntar, pero no envié nada.

—Hablemos sobre escribir. Hablemos sobre la página web.

Se refiere a *HerSister*. Eleanor y yo la pusimos en marcha cuando nos vinimos a Indiana. Queríamos crear una revista online que ofreciera dos perspectivas (muy) distintas sobre la moda, la belleza, los chicos, los libros, la vida. El año pasado, Gemma Sterling, amiga de Eleanor y estrella de la webserie «Rant», nos mencionó en una entrevista y nuestro número de seguidores se triplicó. Pero no he vuelto a tocar la página desde que murió Eleanor, ¿qué sentido tendría? Era una página de dos hermanas. Además, en el instante en que nos atravesó aquel guardarraíl, mis palabras murieron también.

—No quiero hablar sobre esa web.

—Tengo entendido que tu madre es escritora. Sus consejos deben de resultarte muy útiles.

—Jessamyn West dijo: «Escribir es tan difícil que los escritores, habiendo tenido su infierno en la tierra, se librarán después de todo castigo».

Su rostro se ilumina.

—¿Tienes la sensación de estar siendo castigada?

Habla sobre el accidente. O tal vez se refiera a lo de estar aquí, en este despacho, en este instituto, en esta ciudad.

—No.

«¿Tengo la sensación de que debería ser castigada?» Sí. ¿Por qué, si no, me habría cortado yo misma el flequillo?

—¿Te consideras responsable de lo que sucedió?

Me tiro del flequillo. Está torcido.

—No.

Se recuesta en su asiento. Su sonrisa decae una milésima. Ambas sabemos que miento. Me pregunto qué diría si le contase que hace una hora han tenido que convencerme para que me alejara de la cornisa del campanario. A estas alturas de la conversación, estoy segura de que no lo sabe.

—¿Has vuelto a conducir?

—No.

—¿Has subido al coche con tus padres?

—No.

—Ellos quieren que lo hagas.

Esto no es una pregunta. Lo dice como si hubiese hablado con uno de ellos, o con los dos, y lo más probable es que lo haya hecho. Me los imagino a los tres hablando de mí con la boca torcida en una mueca de dolor y los ojos rebosantes de preocupación.

—No estoy preparada.

Son las tres palabras mágicas. He descubierto que sirven para salir airosa de casi todo. Ella se inclina entonces hacia delante.

—¿Has pensado en volver a ser animadora?

—No.

—¿El consejo estudiantil?

—No.

—¿Sigues tocando la flauta en la orquesta?

—Estoy en la última fila.

Eso no ha cambiado desde el accidente. Siempre estuve en la última fila porque no soy muy buena tocando la flauta.

Se recuesta de nuevo. Por un instante pienso que ya ha terminado. Pero entonces dice:

—Estoy preocupada por tu evolución, Violet. Francamente, deberías haber avanzado más a estas alturas. No puedes pasarte la vida evitando los coches, sobre todo ahora que estamos en invierno. No puedes seguir sin hacer nada. Tienes que recordar que eres una superviviente, y eso significa que...

Nunca sabré lo que significa porque en cuanto oigo la palabra *superviviente* me levanto y me voy.

De camino a la cuarta hora de clase. Pasillo del instituto.

Al menos quince personas —algunas que conozco, otras que no, algunas que llevan meses sin hablar conmigo— me paran de camino al aula para decirme lo valiente que he sido por haber evitado que Theodore Finch se suicidara. Una chica del periódico del instituto quiere hacerme una entrevista.

De toda la gente que podría haber «salvado», Theodore Finch es la peor elección, puesto que es una leyenda en Bartlett. No le conozco muy bien, pero sé cosas de él. Todo el mundo sabe cosas de él. Hay quien lo odia porque piensa que es un bicho raro que se mete en peleas, es expulsado del instituto y hace lo que le da la gana. Hay quien lo venera porque es un bicho raro que se mete en peleas, es expulsado del instituto y hace lo que le da la gana. Toca la guitarra en cinco o seis grupos distintos y el año pasado grabó un disco. Pero digamos que es... extremista. Un día se presentó en el instituto pintado de rojo de la cabeza a los pies, y eso que no era ni siquiera la semana que dedicamos a las actividades lúdicas. A unos les contó que era una protesta contra el racismo y a otros les dijo que protestaba contra el consumo de carne. El curso pasado se pasó un mes entero vestido con capa, partió una pizarra por la mitad con un pupitre, robó todas las ranas que diseccionamos en clase de ciencias y celebró un funeral antes de enterrarlas en el campo de béisbol. La gran Anna Faris dijo en una ocasión que el secreto para sobrevivir en el instituto consiste en «pasar inadvertido». Finch hace justo lo contrario.

Llego cinco minutos tarde a clase de literatura rusa, donde la señora Mahone y su peluca nos ponen un trabajo de diez páginas sobre *Los hermanos Karamazov*. Todo el mundo protesta menos yo, porque por mucho que la señora Kresney piense lo contrario, tengo Circunstancias Atenuantes.

Ni siquiera escucho lo que dice la señora Mahone sobre cómo quiere el trabajo. Me entretengo tirando de un hilillo de la falda. Me duele la cabeza. Seguramente por culpa de las gafas. Los ojos de Eleanor estaban peor que los míos.

Me quito las gafas y las dejo sobre el pupitre. Me quedan mal. Sobre todo con flequillo. Aunque quizá, si llevo las gafas el tiempo suficiente, podré ser como ella. Podré ver lo que ella veía. Podré ser las dos a la vez para que nadie la eche de menos, sobre todo yo.

La cuestión es que hay días buenos y días malos. Me siento culpable por decir que no son todos malos. A veces, alguna cosa me pilla desprevenida —un programa de la tele, una frase ingeniosa de mi padre, un comentario en clase— y río como si no hubiera pasado nada. Hay mañanas que me levanto y canto mientras me preparo para ir a clase. O pongo música y bailo. La mayoría de los días voy al instituto andando. Los otros cojo la bicicleta, y a veces mi mente me engaña y me induce a pensar que soy una chica normal que sale a dar un paseo.

Alguien me da unos golpecitos en la espalda y me pasa una nota. La señora Mahone nos obliga a entregar el teléfono móvil al entrar en clase y por eso nos comunicamos como antiguamente, con notas escritas en trozos de papel.

«¿Es verdad que has salvado a Finch del suicidio? x Ryan.»

Solo hay un Ryan en el aula, y tal vez habría quien dijera que solo hay un Ryan en todo el instituto, incluso en todo el mundo: Ryan Cross.

Levanto la vista y veo que me mira. Es muy guapo. Ancho de hombros, cabello rubio dorado, ojos verdes y las pecas suficientes como para que parezca un chico accesible. Fue mi novio hasta diciembre, pero ahora nos hemos dado un descanso.

Dejo la nota reposando sobre el pupitre durante cinco minutos antes de responder. Al final escribo: «Estaba allí por casualidad. x V». Menos de un minuto después recibo otra nota, aunque esta vez no la abro. Pienso que a muchas chicas les encantaría recibir una nota como esta de Ryan Cross. Y la Violet Markey de la primavera pasada sería una de ellas.

Cuando suena la campana, me retraso un poco en el aula. Ryan deambula por allí a la espera de ver qué hago, pero cuando ve que sigo sentada, recoge su teléfono y se marcha.

—¿Violet? —dice la señora Mahone.

Antes, diez páginas no me suponían ningún problema. Cuando un profesor pedía diez páginas, yo escribía veinte. Si quería veinte, le entregaba treinta. Escribir era lo que mejor se me daba, mejor que ser hija, novia o hermana. La escritura y yo éramos lo mismo. Pero ahora, escribir es una de las cosas que soy incapaz de hacer.

Apenas tengo nada que decir, ni siquiera «No estoy preparada». Es una regla del juego de la vida que ni tan solo está escrita, y que constaría bajo el título «Cómo reaccionar cuando un estudiante pierde un ser querido y está, nueve meses después, pasándolo aún realmente mal».

La señora Mahone suspira y me entrega el teléfono.

—Escríbeme una página o un párrafo, Violet. Haz lo que puedas.

Mis Circunstancias Atenuantes me salvan el pellejo.

Ryan está esperándome fuera. Veo que está intentando solucionar el rompecabezas para poder recomponerme de nuevo y convertirme en la novia divertida de antes.

—Hoy estás muy guapa —dice.

Tiene el detalle de no mirarme el cabello.

—Gracias.

Por encima del hombro de Ryan veo que se acerca Theodore Finch. Me saluda moviendo la cabeza, como si supiera alguna cosa que yo no sé, y sigue andando.

A la hora de comer, el instituto entero sabe que Violet Markey ha salvado a Theodore Finch de saltar desde lo alto del campanario. En el pasillo, de camino a clase de geografía, me quedo detrás de un grupo de chicas que no paran de hablar del tema, sin tener ni idea de que yo soy el único e irrepetible Theodore Finch.

Hablan entre ellas con ese tono elevado de voz que hace que las frases parezca que terminen en una pregunta, de modo que suenan como: «¿Me han dicho que tenía una pistola? ¿He oído decir que ella ha tenido que arrancársela de las manos? ¿Mi prima Stacey, que va a New Castle, dice que ella y una amiga estuvieron en Chicago y que él tocaba en ese club y que quiso ligar con las dos? ¿Mi hermano estaba presente cuando tiró los petardos y dijo que antes de que se lo llevara la policía no paraba de decir "a menos que me devuelvan el dinero, pienso esperar a que se acaben"?».

Me consideran trágico y peligroso. Sí, pienso. Tienen razón. Estoy aquí y ahora y despierto, y todo el mundo puede soportarlo porque soy como la segunda venida de Jesús, pero en friki. Me inclino hacia ellas y les digo:

—Pues yo he oído decir que lo hizo por una chica. —Y paso por delante de ellas pavoneándome hasta llegar al aula.

Dentro, tomo asiento y me siento infame, invencible, intranquilo y extrañamente eufórico, como si acabara de escapar de la muerte. Miro a mi alrededor pero nadie me presta atención, ni a mí ni al señor Black, el profesor, que es el hombre más alto que he visto en mi vida. Tiene esa cara colorada que le otorga siempre el aspecto de estar al borde de un golpe de calor o de un infarto, y cuando habla, resuella.

Todo el tiempo que llevo en Indiana, que es toda mi vida —los años de purgatorio, los llamo—, resulta que los he vivido a tan solo dieciocho kilómetros del punto más elevado del estado. Nadie me lo había dicho, ni mis padres ni mis hermanas ni mis profesores, hasta ahora, justo en este momento, en la sección «Recorre Indiana» de geografía, la que implementó el consejo escolar este año con la intención de «ilustrar a los estudiantes sobre la rica historia que ofrece su estado natal e inspirar orgullo *hoosier*».*

No es broma.

El señor Black toma asiento y tose para aclararse la garganta antes de hablar.

—¿Qué manera mejor y más... adecuada de iniciar el semestre que empezando... por el punto más elevado? —Debido al resuello, es difícil saber si el señor Black está de verdad impresionadísimo por la información que se dispone a transmitirnos—. Hoosier Hill tiene una altura... de

---

* Término de origen desconocido que se aplica a los nativos o residentes en el estado de Indiana. *(N. de la t.)*

383 metros sobre el nivel del mar... y se encuentra en el jardín trasero... de una vivienda... En 2005, un *scout*... con rango Eagle de Kentucky... obtuvo permiso para... construir un sendero y una zona de acampada... y plantar un cartel...

Levanto la mano, un gesto que el señor Black ignora.

Mientras sigue hablando, mantengo la mano levantada y pienso: «¿Y si fuera a ver ese lugar? ¿Se verían las cosas distintas desde 383 metros de altura? No parece gran cosa, pero se sienten orgullosos de ello, ¿y quién soy yo para decir que 383 metros no son para sentirse impresionado?».

Por fin mueve la cabeza en dirección a mí, los labios tan tensos que parece que se los haya tragado.

—¿Sí, señor Finch?

Suspira como suspiraría un hombre de cien años y me lanza una mirada aprensiva y desconfiada.

—Sugiero una excursión. Un lugar como ese resulta difícil de asimilar a menos que lo veamos. Un poco como el Gran Cañón o Yosemite. Hay que estar realmente allí para apreciar su esplendor. Sugiero que vayamos y abarquemos las maravillosas vistas de Indiana mientras aún podamos, puesto que al menos tres de los aquí presentes acabarán graduándose y abandonando nuestro magnífico estado cuando termine el curso, ¿y qué podremos exhibir del mismo excepto la mediocre formación de escuela pública obtenida a partir de uno de los peores sistemas educativos de la nación?

Solo estoy siendo sarcástico en un veinte por ciento de mi capacidad, pero el señor Black dice «Gracias, señor Finch» de un modo que significa justo lo contrario de gracias. Me pongo a dibujar colinas en mi cuaderno a modo de tributo al punto más elevado de nuestro estado, pero parecen más bien bultos informes o serpientes aerotransportadas, no lo sé muy bien.

—Theodore tiene razón en eso de que algunos... de vosotros os marcharéis... de aquí al final de... este año escolar para iros... a otra parte. Abandonaréis nuestro... magnífico estado, y antes... de hacerlo, deberíais... verlo. Deberíais... recorrerlo...

Lo interrumpe un sonido en el otro extremo del aula. Alguien que ha llegado tarde y ha dejado caer un libro y luego, al recogerlo, ha empujado las demás cosas que tenía en el pupitre y ha caído todo al suelo. Hay carcajadas, puesto que estamos en el instituto, lo que significa que somos predecibles y que casi todo nos parece gracioso, sobre todo cuando se trata de la humillación pública de otro. La chica que lo ha tirado todo al suelo es Violet Markey, la misma Violet Markey del campanario. Se pone colorada como un tomate y adivino que querría morirse. No saltando desde una gran altura, sino más bien al estilo de aquello de «tierra, trágame».

Conozco ese sentimiento mejor aún de lo que pueda conocer a mi madre, a mis hermanas o a Charlie Donahue. Este sentimiento y yo llevamos toda la vida juntos. Como cuando sufrí una contusión durante un partido de *kickball* justo delante de Suze Haines, o cuando me reí tanto que me salió disparada alguna cosa de la nariz y fue a parar sobre Gabe Romero, o durante la totalidad del último curso.

Y por lo tanto, porque estoy acostumbrado a ello y porque la tal Violet está a punto de echarse a llorar, tiro también uno de mis libros al suelo. Las miradas se vuelven hacia mí. Me agacho para recogerlo y, a propósito, envío por los aires todos los demás —que rebotan como *boomerangs* contra paredes, ventanas y cabezas— y, por si eso no fuera suficiente, inclino la silla hasta acabar cayendo también yo. Hay risillas disimuladas, aplausos y un par de «bicho raro», y el señor Black, con su resuello, dice:

—Si has terminado..., Theodore..., me gustaría continuar.

Me levanto, saludo inclinando la cabeza, recojo los libros, vuelvo a saludar, me acomodo y sonrió a Violet, que está mirándome con una expresión que solo puede describirse como de sorpresa, alivio y alguna cosa más...; preocupación, tal vez. Me gustaría pensar que hay también un pequeño atisbo de deseo sexual, pero creo que sería hacerse ilusiones. La sonrisa que le ofrezco es la mejor de mis sonrisas, la que lleva a mi madre a perdonarme cuando estoy despierto hasta las tantas o, simplemente, por ser raro. (En otras ocasiones, veo que me mira —cuando me mira, claro está— como si pensara: «¿De dónde demonios has salido? Debes de haber salido del lado de tu padre».)

Violet me devuelve la sonrisa. Al instante me siento mejor porque ella se siente mejor, y por cómo me sonríe, como si yo no fuera alguien a quien evitar. La he salvado dos veces en un solo día. «Theodore, el de corazón sensible —dice siempre mi madre—. Demasiado sensible, para su desgracia.» Lo dice a modo de crítica, y como tal me lo tomo yo.

El señor Black mira a Violet y luego a mí.

—Como estaba diciendo..., el trabajo que quiero que hagáis para esta... clase es sobre al menos dos, a poder ser tres..., maravillas de Indiana.

Prosigue su discurso hablando de que quiere que elijamos libremente los lugares que despierten nuestra imaginación, independientemente de lo recónditos o alejados que estén. Nuestra misión consiste en ir y visitarlos, hacer fotografías, filmar vídeos, profundizar en su historia y explicar qué tienen esos lugares que nos hacen sentirnos orgullosos de ser un *hoosier*. Si tenemos la posibilidad de vincularlos entre sí de alguna manera, mucho mejor. Tenemos lo que queda de semestre para realizar el trabajo y debemos tomárnoslo en serio.

—Trabajareis... en equipos de... dos. Y el trabajo supondrá... el treinta y cinco por ciento... de vuestra nota final...

Vuelvo a levantar la mano.

—¿Podemos elegir pareja?

—Sí.

—Elijo a Violet Markey.

—Eso ya lo hablarás... con ella después de clase.

Giro la silla para poder verla, y apoyo el codo sobre el respaldo.

—Violet Markey, me gustaría que fueras mi pareja en este trabajo.

Se sonroja cuando todo el mundo se vuelve para mirarla. Violet le dice entonces al señor Black:

—He pensado que tal vez podría hacer otra cosa, como investigar y redactar un breve informe. —Lo dice en voz baja, pero parece un poco cabreada—. No estoy preparada para...

El señor Black la interrumpe.

—Señorita Markey, voy... a hacerle el favor... más grande de su vida... Voy a decirle que... no.

—¿No?

—No. Hemos empezado un nuevo año... Es hora de volver a... subirse al carro.

Algunos ríen al oír la expresión. Violet me mira y veo

que sí, que está cabreada, y es entonces cuando recuerdo lo del accidente. Violet y su hermana, la primavera pasada. Violet salió con vida, la hermana murió. Por eso no quiere llamar la atención.

El resto de la clase lo pasamos con el señor Black sugiriéndonos lugares que cree que nos gustarían y que, de todos modos, deberíamos visitar antes de graduarnos —los típicos lugares turísticos y aburridos como Connor Prairie, la Levi Coffin House, el museo Lincoln y la casa donde pasó su infancia James Whitcomb Riley—, aunque sé que la mayoría se quedará en esta ciudad hasta que se muera.

Intento cruzar otra vez la mirada con Violet, pero no levanta la vista. Se hunde en su asiento y mira hacia el frente.

Cuando salgo de clase, Gabe Romero me cierra el paso. Como es habitual, no está solo. Amanda Monk espera justo detrás de él, con la cadera ladeada, Joe Wyatt y Ryan Cross, la estrella del equipo de béisbol, al otro lado. El bueno, cordial, honesto y agradable Ryan, deportista, alumno de sobresalientes, vicepresidente de la clase. Lo peor de él es que desde que iba a la guardería ya sabía perfectamente quién era.

Dice Roamer:

—Mejor que no te pille otra vez mirándome.

—No te miraba a ti. Créeme, en esa aula hay al menos un centenar de cosas que miraría antes que mirarte a ti, incluyendo el culo desnudo del señor Black.

—Marica.

Roamer y yo somos enemigos declarados desde primaria, y por esa razón me tira los libros al suelo de un golpe, y aunque eso forma parte de los «Fundamentos del acoso escolar de quinto curso», siento estallar en el estómago una granada oscura de rabia —que parece un viejo amigo—, su humo espeso y tóxico ascendiendo y extendiéndose por el pecho. Es la misma sensación que tuve el año pasado instantes antes de coger un pupitre y lanzarlo —no contra Roamer, como a todos les gustaría pensar— contra la pizarra del aula del señor Geary.

—Cógelos, gilipollas —dice Roamer al pasar por mi lado y, con el hombro, me da un golpe fuerte en el pecho.

Me entran ganas de agarrarle la cabeza y estampársela contra una taquilla, y luego cogerlo por el cuello y sacarle el corazón por la boca, porque lo de estar despierto te aporta eso, la sensación de que todo dentro de ti está vivo, dolorido y ansioso por recuperar el tiempo perdido.

Pero en vez de esto puedo contar hasta sesenta, con una sonrisa estúpida fija en mi estúpida cara. «No me castigarán. No me expulsarán. Seré bueno. Seré tranquilo. Me quedaré quieto.»

El señor Black observa desde la puerta e intento saludarlo con despreocupación para demostrarle que todo va estupendamente, que todo está controlado, que todo va bien, que no hay nada que ver, que no me escuecen las palmas de las manos, que no me quema la piel, que la sangre no me bombea con fuerza, que, por favor, se vaya tranquilo. Me he prometido que este año será diferente. Si consigo adelantarme a todo, y en eso me incluyo a mí mismo, tengo que ser capaz de permanecer despierto y aquí, y no solo *semiaquí*, sino aquí, en el presente, como ahora.

Ya ha dejado de llover y estoy en el aparcamiento con Charlie Donahue, apoyados en su coche bajo el sol descolorido de enero. Él está hablando de lo que más le gusta hablar si no es de sí mismo: sexo. Nuestra amiga Brenda nos está escuchando, los libros pegados a su muy generoso pecho, el cabello brillando con reflejos rosa y rojos.

Durante las vacaciones de invierno, Charlie ha estado trabajando en los cines del centro comercial, donde, al parecer, dejaba pasar sin pagar a todas las tías buenas. Lo que le ha dado más acción de la que había tenido nunca, en su mayoría en la fila para minusválidos de la parte de atrás, la que no tenía apoyabrazos.

Mueve la cabeza y pregunta:

—¿Y tú qué?

—¿Yo qué de qué?

—¿Dónde has estado?

—Por ahí. No me apetecía volver al instituto, de modo que cogí la interestatal y no volví la vista atrás.

No hay manera de explicar mi estado durmiente a mis amigos, y aunque la hubiera, no tengo necesidad de hacerlo. Una de las cosas que más me gustan de Charlie y Bren es que no tengo que dar explicaciones. Voy, vengo y «Oh, bueno, ya se sabe, es Finch».

Charlie asiente.

—Lo que tenemos que conseguir es que eches un polvo.

Es una referencia indirecta al incidente del campanario. Si echo un polvo, no intentaré suicidarme. Según Charlie, echar un polvo lo soluciona todo. Si los líderes mundiales echaran con regularidad buenos polvos, los problemas del mundo desaparecerían.

Brenda lo mira con mala cara.

—Eres un cerdo, Charlie.

—Y tú me quieres.

—Ya te gustaría a ti que te quisiera. ¿Por qué no eres más como Finch? Finch es un caballero.

Poca gente diría eso de mí, pero una de las cosas que me gustan de esta vida es que puedes parecerle alguien distinto a todo el mundo.

—No es necesario que me incluyas en esa categoría —digo.

Bren niega con la cabeza.

—No, lo digo en serio. Hoy en día, los caballeros son una excepción. Son como las vírgenes o los duendes. Si algún día me caso, lo haré con uno.

No puedo resistir la tentación de decir:

—¿Con un chico virgen o con un duende?

Me da un puñetazo en el brazo, allí donde estaría el músculo si lo tuviera.

—Existe cierta diferencia entre un caballero y un tipo que no está rodado —comenta Charlie, moviendo la cabeza hacia mí—. Sin ánimos de ofender, tío.

—Tranquilo.

Es cierto, al fin y al cabo, al menos en comparación con él, y lo que en realidad quiere decir Charlie es que tengo mala suerte con las mujeres. Cualquiera pensaría que mi altura incrementaría mis posibilidades, pero afrontémoslo, mi reputación me precede (al menos en Bartlett High) y tengo mal aliento. Me van, además, las complicadas, o las que no están disponibles, o las que no podría conseguir ni que pasara un millón de años. Tengo mucha mejor suerte con chicas que no me conocen.

Pero apenas oigo lo que me dice porque, por encima del hombro de Bren, la veo de nuevo: Violet. Noto que estoy enamorándome, algo que ya sé lo que es. (Suze Haines, Laila Collman, Olivia Rivers, las tres Brianas: Briana Harley, Briana Bailey, Briana Boudreau...) Y todo porque me ha sonreído. Pero vaya sonrisa. Una sonrisa sincera, algo muy difícil de ver en los tiempos que corren. Sobre todo cuando eres yo, Theodore *el Friki*, residente en Aberración.

Bren se da la vuelta para ver qué miro. Vuelve a mirarme, su boca esbozando una mueca que me lleva rápidamente a protegerme el brazo.

—Dios mío, todos los tíos sois iguales.

En casa, mi madre está hablando por teléfono y descongelando uno de los guisos que mi hermana Kate prepara a principios de cada semana. Mi madre me mira enarcando las cejas y sigue con lo suyo. Kate baja corriendo la escalera, me arranca las llaves del coche y dice «Hasta luego, perdedor». Tengo dos hermanas en total: Kate, que es solo un año mayor que yo, y Decca, que tiene ocho años. Es evidente que Decca fue un fallo, algo que averiguó cuando tenía seis años. Aunque todos sabemos que si alguien es claramente un fallo, ese soy yo.

Subo, los zapatos mojados rechinando en el suelo, y cierro la puerta de mi habitación. Saco un vinilo antiguo sin saber cuál es y lo pongo en el tocadiscos que encontré en el sótano. El disco salta y raspa, parece de los años veinte. En estos momentos estoy en fase Split Enz, de ahí mis zapatillas deportivas. Estoy probando con Theodore Finch, chico pijo de los ochenta, a ver qué tal le sienta.

Inspecciono la mesa en busca de un cigarrillo, me lo meto en la boca y, cuando cojo el encendedor, recuerdo que Theodore Finch, chico pijo de los ochenta, no fuma.

Dios, cómo odio a ese gilipollas vigoroso, limpio y aseado. Dejo el cigarrillo sin encender, pero no me lo saco de la boca e intento sorberle la nicotina. Cojo la guitarra, toco, lo dejo correr y me siento al ordenador, haciendo girar la silla hasta dejarla con el respaldo hacia delante, la única postura en la que soy capaz de redactar.

Escribo: «5 de enero. Método: campanario del instituto. Del uno al diez en la escala de lo cerca que he llegado: cinco. Hechos: los saltos al vacío aumentan en días de luna llena y festividades. Uno de los saltadores más famoso fue Roy Raymond, fundador de Victoria's Secret. Hecho relacionado: en 1912, un hombre llamado Franz Reichelt saltó de la torre Eiffel con un abrigo-paracaídas que él mismo había diseñado. Saltó para poner a prueba su invento — esperaba poder volar—, pero cayó en picado e impactó contra el suelo como un meteorito, dejando un cráter de 14,98 centímetros de profundidad. ¿Tenía intención de matarse? Lo dudo. Creo simplemente que era un engreído, y también un estúpido».

Una búsqueda rápida por internet me informa de que solo entre el cinco y el diez por ciento de todos los suicidios se comete mediante un salto al vacío (o al menos eso dice Johns Hopkins). Por lo visto, el salto como medio de suicidio se elige normalmente por conveniencia, razón por la cual lugares como San Francisco, con el puente del Golden Gate (el principal destino suicida del mundo), son tan populares. Aquí lo único que tenemos es la torre Purina y una colina de 383 metros de altura.

Escribo: «Motivo para no saltar: demasiado sucio. Demasiado público. Demasiada gente».

Cierro Google y me meto en Facebook. Encuentro la página de Amanda Monk porque es amiga de todo el mundo, incluso de la gente de la que no es amiga, entro en su lista de amigos y escribo «Violet».

Y en un abrir y cerrar de ojos, ahí está. Hago clic en la foto y ahí está, más grande aún, con la misma sonrisa que antes me ha regalado. Tienes que ser su amigo para acceder a su perfil y ver el resto de fotografías. Permanezco sentado mirando la pantalla, desesperado de pronto por las ansias de saber más. ¿Quién es Violet Markey? Intento una búsqueda con Google porque tal vez exista una entrada secreta por la puerta de atrás a su página de Facebook que exija una forma de llamar especial o una contraseña de tres dígitos, algo fácil de descifrar.

Pero lo que me sale es algo llamado *HerSister*, donde aparece Violet Markey como cofundadora/editora/redactora. Contiene las habituales entradas sobre chicos y belleza de ese tipo de blogs, la más reciente de las cuales lleva fecha de 12 de abril del año pasado. Y encuentro también un artículo publicado en la prensa.

«Eleanor Markey, de dieciocho años de edad, estudiante de último curso en Bartlett High School y miembro de la junta estudiantil, perdió el control de su coche en Chapel Road hacia la una y cuarto de la mañana del 13 de abril. El hielo de la calzada y la velocidad fueron probablemente las causas del accidente. Eleanor falleció en el acto. Su hermana Violet, de dieciséis años de edad, pasajera del vehículo, sufrió solo heridas leves.»

Sigo sentado leyendo y releyendo la noticia, una oscura sensación asentándose en la boca del estómago. Y entonces hago algo que juré no hacer nunca. Me registro en Facebook con la única intención de poder enviarle una solicitud de amistad. Tener una cuenta me convertirá en un ser más sociable y normal, y tal vez sirva para compensar nuestro encuentro al borde del suicidio y para que se sienta segura y no le dé miedo conocerme. Me hago una foto con el teléfono, decido que salgo demasiado serio, me hago otra —demasiado bobalicón— y me quedo con la tercera, que no es ni lo uno ni lo otro.

Pongo el ordenador en modo suspensión para no tener que mirarlo cada cinco minutos y luego toco la guitarra, leo unas cuantas páginas de *Los hermanos Karamazov* para el trabajo y ceno con Decca y mi madre, una tradición que se inició el año pasado, después del divorcio. Aunque lo de comer no me va mucho, la cena es una de las partes de la jornada que más me gusta, puesto que consigo desconectar el cerebro.

—Decca, cuéntame qué has aprendido hoy —dice mi madre.

Siempre procura preguntarnos por la escuela; así tiene la sensación de haber cumplido con su deber. Es su manera favorita de empezar.

—He aprendido que Jacob Barry es un cabrón —replica Dec.

Últimamente dice muchas palabrotas, y lo hace para que mi madre reaccione, para ver si de verdad la escucha.

—Decca —la reprende mi madre con tono benevolente, aunque solo está prestándole atención a medias.

Decca nos cuenta que ese niño llamado Jacob se ha pegado las manos con pegamento al pupitre con la idea de solucionar con ello un acertijo de ciencias y que luego, cuando han intentado separárselas de la madera, el pegamento se le ha llevado la piel. Los ojos de Decca brillan como los de un animalito rabioso. Es evidente que piensa que el niño se lo merecía, y así lo dice.

De pronto, veo que mi madre está escuchándola.

—Decca —dice, moviendo la cabeza en un gesto de preocupación.

Su labor como madre llega hasta ahí. Desde que mi padre se fue, se esfuerza por ser la madre amiga. Me sabe mal por ella porque quiere a mi padre, aunque, en el fondo, él sea un egoísta y un asqueroso, y porque la dejó por una mujer llamada Rosemarie con acento en una de las letras del nombre —nunca recuerdo cuál— y por algo que me dijo el día que él se marchó: «Nunca me imaginé que me quedaría soltera a los cuarenta». Fue la forma en que lo dijo, más que las palabras en sí. Lo dijo como si fuese definitivo.

Desde entonces, hago todo lo que puedo por ser agradable y discreto, por hacerme lo más pequeño e invisible posible —lo que incluye fingir que voy al instituto cuando estoy dormido—, para no sumar más aún a su carga. Aunque no siempre lo consigo.

—¿Y qué tal te ha ido a ti el día, Theodore?

—Estupendamente.

Empujo la comida en el plato en un intento de crear un dibujo. Lo que pasa con la comida es que hay cosas muchísimo más interesantes que hacer. Lo mismo me pasa con el dormir. Son una pérdida de tiempo.

«Hecho interesante: un chino murió por falta de sueño después de permanecer despierto once días seguidos cuando intentaba ver todos los partidos del campeonato de Europa (de fútbol, para aquellos que, como yo, no tienen ni idea). La undécima noche vio el partido en que Italia derrotó a Irlanda por dos a cero, se duchó y se durmió a eso de las cinco de la mañana. Y se murió. Sin ánimo de ofender al muerto, pero mantenerse despierto por el fútbol me parece una estupidez.»

Mi madre ha dejado de examinarme la expresión de la cara. Cuando me presta atención, lo cual no es frecuente, se esfuerza por comprender mi «tristeza», del mismo modo que intenta tener paciencia cuando Kate pasa toda la noche fuera y Decca se pasa el día en el despacho del director. Mi madre echa la culpa de nuestra mala conducta al divorcio y a mi padre. Dice que simplemente necesitamos tiempo para superarlo.

De un modo menos sarcástico, añado:

—Ha ido bien. Sin incidentes. Aburrido. Típico.

Pasamos a temas más fáciles, como la casa que mi madre está intentando vender para sus clientes y el tiempo.

Cuando acabamos de cenar, mi madre me pone la mano en el brazo, las puntas de los dedos rozándome apenas la piel, y dice:

—¿No te parece fantástico lo de tener a tu hermano de vuelta, Decca?

Lo dice como si yo corriera peligro de volver a desaparecer, aquí mismo, delante de sus narices. El tono ligeramente culpable de su voz me lleva a encogerme de miedo y siento la necesidad de subir a mi habitación y quedarme de nuevo allí. A pesar de que intenta perdonar mi tristeza, quiere contar conmigo como hombre de la casa, y a pesar de que piensa que he ido a clase durante la mayor parte de ese periodo de casi cinco semanas, la verdad es que me he perdido muchas cenas familiares. Retira la mano y, en cuanto quedamos libres, así es como actuamos los tres, huimos en direcciones distintas.

Hacia las diez, después de que todo el mundo se haya ido a la cama y Kate siga sin aparecer por casa, vuelvo a poner en marcha el ordenador y miro la cuenta de Facebook.

«Violet Markey ha aceptado tu solicitud de amistad», dice.

Y ahora somos amigos.

Deseo gritar y corretear por la casa, tal vez encaramarme al tejado y abrir los brazos, pero no saltar, ni siquiera lo pienso. Pero lo que hago, en cambio, es acercarme a la pantalla y repasar sus fotos: Violet sonriendo con dos personas que deben de ser sus padres, Violet sonriendo con amigos, Violet sonriendo en una reunión de animadoras, Violet sonriendo con la cara pegada a la de otra chica, Violet sonriendo sola.

Recuerdo la fotografía de Violet y la chica que salía en el periódico. Es su hermana, Eleanor. Lleva las gafas anticuadas que llevaba hoy Violet.

De pronto, aparece un mensaje en la bandeja de entrada.

Violet: «Me has tendido una emboscada. Delante de todo el mundo».

Yo: «¿Habrías querido hacer el trabajo conmigo de no haberlo hecho?».

Violet: «Me habría librado de hacerlo, para empezar. Y, de todos modos, ¿por qué quieres hacer este trabajo conmigo?».

Yo: «Porque nuestra montaña nos está esperando».

Violet: «¿Qué se supone que quiere decir esto?».

Yo: «Quiere decir que jamás en tu vida se te ha pasado por la cabeza contemplar Indiana y que, además del hecho de que tenemos que hacerlo para clase, y de que me he prestado voluntario para ser tu pareja —de acuerdo, lo admito, tendiéndote una emboscada—, lo que pienso es lo siguiente: creo que tengo en el coche un mapa con ganas de ser usado, y creo que hay lugares a los que podemos ir y que merecen ser vistos. Tal vez no los visite nunca nadie, ni los valore, ni dedique el tiempo suficiente a pensar que son importantes, pero es posible que incluso los lugares más pequeños tengan algún significado. Y, de no ser así, quizá lo tengan para nosotros. Como mínimo, cuando nos marchemos, sabremos que los hemos visto. Así que venga. Vamos. Hagamos algo. Larguémonos de esa cornisa».

Viendo que no me responde, escribo:

«Estoy aquí por si quieres hablar».

Silencio.

Imagino a Violet en su casa, delante del ordenador, su boca perfecta con las comisuras perfectas hacia arriba, sonriéndole a la pantalla a pesar de todo, pase lo que pase. Violet sonriendo. Sin separar los ojos del ordenador, cojo la guitarra y empiezo a inventar la letra; la melodía le sigue.

Continúo aquí, y me siento agradecido, porque de lo contrario estaría perdiéndome todo esto. A veces, estar despierto está bien.

—Hoy no —canto—. Porque me ha sonreído.

Reglas de Finch para las excursiones

1. No hay reglas porque la vida ya tiene suficientes reglas.
2. Pero hay tres «directrices» (que suena menos rígido que «reglas»):
   a) No utilizar los teléfonos para llegar hasta allí. Tenemos que hacerlo estrictamente a la vieja escuela, lo que significa aprender a interpretar mapas de verdad.
   b) Nos turnaremos para elegir el lugar a visitar, pero tendremos que estar también dispuestos a ir allí donde la carretera nos lleve. Lo que se traduce en lo grandioso, lo pequeño, lo raro, lo poético, lo bello, lo feo, lo sorprendente. Como la vida. Pero absolutamente, incondicionalmente, decididamente, nada normal.
   c) En cada lugar dejaremos alguna cosa, casi como una ofrenda. Puede ser como nuestro juego privado de *geocaching* («la actividad recreativa de buscar y encontrar un objeto escondido por medio de coordenadas GPS publicadas en una página web»), solo que no es un juego y será únicamente para nosotros. Las reglas del *geocaching* hablan de «coger algo, dejar algo». Tal y como yo lo veo, tenemos que obtener algo de cada lugar, de modo que ¿por qué no dejar alguna cosa a cambio? Además, será una manera de demostrar que hemos estado allí y una forma de dejar atrás una parte de nosotros.

Sábado por la noche. En casa de Amanda Monk.

Voy hasta allí andando porque está solo a tres manzanas. Dice Amanda que estaremos solo nosotras dos, Ashley Dunston y Shelby Padgett, porque Amanda no se habla ahora con Suze. Otra vez. Amanda era una de mis amigas más íntimas, pero desde abril me he alejado de ella. Como he dejado lo de ser animadora, tenemos muy poco en común. Me pregunto si alguna vez lo tuvimos.

Cometo el error de mencionar a mis padres lo de dormir en casa de una amiga, y es por ello que tengo que ir.

—Amanda está haciendo un esfuerzo y tú también deberías hacerlo, Violet. No puedes utilizar eternamente la muerte de tu hermana a modo de excusa. Tienes que volver a vivir.

Lo de «no estoy preparada» ya no funciona con mis padres.

Cuando cruzo el jardín de Wyatt y doblo la esquina, oigo los sonidos de la fiesta. La casa de Amanda está iluminada como si fuese Navidad. La gente se asoma por las ventanas. Están en el césped. El padre de Amanda es propietario de una cadena de licorerías, una de las razones por las que ella es tan popular. Eso, y el hecho de que se abre de piernas.

Espero en la calle, la bolsa colgada al hombro, la almohada bajo el brazo. Me siento como una alumna de primaria. Como una santurrona. Eleanor se reiría de mí y me empujaría para que siguiera andando. Ella ya estaría dentro. Me enfado con ella solo de imaginármelo.

Me obligo a entrar. Joe Wyatt me entrega un vaso de plástico de color rojo.

—La cerveza está en el sótano —grita.

Roamer se ha apoderado de la cocina junto con otros jugadores de béisbol y de fútbol.

—¿Has mojado? —le pregunta Roamer a Troy Satterfield.

—No, tío.

—¿Ni siquiera un beso?

—No.

—¿Le has tocado el culo?

—Sí, pero creo que ha sido por error.

Ríen, incluso Troy. Hablan demasiado fuerte.

Bajo al sótano. Amanda y Suze Haines, que vuelven a ser amigas íntimas, holgazanean en un sofá. No veo por ningún lado ni a Ashley ni a Shelby, pero sí a quince o veinte chicos, desparramados por el suelo jugando a algo relacionado con beber alcohol. Las chicas bailan a su alrededor, incluyendo las tres Brianas y Brenda Shank-Kravitz, que es amiga de Theodore Finch. Hay parejas pegándose el lote.

Amanda me saluda levantando su vaso de cerveza.

—Dios mío, hay que hacerte urgentemente algo con ese pelo. —Se refiere al flequillo que yo misma me he cortado—. ¿Y por qué sigues llevando estas gafas? Imagino que lo haces para recordar a tu hermana, pero ¿no tenía, por ejemplo, un jersey mono que pudieras ponerte, en vez de eso?

Dejo el vaso que me han dado. Sigo cargando con la almohada.

—Me duele el estómago. Creo que me voy a casa —digo.

Suze me mira con sus grandes ojos azules.

—¿Es verdad eso de que salvaste a Theodore Finch de lanzarse desde aquella cornisa?

(Era «Suzie» hasta el primer curso de secundaria, y fue entonces cuando se quitó la «i». ahora se pronuncia «Suuze».)

—Sí —digo, pensando al mismo tiempo «Dios mío, quiero que pase este día».

Amanda mira a Suze.

—Ya te dije que era verdad. —Me mira entonces con cara de exasperación—. Siempre hace cosas de este estilo. Lo conozco desde la guardería, creo, y cada vez es más raro.

Suze coge una bebida.

—Yo lo conozco aún mejor. —Su voz se vuelve morbosa. Amanda le da un cachete en el brazo y Suze se lo devuelve. Cuando han terminado con el jueguecito, Suze continúa—: Nos liamos en segundo. Tal vez sea raro, pero debo decir a su favor que es un chico que sabe lo que se hace. —Su tono se vuelve más morboso si cabe—. A diferencia de la mayoría de imbéciles aburridos que ronda por aquí.

Uno de los imbéciles aburridos grita desde el suelo:

—¿Por qué no vienes y pruebas esto para comprobarlo, zorra?

Amanda vuelve a darle un cachete a Suze. Y allí van otra vez.

Cambio la posición de la bolsa que llevo al hombro.

—Me alegro de haber estado allí.

Para ser más precisos, me alegro de que él estuviera allí antes de lanzarme desde la cornisa y matarme delante de todo el mundo. Ni siquiera me atrevo a pensar en mis padres, obligados a afrontar la muerte de la única hija que les queda con vida. Y, además, no habría sido una muerte accidental, sino intencionada. Es uno de los motivos por los que esta noche he venido aquí sin protestar. Me siento avergonzada de lo que he estado a punto de hacerles pasar.

—¿Te alegras de haber estado dónde?

Roamer, que llega cargado con un cubo lleno de latas de cerveza, tropieza y derrama su contenido, el hielo esparciéndose por todas partes. Suze lo mira con ojos de gata.

—En el campanario.

Roamer le mira el pecho. Y a continuación se obliga a sí mismo a mirarme.

—¿Y qué hacías tú allá arriba, de todos modos?

—Iba a clase de sociales y lo vi cruzar la puerta del final del pasillo, la que sube a la torre.

—¿Sociales? —pregunta Amanda—. Creía que eso era a segunda hora.

—Así es, pero tenía que comentar un tema con el señor Wysong.

—Esa puerta está cerrada a cal y canto —apunta Roamer—. Es más difícil entrar allí que en tus bragas, por lo que me han dicho. —Ríe a carcajadas.

—Debió de coger la llave.

O tal vez fui yo la que lo hice. Una de las cosas buenas que tiene parecer inocente es que consigues cosas. La gente casi nunca sospecha de ti.

Roamer abre una lata de cerveza y bebe.

—Es un cabrón. Deberías haberlo dejado saltar. El año pasado casi me arranca la cabeza.

Se refiere al incidente con la pizarra.

—¿Crees que le gustas? —me pregunta Amanda, esbozando una mueca.

—Claro que no.

—Espero que no. Yo, de ser tú, iría con mucho cuidado.

Diez meses atrás me habría sentado con ellos, habría bebido cerveza, me habría integrado en el grupo y habría redactado mentalmente un comentario ingenioso: «Eso lo ha dicho a propósito, como el abogado que intenta influir en el jurado. "Protesto, señorita Monk." "Lo siento. Que no conste en acta." Pero ya es demasiado tarde porque el jurado ha oído la frase y se ha quedado con ella: si a él le gusta, a ella también debe de gustarle...».

Pero me quedo inmóvil, desinteresada por completo, fuera de lugar y preguntándome cómo he podido ser amiga de Amanda. El ambiente está demasiado cargado. La música demasiado alta. El olor a cerveza lo impregna todo. Tengo la sensación de que voy a vomitar. Entonces veo que viene directa hacia mí Leticia Lopez, la reportera del periódico del instituto.

—Tengo que irme, Amanda. Nos vemos mañana.

Y antes de que alguien pueda decir alguna cosa, corro escaleras arriba y salgo de la casa.

La última fiesta a la que asistí fue el 12 de abril, la noche en que murió Eleanor. La música, las luces y los gritos lo reviven todo. Justo a tiempo, me retiro el pelo de la cara, me agacho y vomito en la acera. Mañana pensarán que es el resultado de la borrachera de algún chico.

Busco el teléfono y le envío un mensaje a Amanda: «Lo siento mucho. No me encuentro bien. ☹ xx V».

Doy media vuelta para regresar a casa y me topo de frente con Ryan Cross. Está sudado y despeinado y viste sudadera y pantalón corto. Tiene el cuerpo fibroso y esbelto de un nadador: hombros anchos, cintura estrecha, vientre plano, piernas bronceadas con las pantorrillas cubiertas de vello dorado. Tiene los ojos grandes y bonitos, oscuros e inyectados en sangre. Como todos los tíos buenos, esboza una sonrisa ladeada. Cuando sonríe empleando ambas comisuras de la boca, aparecen hoyuelos. Es perfecto. Lo tengo memorizado.

Yo no soy perfecta. Tengo secretos. Vivo en el caos. Y no solo mi habitación es un caos, sino también yo. A nadie le gusta el caos. A la gente le gusta la Violet que sonríe. Me pregunto qué haría Ryan de saber que Finch ha sido el que me ha convencido para que no me tirara, y no al revés. Me pregunto qué haría cualquiera de ellos.

Ryan me coge en volandas y me hace dar vueltas, almohada, bolsa y todo. Intenta besarme y yo aparto la cabeza.

La primera vez que me besó fue en la nieve. Nieve en abril. Bienvenidos a Indiana. Eleanor iba vestida de blanco, yo de negro, como en la película Ponte en mi lugar, *los papeles de hermana buena y hermana mala cambiados, como hacíamos a veces. El hermano mayor de Ryan, Eli, celebraba una fiesta. Mientras Eleanor estaba arriba con Eli, yo bailaba. Estábamos Amanda, Suze, Shelby, Ashley y yo. Ryan estaba junto a la ventana. Fue él quien dijo «¡Está nevando!».*

Me acerqué a él bailando, abriéndome paso entre la gente, y él me miró. «Vamos.» Así de simple. Me cogió de la mano y sali-

mos. Los copos pesaban como las gotas de lluvia, eran grandes, blancos y brillantes. Intentamos capturarlos con la lengua, y entonces la lengua de Ryan se introdujo en mi boca, y yo cerré los ojos y los copos siguieron cayéndome sobre las mejillas.

En el interior seguían oyéndose los gritos, el ruido de alguna cosa rompiéndose. Sonidos de fiesta. Las manos de Ryan se deslizaron por debajo de mi camiseta. Recuerdo que estaban calientes, y que mientras lo besaba, pensaba: «Estoy besando a Ryan Cross». Esas cosas no me pasaban antes de venir a Indiana. Deslicé entonces las manos por debajo de su sudadera; tenía la piel caliente pero suave. Era justo como me había imaginado que sería.

Más gritos, más cosas rotas. Ryan se apartó y lo miré, fijé la vista en la mancha de pintalabios que le había quedado en la boca. Y no pude hacer otra cosa que quedarme paralizada y pensar: «Ryan Cross con la boca manchada con mi pintalabios». Oh. Dios. Mío.

Ojalá tuviera una fotografía de mi cara en aquel preciso instante para acordarme de cómo era yo. Aquel instante fue el último buen momento antes de que todo fuera a mal y cambiase para siempre.

Ryan me abraza y sigo sin tocar con los pies en el suelo.

—Ibas en dirección equivocada, V.

Tira de mí hacia la casa.

—Ya he estado allí. Necesito volver a mi casa. Me encuentro mal. Déjame en el suelo.

Lo aporreo con los puños y me deposita en el suelo, porque Ryan es un buen chico que hace lo que se le dice.

—¿Qué te pasa?

—Me encuentro mal. Acabo de vomitar. Tengo que irme.

Le doy unos golpecitos en el brazo como si fuese un

perro. Me alejo de él y cruzo corriendo el césped, y sigo calle abajo hasta doblar la esquina. Oigo que me llama, pero no vuelvo la cabeza.

—Llegas pronto.

Mi madre está en el sofá, la nariz sumergida en un libro. Mi padre está estirado en el otro extremo, los ojos cerrados, prestando atención a sus auriculares.

—No lo suficiente. —Me detengo al llegar al pie de la escalera—. Para que lo sepáis, ha sido una mala idea. Sabía que era una mala idea, pero he ido igualmente para que veáis que estoy intentándolo. Pero no era para quedarse tranquilamente a dormir allí. Era una fiesta. Una fiesta orgiástica y de barra libre.

Se lo digo a ellos, como si fuera su culpa.

Mi madre zarandea a mi padre, que se quita los auriculares. Se sientan. Entonces mi madre dice:

—¿Quieres hablar de alguna cosa? Sé que debe de haber sido duro, y sorprendente. ¿Por qué no te quedas un rato aquí con nosotros?

Mis padres son perfectos, como Ryan. Son fuertes, valientes y me quieren, y aunque sé que deben de llorar, enfadarse y tal vez incluso tirarse cosas a la cabeza cuando están solos, rara vez me lo demuestran. Me animan a salir de casa, a volver a subir al coche y a circular por la carretera, por decirlo de algún modo. Escuchan, preguntan y se preocupan, y están siempre ahí para ayudarme. Si acaso, están quizá demasiado ahí para ayudarme. Necesitan saber adónde voy, qué hago, con quién me veo y cuándo volveré. «Mándanos un mensaje cuando vayas para allá. Mándanos un mensaje cuando estés ya de vuelta en casa.»

Casi me siento con ellos, simplemente para darles algo, después de todo lo que han pasado... después de todo lo que estuve a punto de hacerles pasar ayer. Pero no puedo.

—Estoy cansada. Creo que voy a irme a la cama.

Las diez y media de la noche. Estoy en mi habitación. Llevo las zapatillas con la caricatura de Freud y el pijama comprado en Target, el del estampado con monos de color rosa. Es mi equivalente en ropa a lo que podría entenderse como el espacio de la felicidad. Tacho el día con una X negra en el calendario que tengo colgado en la puerta del armario y me acurruco en la cama, me acomodo entre los cojines y el montón de libros que tengo esparcidos sobre la colcha. Desde que dejé de escribir, leo más que nunca. *Palabras de otras personas, no mis palabras: mis palabras se han volatilizado.* Ahora estoy con la obra de las hermanas Brontë.

Me encanta el universo de mi habitación. Estoy más a gusto aquí que fuera porque aquí puedo ser lo que me apetezca. Soy una escritora brillante. Soy capaz de escribir cincuenta folios al día y jamás me quedo sin palabras. Soy una estudiante matriculada en el programa de escritura creativa de la NYU. Soy la creadora de una popular revista online, no la que hacía con Eleanor, sino una nueva. No le tengo miedo a nada. Soy libre. Estoy a salvo.

No acabo de decidir qué hermana Brontë me gusta más. Charlotte no, porque me recuerda a mi profesora de quinto. Emily es apasionada y temeraria y Anne es la que pasa desapercibida. Apuesto por Anne. Leo y luego me paso un buen rato tendida sobre la colcha y mirando el techo. Desde abril, tengo la sensación de que estoy esperando alguna cosa. Pero no sé qué.

Me levanto. Hace poco más de dos horas, a las 19.58, Theodore Finch ha colgado un vídeo en su muro de Facebook. Es de él con la guitarra y está sentado en lo que imagino que debe de ser su habitación. Tiene buena voz, aunque algo ronca, como si fumara demasiado. Está inclinado sobre la guitarra, el pelo negro le cae sobre los ojos. La imagen es algo borrosa, como si lo hubiera grabado con el teléfono. La letra de la canción habla sobre un chico que se tira desde el tejado del edificio de su escuela.

Cuando termina, le dice a la cámara: «Violet Markey, si estás viendo esto es que estás viva. Confírmamelo, por favor».

Apago el vídeo como si pudiera verme. Quiero que el día de ayer, Theodore Finch y el campanario desaparezcan. Por lo que a mí se refiere, ha sido una pesadilla. La peor pesadilla. La peor pesadilla de mi VIDA.

Le escribo un mensaje privado: «Por favor, borra eso de tu muro o edita lo que dices al final para que nadie más lo vea o lo oiga».

Me responde de inmediato: «¡Felicidades! ¡Deduzco por tu mensaje que estás viva! Solucionado este tema, estaba pensando que deberíamos hablar sobre lo sucedido, sobre todo ahora que somos pareja de trabajo. (Nadie verá el vídeo excepto nosotros)».

Yo: «Estoy bien. Me gustaría ignorarlo y olvidar que todo eso ha sucedido. (¿Cómo lo sabes?)».

Finch: «(Porque he creado esa página como excusa para poder hablar contigo. Además, ahora que ya lo has visto, el vídeo se autodestruirá en cinco segundos. Cinco, cuatro, tres, dos...)».

Finch: «Actualiza la página, por favor».

El vídeo ha desaparecido.

Finch: «Si no quieres hablar por Facebook, puedo venir».

Yo: «¿Ahora?».

Finch: «Bueno, técnicamente sería en cinco o diez minutos. Primero tendría que vestirme, a menos que me prefieras desnudo, y además habría que sumarle el tiempo de recorrido en coche».

Yo: «Es tarde».

Finch: «Eso depende de a quién se lo preguntes. Mira, yo no creo que sea tarde. Creo que es temprano. Temprano en nuestra vida. Temprano para esta noche. Temprano para lo que llevamos de año. Si lo cuentas, verás que lo temprano supera a lo tarde. Es solo para hablar. Nada más. No tengo intención de montármelo contigo».

Finch: «A menos que quieras que lo haga. Lo de montármelo contigo, quiero decir».

Yo: «No».

Finch: «¿"No" quieres que venga? ¿O "no" quieres que me lo monte contigo?».

Yo: «Las dos cosas. Ninguna. Nada de eso».

Finch: «De acuerdo. Podemos hablar en el instituto. Tal vez durante la clase de geografía, o podemos quedar para comer. ¿Comes con Amanda y Roamer, no?».

Oh, Dios mío. Haz que pare. Haz que se calle.

Yo: «Si vienes esta noche, ¿me prometes olvidar eso de una vez por todas?».

Finch: «Palabra de *scout*».

Yo: «Solo para hablar. Nada más. Y no te quedes mucho rato».

En cuanto escribo eso, quiero borrarlo. Amanda y su fiesta están justo aquí, en la esquina. Podría pasar cualquiera y verlo conmigo.

Yo: «¿Sigues ahí?».

No responde.

Yo: «¿Finch?».

Cojo el Saturn VUE de mi madre, conocido también como *Pequeño Cabrón*, y pongo rumbo a casa de Violet Markey por el camino de tierra que corre en paralelo a la carretera nacional, la arteria que cruza la ciudad de un extremo al otro. Piso el pedal del gas y el coche acelera mientras el velocímetro sube a ochenta, cien, ciento veinte, ciento cuarenta, la aguja tiembla cada vez más, el Saturn se esfuerza por parecer un coche deportivo en vez de un pequeño monovolumen de cinco años.

El 23 de marzo de 1950, el poeta italiano Cesare Pavese escribió: «El amor es verdaderamente el gran manifiesto; se quiere ser, se quiere ser importante, se quiere, si de morir se trata, morir con valentía, con clamor, perdurar, en suma». Cinco meses más tarde, entró en las oficinas de un periódico y eligió la fotografía de su necrológica de entre las varias que tenían en el archivo fotográfico. Se registró en un hotel y, días después, un empleado lo descubrió en la cama, muerto. Iba completamente vestido excepto los zapatos. En la mesita de noche había dieciséis cajas de somníferos y una nota: «Perdono a todo el mundo y pido perdón a todo el mundo, ¿de acuerdo? No cotilleéis mucho, por favor».

Cesare Pavese no tiene nada que ver con conducir a toda velocidad por un camino de tierra en Indiana, pero comprendo la necesidad de ser y de ser importante para alguna cosa. Y a pesar de que no estoy seguro de que descalzarse en la habitación de un hotel y engullir un montón de somníferos sea digno de calificarse de morir con valentía y con clamor, es la idea lo que cuenta.

Aprieto el Saturn y lo pongo a ciento cincuenta. Solo pararé cuando llegue a ciento sesenta. Ni a ciento cincuenta y cinco. Ni a ciento cincuenta y ocho. A ciento sesenta o nada.

Me inclino hacia delante, como si fuese un cohete, como si yo fuera el coche. Y me pongo a gritar porque a cada segundo que pasa, más despierto me siento. Percibo la velocidad y luego... lo percibo todo a mi alrededor y dentro de mí, la carretera, la sangre, el corazón latiendo con fuerza en la garganta, y podría terminar ahora, en un valiente clamor de metal aplastado y fuego explosivo. Piso con fuerza el acelerador y no puedo parar, porque soy más veloz que cualquier otra cosa de este mundo. Me precipito hacia el Gran Manifiesto y lo único que importa es esta aceleración y cómo me siento.

Entonces, en la fracción de segundo antes de que el corazón me estalle o el motor explote, levanto el pie y continúo avanzando por los trillados surcos del camino, el *Pequeño Cabrón* transportándome por su propia cuenta y riesgo, elevándose por encima del suelo y aterrizando con fuerza a varios metros de distancia, casi dentro de una zanja, y contengo la respiración. Levanto las manos y veo que no tiemblan. Están tranquilas, y miro a mi alrededor, miro el cielo estrellado y los campos, las casas durmientes y oscuras, y estoy aquí, hijos de puta. Estoy aquí.

Violet vive a una calle de Suze Haines, en una casa blanca, grande y con una chimenea de color rojo, en un barrio del lado opuesto de la ciudad. Detengo el *Pequeño Cabrón* y la veo sentada en la escalera de acceso, envuelta en un abrigo gigante; se la ve pequeña y sola. Se levanta de un brinco, se reúne conmigo en la acera y de inmediato mira más allá de mí, como si buscara alguna cosa.

—No era necesario que vinieras hasta aquí.

Habla en un susurro, como si fuéramos a despertar a todo el vecindario. Le respondo de igual manera.

—No es precisamente que vivamos en L.A., o ni siquiera en Cincinnati. Me habrá llevado poco más de cinco minutos llegar hasta aquí. Una casa muy bonita, por cierto.

—Mira, gracias por venir, pero no necesito hablar de nada. —Lleva el pelo recogido en una cola de caballo y le caen algunos mechones sobre la cara. Se recoge uno detrás de la oreja—. Estoy perfectamente bien.

—Nunca pretendas ir de farol con un farolero. Reconozco una llamada de auxilio en cuanto la veo, y diría que tener que convencer con palabras a alguien para que no se lance desde una cornisa cumple de sobras con eso. ¿Están tus padres en casa?

—Sí.

—Una lástima. ¿Te apetece dar un paseo? —digo, echando a andar.

—Por ahí no.

Me tira del brazo y me arrastra en dirección contraria.

—¿Estamos, tal vez, evitando alguna cosa?

—No. Es solo que... por allí es más bonito.

Hablo utilizando mi mejor imitación de la voz de Embrión.

—¿Cuánto tiempo llevas con sentimientos suicidas?

—Dios mío, no hables tan alto. Y yo no..., no soy una...

—Suicida. Puedes decirlo.

—Pues no, no lo soy.

—A diferencia de mí.

—No quería decir eso.

—Estabas allá arriba porque ya no sabías hacia dónde ir ni qué más hacer. Habías perdido todas tus esperanzas. Y entonces, como un gallardo caballero, yo te salvé la vida. Por cierto, sin maquillaje estás completamente distinta. No peor, no quiero decir eso, sino distinta. Tal vez incluso mejor. ¿Y qué pasa con esa página web que tenías? ¿Siempre te ha gustado escribir? Cuéntame cosas sobre ti, Violet Markey.

Responde como un robot:

—No hay mucho que contar. Supongo. No hay nada que contar.

—Así que California. Debió de ser un gran cambio para ti. ¿Te gusta?

—¿El qué?

—Bartlett.

—No está mal.

—¿Y este barrio?

—Tampoco está mal.

—No son precisamente las palabras de alguien a quien acaban de devolverle la vida. En estos momentos deberías sentirte en la j... cima del mundo. Yo estoy aquí. Tú estás aquí. Y no solo eso, sino que estás aquí conmigo. Se me ocurre una chica, como mínimo, que estaría encantada de estar en tu lugar.

Emite un frustrado (y curiosamente excitante) «Arrrrrr».

—¿Qué quieres?

Me detengo bajo una farola. Me olvido de mi charlatanería y de mi encanto.

—Quiero saber por qué estabas allá arriba. Y quiero saber si estás bien.

—¿Te irás a casa si te lo digo?

—Sí.

—¿Y nunca más sacarás el tema a relucir?

—Eso depende de tus respuestas.

Suspira y continúa andando. Pasa un momento sin decir nada y me mantengo en silencio, esperando que hable. Lo único que se oye es un televisor y los sonidos de una fiesta a lo lejos.

Después de recorrer varias manzanas así, comento:

—Cualquier cosa que me digas quedará entre nosotros. Tal vez no te hayas dado cuenta de un detalle, pero la verdad es que no puede decirse que ande rodeado de amigos. Y aun en el caso de que no fuera así, daría igual. Esos cabrones ya tienen material suficiente para cotillear.

Veo que inspira hondo.

—La verdad es que cuando subí a la torre no pensaba en nada. Fue como si mis piernas decidieran subir aquella escalera y yo las hubiera seguido. Nunca había hecho nada de ese estilo. Quiero decir con esto que no era yo. Y entonces fue como si me despertase y me encontrara en la cornisa. No sabía qué hacer y empecé a asustarme.

—¿Le has contado a alguien lo que pasó?

—No.

Se para, y tengo que contener el deseo de acariciarle el cabello, los mechones que vuelan alrededor de su cara. Se los aparta.

—¿Ni a tus padres?

—Sobre todo a ellos.

—Aún no me has dicho qué hacías allí arriba.

La verdad es que no espero que me responda, pero dice:

—Era el cumpleaños de mi hermana. Habría cumplido diecinueve.

—Mierda. Lo siento.

—Pero ese no fue el motivo. El porqué es que ya nada importa. Ni el instituto, ni ser animadora, ni los novios, los amigos, las fiestas, los programas de escritura creativa, ni... —Agita los brazos como enfrentándose al mundo—. Todo eso no son más que cosas para llenar el tiempo hasta que muramos.

—Tal vez. O tal vez no. Independientemente de que sean cosas para llenar el tiempo o no, me alegro de estar aquí. —Si algo he aprendido es que hay que sacar el máximo provecho de todo—. Te importan lo suficiente como para no saltar.

—¿Puedo preguntarte una cosa? —dice, mirando al suelo.

—Claro.

—¿Por qué te llaman Theodore *el Friki*?

Ahora soy yo el que mira al suelo, como si fuese la cosa más interesante que he visto en mi vida. Tardo un poco en responder porque estoy decidiendo hasta dónde contar. «Sinceramente, Violet. No sé por qué no gusto a nadie.» Mentira. Quiero decir que lo sé pero no lo sé. Siempre he sido diferente, pero para mí la diferencia es normal. Me decanto por una versión de la verdad.

—En octavo era mucho más menudo de lo que soy aho-ra. Antes de que llegaras tú. —Levanto la vista lo suficiente como para ver que está asintiendo—. Me sobresalían las orejas. Me sobresalía la nuez de Adán. Me sobresalían los codos. No me cambió la voz hasta el verano antes de empezar bachillerato, cuando pegué un estirón de treinta y cinco centímetros.

—¿Y eso es todo?

—Eso y que a veces digo y hago cosas sin pensar. Y eso a la gente no le gusta.

Doblamos una esquina y permanece en silencio. Veo su casa a lo lejos. Ralentizo el paso, para hacer tiempo.

—Conozco a los de la banda que toca en el Quarry. Podríamos ir, entrar en calor, escuchar un poco de música, olvidarlo todo. Conozco también un lugar con unas vistas asombrosas de la ciudad —le digo, y esbozo una de mis mejores sonrisas.

—Me voy a casa a dormir.

Siempre me ha maravillado lo de la gente y el sueño. Yo ni siquiera dormiría de no tener que hacerlo.

—O podemos pegarnos el lote.

—Vale.

En un minuto llegamos donde he dejado aparcado el coche.

—¿Cómo te lo hiciste para subir allá arriba? Cuando llegué, la puerta estaba abierta, y normalmente está cerrada con llave.

Sonríe por primera vez.

—Tal vez robé la llave.

Emito un silbido.

—Violet Markey. Eres mucho más de lo que se ve a simple vista.

En un abrir y cerrar de ojos, enfila el camino de acceso a su casa y entra. Me quedo mirando hasta que veo que se enciende una luz al otro lado de una ventana de la planta de arriba. Hay una sombra que se mueve y vislumbro su perfil, como si me observara a través de la cortina. Me apoyo en el coche, a la espera de ver quién se rinde primero. Me quedo allí hasta que la sombra desaparece y se apaga la luz.

Cuando llego a casa, aparco el *Pequeño Cabrón* e inicio mi sesión de atletismo nocturno. Atletismo en invierno, natación el resto del año. Mi recorrido habitual sigue la carretera nacional, pasando por delante del hospital y la zona de acampada hasta llegar al viejo puente construido en acero que todo el mundo, excepto yo, parece haber olvidado. Corro por encima del muro —que hace las veces de guardarraíl—, y cuando termino sin haberme caído, sé que estoy vivo.

Inútil. Estúpido. He crecido oyendo constantemente estas palabras. Son palabras que intento superar, porque si permito que se queden ahí, aumentarán de tamaño, me llenarán por completo y lo único que quedará de mí será un «monstruo inútil estúpido inútil estúpido inútil estúpido». Y no puedo hacer otra cosa que correr con todas mis fuerzas y llenarme con otras palabras. «Esta vez será diferente. Esta vez me mantendré despierto.»

Corro muchos kilómetros, pero no los cuento, paso por delante de una casa oscura tras otra. Me sabe mal por todos los que están durmiendo en la ciudad.

Para volver a casa sigo un recorrido distinto, por el puente de la calle A. Este puente tiene más tráfico porque une el centro con la parte oeste de Bartlett, donde están el instituto, la universidad y todos los barrios que se han desarrollado en la zona.

Veo las marcas de la derrapada incluso a oscuras. Las sigo, negras y curvas, atravesando ambos carriles hasta desaparecer por lo que queda del quitamiedos de piedra. Hay un tenebroso vacío en mitad de lo que era el murete. Corro hasta el final del puente y atajo por el césped, bajo el terraplén hasta llegar al fondo, que es un lecho de río seco lleno de colillas y botellas de cerveza.

Aparto a puntapiés la basura, las piedras y la tierra. Veo un resplandor plateado en la oscuridad, y luego más cosas brillantes, fragmentos de cristal y de metal. El ojo de plástico rojo de una luz trasera. El amasijo de un retrovisor. Una matrícula, abollada y casi doblada por la mitad.

Todo esto lo convierte repentinamente en algo real. El peso de lo que sucedió aquí podría hundirme como una piedra en la tierra hasta quedar engullido por entero.

Lo dejo todo tal y como estaba, excepto la matrícula, que decido llevarme. Dejarla ahí me parece erróneo, es un objeto demasiado personal para permanecer a la vista de todo el mundo, donde cualquiera que no conozca a Violet ni a su hermana puede cogerla y pensar que es bonita, o llevársela a modo de recuerdo. Vuelvo corriendo a casa, cargado de peso y vacío a la vez. «Esta vez será diferente. Esta vez me mantendré despierto.»

Corro hasta que se detiene el tiempo. Hasta que mi mente se detiene. Hasta que lo único que percibo es el metal gélido de la matrícula en contacto con mi mano y el bombeo de la sangre.

violet

Domingo por la mañana. Mi habitación.

El nombre de dominio HerSister.com está a punto de expirar. Lo sé porque la empresa propietaria del servidor me ha enviado un correo electrónico avisándome de que debo renovarlo ahora o lo perderé para siempre. Abro el guion que guardábamos en el ordenador y repaso las ideas que estábamos elaborando antes del pasado mes de abril. Hay un archivo fechado el día anterior de la muerte de Eleanor, pero cuando lo abro está vacío. Cuando abro los demás, solo encuentro fragmentos que no tienen sentido sin que ella esté aquí para descifrarme lo que había escrito.

Eleanor y yo teníamos puntos de vista distintos sobre lo que queríamos que fuera la revista online. Ella era mayor que yo (y más mandona), lo que se traducía en que normalmente se salía con la suya. Puedo intentar salvar la página, tal vez renovarla y convertirla en otra cosa, en un lugar donde los escritores puedan compartir su trabajo. Un lugar que no hable únicamente de lacas de uñas, chicos y música, sino también de otras cosas, como cómo cambiar una rueda, cómo aprender francés o qué esperar cuando te lanzas al mundo.

Tomo nota de todas estas cosas. Luego entro en la página y leo las últimas publicaciones, escritas el día de la fiesta: dos puntos de vista opuestos sobre el libro *Julie Plum, la chica exorcista*. Ni tan siquiera sobre *La campana de cristal* o *El guardián entre el centeno*. Nada importante ni sorprendente. Nada que diga: «Esto es lo último que escribirás antes de que cambie el mundo».

Elimino mis notas. Elimino el mensaje de correo de la empresa propietaria del servidor. Y luego vacío la papelera para que todo quede tan muerto y desaparecido como Eleanor.

El lunes por la tarde, Kate, Decca y yo cogemos el coche y vamos a la nueva casa de mi padre, en la zona más cara de la ciudad, para celebrar la Cena Familiar Obligatoria Semanal. Llevo la camisa azul marino y los pantalones de algodón de color beige que me pongo siempre que voy a ver a mi padre. Piensa que es mi uniforme del instituto y no me he tomado la molestia de corregirlo.

Permanecemos todo el camino en silencio, mirando por las ventanillas. Ni siquiera ponemos la radio. «Pasadlo bien», nos ha dicho nuestra madre al salir, intentando mostrarse animada, cuando sé que en el instante en que el coche se ponga en marcha estará hablando por teléfono con una amiga y abriendo una botella de vino. Será la primera vez que veo a mi padre desde Acción de Gracias y la primera vez que estoy en su nueva casa, la que comparte con Rosemarie y su hijo.

Viven en una de esas nuevas casas colosales en una calle en la que son todas iguales. Cuando aparcamos delante, Kate dice:

—¿Os imagináis tener que encontrar tu casa cuando vas borracho?

Echamos a andar los tres por la impoluta acera blanca, que parece aún más blanca por el contraste con el verde del césped. En el camino de acceso veo dos todoterrenos iguales, relucientes, como si su pretenciosa vida mecánica dependiera de ello.

Abre la puerta Rosemarie. Tendrá unos treinta años, pero tiene el aspecto de una persona asentada de cuarenta, el cabello rubio rojizo y una sonrisa de preocupación. Según mi madre, Rosemarie es lo que se conoce como una cuidadora, y eso es, también según mi madre, lo que mi padre necesita. Llegó con una cuenta bancaria con doscientos mil dólares, donación de su exmarido, y un niño desdentado de siete años que se llama Josh Raymond que tal vez, o tal vez no, es mi hermano de verdad.

Mi padre viene en tromba hacia nosotros procedente del jardín trasero, donde, a pesar de que estamos en enero y no en julio, está asando quince kilos de carne. Lleva una camiseta donde puede leerse «¡Toma ya, Canadá!». Hace doce años era un jugador de hockey profesional conocido como «el Carcelero», hasta que se fracturó el fémur al chocar contra la cabeza de otro jugador. Está igual que la última vez que lo vi —demasiado guapo y demasiado en forma para un tipo de su edad, como si esperara que en cualquier momento pudieran volver a seleccionarlo—, aunque me percato de las canas que salpican su pelo negro. Una novedad.

Abraza a mis hermanas y me da unas palmaditas en la espalda. A diferencia de la mayoría de jugadores de hockey, ha conseguido conservar la dentadura completa y nos sonríe exhibiéndola, como si fuéramos sus fans. Quiere saber qué tal nos ha ido la semana, qué tal nos ha ido la escuela, si hemos aprendido alguna cosa que él no sepa. Es un reto, su equivalente a arrojarnos el guante. Y para nosotros es una manera de intentar desconcertar a nuestro sabio papá que a ninguno le hace gracia, por lo que todos le respondemos que no.

Mi padre pregunta sobre mi programa de estudios fuera de la ciudad durante noviembre y diciembre, y tardo un momento en caer en la cuenta de que está hablando conmigo.

—Oh, sí, estuvo bien.

Muy buena, Kate. Tomo mentalmente nota de que debo darle las gracias. No sabe nada acerca de mi desconexión ni sobre los problemas en el instituto en segundo, ya que el año pasado, después del incidente en el que rompí una guitarra, le conté al director Werts que mi padre había muerto como consecuencia de un accidente de caza. No se tomó la molestia de verificarlo y ahora llama a mi madre siempre que hay algún problema, lo que significa que en realidad llama a Kate, porque mi madre tampoco se toma nunca la molestia de comprobar el contestador.

Saco una hoja que ha aterrizado en la barbacoa.

—Me invitaron a seguir allí, pero rechacé la oferta. Es decir, que por mucho que me guste el patinaje artístico y por bueno que yo sea (supongo que eso me viene de ti), no estoy seguro de querer seguir mi carrera en este sentido.

Uno de los grandes placeres de la vida es hacer comentarios de este estilo, porque sé que tener un hijo gay es la peor pesadilla de mi padre.

Su única respuesta es abrir otra lata de cerveza y atacar los quince kilos de carne con las pinzas, como si existiera el peligro de que se alzara de la barbacoa para devorarnos a todos. Ojalá fuera así.

Cuando es hora de cenar, tomamos asiento en el comedor decorado en blanco y oro y con su alfombra de lana natural, la más cara que hay en el mercado. Una mejora descomunal, por lo visto, en relación con la asquerosa alfombra bereber que había en la casa cuando se mudaron allí.

Josh Raymond apenas llega a la mesa porque su madre es pequeña y su exmarido también es pequeño, a diferencia de mi padre, que es un gigante. Mi hermanastro es pequeño, pero de una manera distinta a como lo era yo a su edad: es comedido y pulcro, sin codos ni orejas sobresalientes, todo proporcionado. Es una de las cosas que me lleva a pensar que tal vez no esté genéticamente relacionado con mi padre.

Josh Raymond da puntapiés a la pata de la mesa y nos mira por encima de su plato con esos ojos enormes que nunca pestañean y que parecen de búho.

—¿Qué tal va todo, hombrecito? —le digo.

Responde con voz chillona y mi padre, el Carcelero, se acaricia una barbilla perfectamente afeitada y dice, empleando el tono de voz paciente y suave de una monja:

—Josh Raymond, ya hemos hablado sobre esto de dar patadas a la mesa.

Es un tono que ni una sola vez utilizó conmigo o con mis hermanas.

Decca, que ya tiene la comida en el plato, empieza a comer mientras Rosemarie sirve uno a uno a todos los demás. Cuando llega a mí, le digo:

—Yo nada, por favor, a menos que tengas por ahí una hamburguesa vegetariana.

Se queda mirándome, pestañeando, la mano paralizada a medio camino del plato. Sin volver la cabeza, gira los ojos hacia mi padre.

—¿Una hamburguesa vegetariana? Yo me he criado a base de carne y patatas y he llegado a los treinta y cinco. —Cumplirá cuarenta y tres en octubre—. Siempre creí que mis padres eran los responsables de ponerme la comida en la mesa y que no era mi papel cuestionar nada.

Se levanta la camiseta y se da unas palmaditas en el vientre —plano todavía, pero ya sin los abdominales marcados—, mueve la cabeza en un gesto de preocupación y me sonríe, la sonrisa de un hombre que tiene una esposa nueva, un hijo nuevo, una casa nueva, dos coches nuevos, un césped nuevo y que solo tiene que lidiar con sus hijos originales durante un par de horas más.

—No como carne roja, papá.

De hecho, para ser concretos, el que es vegetariano es Finch *el Pijo*.

—¿Desde cuándo?

—Desde la semana pasada.

—Oh, por el amor de Dios...

Mi padre se recuesta en la silla y me mira mientras Decca le da un sangriento mordisco a su hamburguesa y le empiezan a gotear los jugos por la barbilla.

—No seas gilipollas, papá —dice Kate—. Si no quiere comer, que no coma.

Antes de que me dé tiempo a impedírselo, Finch *el Pijo* toma la palabra.

—Existen distintas maneras de morir. Puedes saltar desde el tejado o irte envenenando a diario y lentamente con la carne de otros.

—Lo siento mucho, Theo. No lo sabía. —Rosemarie lanza una mirada a mi padre, que sigue sin quitarme los ojos de encima—. ¿Qué te parece si te preparo una ensalada de patatas y te comes el panecillo de la hamburguesa sin la carne? O, si quieres, puedo incluso prepararte un sándwich de ensalada de patatas.

Lo dice tan esperanzada que acepto, aunque la ensalada de patatas lleva beicon.

—Eso tampoco puede comerlo. La ensalada de patatas lleva beicon —apunta Kate.

—Pues que lo quite, joder —dice mi padre.

Lo pronuncia con ese deje canadiense, un recuerdo de su infancia. Mi padre empieza a enfadarse, de modo que callamos, porque cuando más rápido comamos, más rápido nos iremos.

Ya en casa, le doy a mi madre un beso en la mejilla porque lo necesita, y huelo a vino tinto.

—¿Os lo habéis pasado bien, niños? —pregunta, y sabemos que confía en que le pidamos permiso para no tener que ir nunca más allí.

—La verdad es que no —responde Decca, y se marcha escaleras arriba.

Mi madre suspira aliviada antes de beber un poco más y salir tras ella. Los domingos ejerce más de madre.

Kate abre una bolsa de patatas fritas y dice:

—Esto es una estupidez. —Y sé a qué se refiere. «Esto» equivale a nuestros padres y a los domingos, y tal vez también a lo jodida que es nuestra vida—. Ni siquiera entiendo por qué tenemos que ir allí y hacer ver que nos gustan cuando todo el mundo sabe exactamente lo que estamos haciendo: fingir.

Me pasa la bolsa.

—Porque a la gente le gusta que finjamos, Kate. Lo prefiere.

Se retira el cabello por encima del hombro y arruga la cara con un gesto que da a entender que está pensando.

—¿Sabes? Al final he decidido ir a la universidad en otoño.

Cuando se produjo el divorcio, Kate se ofreció a retrasar un año su entrada. «Alguien tiene que cuidar de mamá», dijo.

Tengo hambre y nos pasamos la bolsa de patatas el uno al otro. Con la boca llena, digo:

—Creía que te gustaba la idea de tomarte un tiempo libre, sin estudiar.

La quiero lo bastante como para fingir delante de ella que este es el otro motivo por el que se ha quedado en casa, que su decisión no ha tenido nada que ver con que su novio del instituto, con el que planeaba compartir su futuro, le pusiera los cuernos.

Hace un gesto de indiferencia.

—No sé. Tal vez lo del «tiempo libre» no ha sido lo que me esperaba. Estoy pensando en ir a Denver, instalarme en casa de Tyler, a lo mejor ver qué hay por allí, ver si aún puedo trabajar con él. Es mejor que estudiar a media jornada y vivir aquí.

No puedo discutírselo, de modo que le pregunto:

—¿Te acuerdas de Eleanor Markey?

—Pues claro. Iba a mi clase. ¿Por qué?

—Tenía una hermana.

Y la conocí en lo alto del campanario, cuando los dos estábamos planteándonos la posibilidad de saltar desde allí. Podríamos habernos dado la mano y saltado juntos. Habrían pensado que éramos amantes desdichados. Habrían escrito canciones sobre nosotros. Seríamos una leyenda.

Kate se encoge de hombros.

—Eleanor estaba bien. Un poco creída. Pero podía ser divertida. No la conocía muy bien. Y no recuerdo a su hermana. —Apura el vino de la copa que ha dejado allí nuestra madre y coge las llaves del coche—. Hasta luego.

Arriba, pongo en el tocadiscos a Johnny Cash, busco un pitillo en la mesa y le dijo a Finch *el Pijo* que pase de todo. Al fin y al cabo, yo lo he creado y yo puedo cargármelo. Aunque mientras enciendo el cigarrillo, me imagino los pulmones volviéndose negros como una carretera recién asfaltada y pienso en lo que le he dicho antes a mi padre: «Existen distintas maneras de morir. Puedes saltar desde el tejado o irte envenenando a diario y lentamente con la carne de otros».

Para hacer este cigarrillo no ha sido necesario matar animales, pero, por una vez, no me gusta cómo me hace sentir, es como si me contaminara, como si estuviera envenenándome. Lo aplasto para apagarlo y a continuación, antes de que me dé tiempo a cambiar de idea, parto por la mitad todos los demás. Luego corto las mitades con tijeras y lo tiro todo a la papelera, enciendo el ordenador y me pongo a escribir.

«11 de enero. Según el *New York Times*, casi el veinte por ciento de los suicidios se cometen por envenenamiento, pero entre los médicos que se quitan la vida, la cifra aumenta hasta el cincuenta y siete por ciento. Pensamientos en torno al método: en mi opinión, es una salida de cobardes. Creo que preferiría sentir alguna cosa. Dicho esto, si alguien me acercara una pistola a la cabeza (ja, ja, lo siento, humor suicida) y me obligara con ello a utilizar un veneno, elegiría la cianida. En estado gaseoso, la muerte puede ser instantánea, lo cual, ahora me doy cuenta, acaba con el objetivo de sentir alguna cosa. Aunque, pensándolo bien, después de toda una vida sintiendo en exceso, tal vez lo de que sea rápido y repentino presenta algún punto a su favor.»

Cuando termino, voy al baño para inspeccionar el botiquín. Ibuprofeno, paracetamol, alguna pastilla para dormir con receta que robé para Kate y luego guardé en un frasco vacío de pastillas de mi madre. Lo que le dije a Embrión acerca de las drogas es cierto. No nos entendemos. Por lo que a mí se refiere, ya tengo bastante con controlar el cerebro sin que se ponga nada de por medio.

Pero nunca se sabe cuándo vas a necesitar un buen somnífero. Abro el frasco, vierto las pastillas azules sobre la palma de la mano y las cuento. Treinta. Regreso a la habitación y pongo las pastillas en fila sobre la mesa, un pequeño ejército azul.

Entro en Facebook y luego en la página de Violet. Veo que alguien del instituto ha publicado que es una heroína por haberme salvado. Hay 146 comentarios y 289 «me gusta», y a pesar de que me gustaría pensar que toda esta gente se alegra de que yo siga con vida, sé que no es así. Voy a mi página, que está vacía con la excepción de la fotografía de Violet como mi amiga.

Acerco los dedos al teclado y los observo, las uñas grandes y redondeadas. Recorro las teclas con las manos como si tocara el piano. Y entonces escribo: «Las cenas familiares obligatorias joden, sobre todo cuando hay carne y desmentidos de por medio. "Noto que no podré aguantar otra de esas épocas horribles." Sobre todo cuando hay tantas otras cosas que hacer». La cita es de la nota de suicidio que Virginia Woolf le escribió a su marido, pero me parece adecuada para la ocasión.

Envío el mensaje y espero junto al ordenador, organizando las pastillas en grupos de tres, luego de diez, cuando lo que en realidad espero es recibir alguna respuesta de Violet. Intento devolver a su forma original la matrícula abollada, escribo en un papel «Otra de esas épocas horribles» y la cuelgo en la pared de la habitación, que ya está llena de notas de este estilo. La pared tiene varios nombres: Muro de pensamientos, Muro de ideas, Muro de mi mente o, simplemente, El muro, aunque no hay que confundirlo con el disco *The Wall* de Pink Floyd. La pared es una especie de registro de pensamientos, que siempre llegan con rapidez, y sirve para poder recordarlos cuando luego se marchan. Allí va a parar cualquier cosa interesante, rara, incluso inspirada.

Una hora más tarde, miro mi página de Facebook. Veo que Violet ha escrito: «Ordena todas las piezas que se crucen en tu camino».

Noto que me arde la piel. Está citándome a Virginia Woolf. El ritmo de mis pulsaciones se ha triplicado. Mierda, pienso. Mis conocimientos de Virginia Woolf se acaban aquí. Hago una búsqueda rápida por internet para encontrar una réplica adecuada. Ojalá hubiera prestado más atención a Virginia Woolf, una escritora que nunca había utilizado mucho hasta ahora. Ojalá me hubiera pasado la totalidad de mis diecisiete años estudiándola.

Tecleo: «Mi cerebro es la maquinaria más inexplicable, zumba, tararea, se eleva, ruge, se zambulle y luego se hunde en el fango. ¿Y por qué? ¿Para qué tanta pasión?».

Esto tiene que ver con lo que dijo Violet sobre llenar el tiempo y que nada de todo esto importa, pero es también una descripción exacta de lo que yo soy: zumbo, tarareo, me elevo, rujo, me zambullo y luego me hundo en el fango, tan profundamente que no puedo ni respirar. Dormido o despierto, sin puntos intermedios.

Una cita condenadamente buena, tan buena que me provoca escalofríos. Veo que se me eriza el vello de los brazos, y cuando vuelvo a mirar la pantalla, Violet ha respondido: «Cuando piensas en cosas como las estrellas, casi parece que nuestros asuntos carecen de importancia, ¿verdad?».

Hago trampas y busco en internet citas de Virginia Woolf. Me pregunto si también ella me estará haciendo trampas. Escribo: «Tengo raíces, pero floto».

Estoy a punto de cambiar de idea. Pienso en borrar la frase, pero ella me responde: «Esta me gusta. ¿De dónde es?».

Las olas. Vuelvo a hacer trampas y encuentro el párrafo. «Ten, más: "Siento que mil posibilidades nacen en mí. Soy ingeniosa, soy alegre, soy lánguida, soy melancólica, sucesivamente. Tengo raíces, pero floto. Me ondulo, toda de oro".»

Decido terminar aquí, en gran parte porque tengo prisa por saber si va a escribirme una respuesta.

Tarda tres minutos. «Me gusta: "Es el momento más excitante que he vivido en mi vida. Me estremezco. Me ondulo. Me balanceo como una planta en el río, floto hacia aquí, floto hacia allá, pero tengo raíces, para que venga hacia mí. 'Ven', le digo, 'ven'".»

Las pulsaciones no son lo único que se agita dentro de mí. Me sereno y pienso en lo absurda y estúpidamente sexy que es todo esto.

Escribo: «Me haces sentir oro, floto». Lo envío sin pensármelo. Podría seguir citando a Virginia Woolf —créeme, el pasaje va subiendo de tono—, pero decido que a partir de ahora quiero citarme a mí.

Espero su respuesta. Espero tres minutos. Cinco minutos. Diez. Quince. Abro su página web, la que llevaba con su hermana, y miro la fecha del último artículo, que no ha cambiado desde la última vez que entré.

Lo tengo, pienso. No es oro, no flota. Está inmóvil.

Aparece entonces un nuevo mensaje: «He visto tus reglas para las excursiones y quiero añadir algo: No viajaremos si hace mal tiempo. Iremos caminando, corriendo o en bici. Nada de coche. No nos alejaremos mucho de Bartlett».

Se ha puesto en modo trabajo. Le respondo: «Ningún problema si vamos andando, corriendo o en bici. —Y, pensando en su página web, que está muerta y vacía, añado—: Deberíamos escribir sobre las excursiones que hagamos para tener algo que enseñarles además de las fotografías. De hecho, deberías encargarte tú de escribir. Yo me limitaré a sonreír y quedar guapo».

Una hora más tarde sigo allí sentado, pero ella se ha ido. De golpe y porrazo, o la he hecho enfadar o la he asustado. De modo que me dedico a crear canción tras canción. La mayoría de noches son Canciones Que Cambiarán el Mundo porque son buenísimas, profundísimas y condenadamente fabulosas. Pero esta noche me digo que no tengo nada en común con esta tal Violet, por mucho que me gustaría tenerlo, y me pregunto si las palabras que nos hemos cruzado eran realmente tan ardientes o eran puras imaginaciones mías. ¿Cómo es que me he pasado tanto de vueltas con una chica que apenas conozco?, y todo porque es la primera persona que parece hablar también mi idioma. O, como mínimo, algunas palabras.

Recojo los somníferos y los encierro en la mano. Podría tragármelos ahora mismo, tenderme en la cama, cerrar los ojos, dejarme ir. Pero ¿quién vigilará a Violet Markey para que no vuelva a subirse a la cornisa? Arrojo las pastillas al váter y tiro de la cadena. Y luego entro otra vez en *HerSister*, recorro los archivos hasta llegar al primer artículo y avanzo a partir de allí hasta que los he leído absolutamente todos.

Permanezco despierto hasta que no puedo más, y caigo finalmente dormido hacia las cuatro de la mañana. Sueño que estoy desnudo en lo alto del campanario, bajo el frío y la lluvia. Miro hacia abajo y está todo el mundo, profesores y alumnos, y mi padre comiéndose una hamburguesa cruda que levanta entonces hacia el cielo, como si estuviera brindando conmigo. Oigo un ruido detrás y al volverme descubro a Violet. Está en el otro extremo de la cornisa, también desnuda, excepto por unas botas negras. Me quedo anonadado —es lo mejor que han visto este par de ojos—, pero antes de que pueda soltarme de la barandilla para correr hacia ella, Violet abre la boca, salta por los aires y empieza a gritar.

Es la alarma del despertador, por supuesto, y le arreo un puñetazo antes de lanzarlo contra la pared. Cae al suelo y allí se queda, balando como una oveja extraviada.

Lunes por la mañana. Primera hora de clase.

Todo el mundo habla sobre el último artículo que ha salido publicado en el *Bartlett Dirt*, la revista de chismorreos del instituto, que no solo tiene una página web, sino que además parece acaparar todo internet. «Heroína del último curso salva a compañero loco de saltar desde lo alto del campanario.» No aparecen nombres, pero sí una fotografía de mi cara, los ojos sorprendidos detrás de las gafas de Eleanor, el flequillo torcido. Parezco el «antes» de uno de esos anuncios comparativos. Hay también una fotografía de Theodore Finch.

Jordan Gripenwaldt, editora del periódico del instituto, está leyendo el artículo a sus amigas Alyx y Priscilla, en voz baja y con asco. De vez en cuando, me miran y mueven la cabeza con preocupación, no por mí, sino por el horroroso ejemplo de periodismo que tienen enfrente.

Son chicas inteligentes que dicen lo que piensan. Debería ser amiga de ellas y no de Amanda. De haberme encontrado en estas circunstancias el curso pasado, habría hablado con ellas, me habría mostrado de acuerdo con su opinión y luego habría escrito un encendido artículo sobre los chismorreos en el instituto. Pero lo que hago es coger la mochila y decirle al profesor que tengo retortijones. Paso de largo el despacho de la enfermera y subo hasta el último piso. Robo la llave de la puerta del campanario. Solo llego hasta la escalera, me siento e, iluminándome con la luz del teléfono, leo dos capítulos de *Cumbres borrascosas*. He abandonado a Anne Brontë y he decidido que solo existe Emily, la rebelde Emily, enfadada con el mundo.

«Si todo lo demás pereciera y él se salvara, yo seguiría existiendo; y si todo lo demás permaneciera y él fuera aniquilado, el universo se convertiría en un imponente desconocido.»

—Un imponente desconocido —le explico a nadie—. Lo has captado a la perfección.

El lunes por la mañana tengo ya claro que Finch *el Pijo* tiene que irse. En primer lugar, no sale nada agraciado en la fotografía que publica el *Bartlett Dirt*. Se lo ve inquietantemente saludable; sospecho que es un santurrón, con todo eso de no fumar, el vegetarianismo y los cuellos subidos. Y en segundo lugar, no me cae bien. Es el tipo de tío que seguramente se lleva estupendamente con los profesores, sale airoso de los exámenes sorpresa y al que no le importa conducir el Saturn de su madre, pero no me fío de que no malbarate las cosas con las chicas. Y más concretamente, no me fío de que sea capaz de llegar a algo con Violet Markey.

Me veo con Charlie en Goodwill durante la tercera hora. Tienen un establecimiento junto a la estación de tren, en un área que estaba simplemente abandonada, fábricas incendiadas y *graffiti*. Ahora han «regenerado» la zona, lo que significa que le han dado una mano de pintura y alguien ha decidido prestarle atención.

Charlie viene con Brenda a modo de consejera de moda, aunque nunca lleva nada conjuntado, algo que jura hacer a propósito. Mientras Charlie habla con una de las vendedoras, Brenda me sigue de expositor en expositor, bostezando. Inspecciona con pocas ganas los percheros con cazadoras de cuero.

—¿Qué es exactamente lo que estamos buscando?

—Necesito regenerarme. —Vuelve a bostezar, sin taparse siquiera la boca, y le veo los empastes.

—¿Te has acostado tarde?

Sonríe, sus labios rosados se expanden.

—Amanda Monk dio una fiesta el sábado por la noche. Me lo monté con Gabe Romero.

Además de ser el novio de Amanda, Roamer es el mayor gilipollas del instituto. Por algún motivo que desconozco, Bren le tiene echado el ojo desde primero.

—¿Y crees que él se acordará?

La sonrisa pierde algo de intensidad.

—Estaba bastante hecho polvo, pero le dejé en el bolsillo una de estas. —Levanta la mano y mueve los dedos. Veo que le falta una de sus uñas de plástico de color azul—. Y, por si acaso, el aro de la nariz.

—Por eso te veía hoy distinta.

—Es por el rubor. —Está más despierta. Junta las manos y las frota como un científico loco—. Y bien, ¿qué andamos buscando?

—No lo sé. Algo que sea menos limpio y reluciente, tal vez un poco más sexy. Ya me he hartado de los ochenta.

Brenda frunce el entrecejo.

—¿Es por esa... como se llame? ¿La flacucha?

—Violet Markey, y no está flacucha. Tiene caderas.

—Y un culo sabroso, sabrosón —apunta Charlie, que se ha sumado a nosotros.

—No. —Bren niega con la cabeza con tanta fuerza y a

tal velocidad que parece que esté dándole un ataque—. Tú no te vestirás para complacer a una chica, y menos a una chica como esa. Tú tienes que vestirte para complacerte a ti. Si no le gustas por lo que eres, es que no la necesitas para nada. —Todo esto estaría muy bien si yo supiese quién soy yo. Brenda prosigue—: ¿Es la chica del blog, ese que le gusta a la actriz Gemma Sterling? ¿La que ha salvado a su «loco compañero de clase» de saltar? Pues que la jodan, a ella y a su culo flacucho.

Bren odia a todas las chicas que no tienen la talla cuarenta y dos como mínimo.

No digo nada mientras despotrica sobre Violet, sobre Gemma Sterling, sobre el *Bartlett Dirt*. De pronto no quiero que Bren ni Charlie hablen sobre Violet, porque la quiero solo para mí, como la Navidad de cuando tenía ocho años —cuando las Navidades aún eran buenas— y me regalaron mi primera guitarra, a la que puse de nombre *Prohibido el paso*, como si nadie excepto yo pudiera tocarla.

Pero al final no me queda más remedio que interrumpirla.

—Estaba en el accidente del pasado abril, en el que murió su hermana, cuando cayeron por el puente de la calle A.

—Dios mío, ¿era ella?

—Su hermana iba a último curso.

—Mierda. —Brenda se acaricia la barbilla—. Mira, entonces tal vez deberías optar por algo más seguro. —Ha bajado el tono—. Piensa en Ryan Cross. Mira cómo viste. Deberíamos ir a Old Navy o a American Eagle, o mejor aún, a Abercrombie, en Dayton.

—Lo de pijo ya lo he probado.

—Pero no la versión moderna.

—Esa nunca irá por él —le dice Charlie a Brenda—. Independientemente de cómo se vista. Sin ánimo de ofender, tío.

—Vale. Y Ryan Cross que se joda. —Pronuncio la palabra en voz alta por primera vez en mi vida. Es tan liberador que de pronto me entran ganas de echar a correr por la tienda—. Que se joda.

Decido que el nuevo Finch suelta tacos siempre que le apetece y cuando le apetece. Es el tipo de Finch que se plantaría en lo alto de un edificio y pensaría en saltar simplemente porque nada le da miedo. Es un cabrón.

—En este caso....

Charlie arranca una cazadora de una percha y la mira. Es de puta madre. Cuero gastado, pero gastado como lo habría gastado Keith Richards en su época.

Podría decirse que es la cazadora más guapa que he visto en mi vida. Me la pruebo mientras Bren suspira, se aleja y vuelve con un par de botines negros sesenteros.

—Son un cuarenta y ocho —dice—. Pero con lo que creces, creo que para el viernes ya te irán bien.

A la hora de comer, empiezo a trabajar con Finch *el Cabrón*. Para empezar, a las chicas les gusta. Una estudiante de algún curso inferior, monísima, me para por el pasillo y me pregunta si quiero que me indique hacia dónde tengo que ir, por si no lo sé. Debe de ser nueva, puesto que es evidente que no tiene ni idea de quién soy. Cuando me pregunta si soy de Londres, le digo «hola», «gracias», y «salchichas con puré de patatas» tal y como suelen decirlo los británicos y con un acento que considero bastante convincente. Y ella, riendo como una tonta y tocándose el pelo, me guía hasta la cafetería.

En BHS (Bartlett High School) hay tres mil alumnos, y por esa razón nos dividen en tres turnos distintos de comedor. Brenda se salta una clase para comer con Charlie y conmigo, y los saludo con un «Hola, colegas» y «Sois cojonudos» y tal. Bren me mira parpadeando, y luego hace lo mismo con Charlie.

—Dime, por favor, que no es británico.

Charlie se encoge de hombros y sigue comiendo.

Paso el resto de la hora de la comida hablándoles sobre mis lugares favoritos en mi país: Honest Jon's, Rough Trade East y Out on the Floor, las tiendas de discos que más frecuento. Les hablo sobre mi sexy, aunque antipática, novia irlandesa, Fiona, y sobre mis mejores amigos, Tam y Natz. Cuando he terminado de comer, he creado un universo del que conocen hasta el mínimo detalle: los pósters de Sex Pistols y Joy Division en la pared, los pitillos que fumo en la ventana del piso que compartimos Fiona y yo, las noches que paso tocando música en el Hope, en el Anchor y en el Halfmoon, los días consagrados a grabar discos en Abbey Road. Cuando suena la campana, dice Charlie:

—Vámonos, eres la polla.

Añoro el Londres que he dejado atrás. «Sí, señor.» Caminando por los pasillos me queda claro que Finch *el Cabrón* británico funcionará. Se hará el dueño del instituto, se hará el dueño de la ciudad, se hará el dueño del mundo. Será un mundo de compasión, de vecinos que aman a sus vecinos, de estudiantes que aman a otros estudiantes o que, como mínimo, los tratan con respeto. Sin juicios de valor, sin crueldad. Sin ponerles motes. Sin nada de todo eso, nada de nada.

Cuando llego a clase de geografía, estoy casi convencido de que este mundo existe y empiezo a profundizar en esta personalidad. Hasta que veo a Ryan Cross, todo oro, flotando, la mano en el respaldo de la silla de Violet como si fuera el dueño del Macaroni Grill. Le sonríe y habla con ella, y ella le sonríe con la boca cerrada, sus ojos de color gris verdoso con expresión seria detrás de las gafas y, de repente, me convierto en Theodore Finn, nacido en Indiana y calzado con un par de botas de segunda mano. Los tipos como Ryan Cross sirven para recordarte quién eres, por mucho que no quieras recordarlo.

Intento llamar la atención de Violet, pero está demasiado ocupada asintiendo y escuchando lo que le cuenta Ryan, y luego aparecen Roamer y Amanda Monk, que me lanza una mirada letal y me suelta:

—¿Y tú que miras?

Violet queda engullida por ellos y tengo que contentarme con mirar hacia donde estaba hace un momento.

El señor Black avanza resollando hacia su sitio en cuanto suena la campana y pregunta si alguien tiene dudas sobre el trabajo. Se levantan varias manos y, uno a uno, va abordando todos los temas.

—Salid y visitad... vuestro estado. Id a museos..., a parques..., a sitios históricos. Culturizaos... para que cuando os vayáis... os lo podáis llevar con vosotros.

Con mi mejor acento británico, digo:

—Pensaba que no podíamos llevárnoslo.

Violet se ríe. Es la única. Y en cuanto lo hace, aparta la vista y se vuelve hacia la pared que queda a su derecha.

Cuando suena de nuevo la campana, me levanto, paso por el lado de Ryan Cross, Roamer y Amanda y me coloco tan cerca de Violet que puedo incluso oler su champú floral. Lo bueno que tiene Finch *el Cabrón* es que los tipos como Ryan Cross no lo intimidan por mucho tiempo.

—¿Podemos ayudarte en algo? —me pregunta Amanda con su voz nasal de niñita.

Con mi acento normal, no el británico, le digo a Violet:

—Es hora de iniciar las excursiones.

—¿Adónde?

Su mirada es fría y cautelosa, como si temiera que fuera a eliminarla, aquí y ahora.

—¿Has estado en Hoosier Hill?

—No.

—Es el punto más elevado del estado.

—Sí, ya lo sé.

—He pensado que te gustaría. A menos que te den miedo las alturas —digo, ladeando la cabeza.

Se queda blanca, pero se recupera y las comisuras de su boca esbozan una perfecta y falsa sonrisa.

—No, las llevo bien.

—¿Te salvó de tirarte desde esa cornisa, no?

Eso lo dice Amanda. Agita el teléfono que lleva en la mano, donde vislumbro el titular del *Bartlett Dirt*.

—Tal vez deberías subir otra vez para volver a intentarlo —murmura Roamer.

—¿Y perderme la oportunidad de contemplar Indiana? No, gracias. —Clavan sus ojos en mí mientras yo miro a Violet—. ¿Vamos?

—¿Ahora?

—No hay mejor momento que el presente, y todo eso que se dice. Tú, precisamente, deberías saber que solo tenemos garantizado el ahora.

—Oye, gilipollas, ¿por qué no se lo preguntas a su novio? —dice Roamer.

—Porque Ryan no me interesa —le replico—. Me interesa Violet. —Y entonces me dirijo a Ryan—: No se trata de ninguna cita, tío. Sino de un trabajo.

—No es mi novio —dice Violet, y Ryan se muestra tan herido que casi me sabe mal por él, aunque es imposible sentirse mal por un tipo como él—. No puedo saltarme la clase.

—¿Por qué no?

—Porque no soy una delincuente.

El tono con que lo dice es muy claro —«no como tú»—, y me digo que solo lo hace porque tiene público.

—Te esperaré en el aparcamiento cuando terminen las clases. —Y antes de salir, me paro un momento—. Venga —le digo—, vamos.

Tal vez sean imaginaciones mías, pero casi me sonríe.

—Friki —oigo que murmura Amanda en cuanto salgo.

Sin quererlo, me doy un codazo contra el marco de la puerta y, para rematarlo, luego me golpeo el otro brazo.

violet

A 151 días de la graduación

Las tres y media. Aparcamiento del instituto.

Estoy a pleno sol, protegiéndome los ojos con una mano. Al principio no lo veo. Tal vez se ha ido sin mí. O tal vez yo he salido por la puerta equivocada. La ciudad es pequeña, pero el instituto es grande. Hay tres mil alumnos porque es el único instituto en muchos kilómetros a la redonda. Podría estar en cualquier parte.

Me apoyo en el manillar de mi bicicleta, un trasto viejo de color naranja y diez marchas heredado de Eleanor. Ella le puso de nombre *Leroy* porque le gustaba decir a nuestros padres: «He estado montando a *Leroy*» y «Voy a montar un rato a *Leroy*».

Aparece Brenda Shank-Kravitz, una nube de tormenta de color rosa fluorescente. La sigue tranquilamente Charlie Donahue.

—Está allí —dice Brenda. Me señala con una uña pintada de azul—. Si le partes el corazón, le arrearé una patada a ese culo flacucho tuyo que te mandará hasta Kentucky. Lo digo en serio. Lo último que necesita es que juegues con su cabeza. ¿Entendido?

—Entendido.

—Y lo siento. Ya sabes. Por lo de tu hermana.

Miro hacia donde Brenda señala ahora. Theodore Finch está apoyado en un monovolumen pequeño, las manos en los bolsillos, como si tuviera todo el tiempo del mundo y estuviera esperándome. Pienso en las frases de Virginia Woolf, en las de *Las olas*: «Pálido, con cabello oscuro, el que se acerca es melancólico, romántico. Y yo soy espigada, fluida y caprichosa; porque él es melancolía, es romántico. Está aquí...».

Me acerco a él empujando la bicicleta. Su cabello oscuro está alborotado como si hubiera estado en la playa, aunque en Bartlett no hay playa, y la luz crea en él reflejos de color negro azulado. Es tan blanco de piel que se le ven las venas de los brazos.

Abre la puerta del acompañante del coche.

—Bienvenida.

—Te dije que nada de coche.

—No he pensado en coger la bicicleta, de modo que tendremos que pasar por mi casa para recogerla.

—En este caso, te seguiré.

Conduce más despacio de lo necesario y en diez minutos llegamos a su casa. Es un edificio colonial de dos plantas construido en ladrillo con arbustos bajo las ventanas, persianas negras y una puerta de color rojo. Hay un buzón de correos también rojo en que se lee FINCH. Espero en el camino de acceso mientras él intenta localizar una bicicleta entre el caos del garaje. Al final la encuentra, la levanta y la saca al exterior. Observo los movimientos de flexión de la musculatura de sus brazos.

—Puedes dejar la mochila en mi habitación.

Saca el polvo del sillín con la camiseta.

—Llevo allí todas mis cosas...

Un libro de historia de Indiana que he sacado de la biblioteca al acabar la última clase y bolsas de plástico de diversos tamaños —cortesía de una de las señoras del comedor—, para cualquier recuerdo que podamos encontrar.

—De eso ya me ocupo yo.

Abre la puerta y la aguanta para que yo pase. Parece una casa normal y corriente, no el lugar donde esperarías que viviese Theodore Finch. Las paredes están cubiertas con fotografías escolares enmarcadas. Finch en la guardería. Finch en primaria. Cada año tiene un aspecto distinto, no solo en cuanto a la edad, sino también como persona. Finch *el Payaso de la clase*. Finch *el Torpe*. Finch *el Chuleta*. Finch *el Deportista*. Abre de un empujón una puerta que hay al final del pasillo.

Las paredes son oscuras, de un tono rojo intenso, y todo lo demás es negro: la mesa, las sillas, la librería, la colcha, las guitarras. Hay una pared entera cubierta con fotografías, notas, servilletas y pedazos de papel. En las otras paredes hay pósters de conciertos y una fotografía grande en blanco y negro de él en un escenario, guitarra en mano.

Me quedo delante de la pared con las notas y le pregunto:
—¿Qué es todo esto?

—Planes —responde—. Canciones. Ideas. Visiones.

Tira mi mochila sobre la cama y saca algo de un cajón.

En su mayoría parecen fragmentos de cosas, palabras sueltas o frases que carecen de sentido por sí solas: «Flores de la noche», «Lo hago porque así parece real», «Caigamos», «Mi decisión, totalmente», «Obelisco», «¿Es hoy un buen día para hacerlo?».

«¿Es hoy un buen día para hacer qué?», me gustaría preguntarle. Pero digo, en cambio:

—¿Obelisco?

—Es mi palabra favorita.

—¿En serio?

—O una de ellas, como mínimo. Mírala. —La miro—. Es una palabra genuina, destacada, potente. Única, original y casi furtiva, porque en realidad no suena como lo que es. Es una palabra que te sorprende y te hace pensar: «Oh, vale». Impone respeto, pero por otro lado es modesta. No como «monumento» o «torre». —Niega con la cabeza—. Esas son palabras cabronas y pretenciosas.

No digo nada porque antes amaba las palabras. Las amaba y sabía componerlas. Y por ello, albergo el instinto de proteger a las mejores. Pero ahora me frustran, todas, buenas y malas.

—¿Conoces la expresión «subirse de nuevo al carro»? —pregunta.

—No hasta que la mencionó el señor Black.

Se inclina sobre la mesa, coge un papel, lo rasga por la mitad y escribe. Lo pega a la pared antes de marcharnos.

Una vez fuera, monto en *Leroy* y apoyo un pie en el suelo. Theodore Finch se carga una mochila a la espalda y, al hacerlo, la camiseta deja al descubierto un vientre atravesado por una llamativa cicatriz roja.

Me subo a la cabeza las gafas de Eleanor.

—¿Dónde te hiciste esta cicatriz?

—Me la hice yo. Según mi experiencia, a las chicas les gustan más las cicatrices que los tatuajes. —Monta a horcajadas sobre la bicicleta, pero aún no sube al sillín, sino que mantiene ambos pies en el suelo—. ¿Has vuelto a ir en coche desde lo del accidente?

—No.

—Debe de ser un récord. ¿De cuánto tiempo estamos hablando? ¿Ocho, nueve meses? ¿Cómo vas hasta el instituto?

—En bicicleta o andando. No vivimos muy lejos.

—¿Y cuando llueve o nieva?

—En bicicleta o andando.

—¿Así que te da miedo subirte a un coche pero eres capaz de subir a la cornisa de una torre?

—Me vuelvo a casa.

Ríe y estira el brazo para retener la bicicleta antes de que pueda ponerme en marcha.

—No volveré a sacar el tema.

—No te creo.

—Mira, ya estás aquí y tenemos el compromiso de hacer el trabajo, de modo que, a mi entender, cuanto antes lleguemos a Hoosier Hill, antes acabarás con esto.

Pasamos campos de maíz y más campos de maíz. Hoosier Hill está solo a dieciocho kilómetros de la ciudad, de modo que el trayecto no es largo. El día es frío pero despejado, y se está bien al aire libre. Cierro los ojos y estiro la cabeza. Son resquicios de la Violet de Antes. La Violet adolescente normal. La Violet no excepcional.

Finch pedalea a mi lado.

—¿Sabes qué es lo que me gusta de conducir? El movimiento, la propulsión, la sensación de que podrías ir a cualquier parte.

Abro los ojos y lo miro con el entrecejo fruncido.

—Esto no es conducir.

—No me digas. —Serpentea por la carretera trazando

ochos, luego me rodea en círculos, luego vuelve a ponerse a mi altura—. Me sorprende que no lleves casco o un chaleco protector, para ir más segura. ¿Y si llegara el apocalipsis y todo el mundo excepto tú se convirtiera en zombi y la única manera de salvarte fuera salir zumbando de la ciudad? Sin aviones, ni trenes, ni autobuses. Imagínate que no hubiera transporte público. La bicicleta sería demasiado arriesgada, demasiado peligrosa. Entonces ¿qué?

—¿Y yo cómo sabría que estaría a salvo fuera de la ciudad?

—Bartlett sería el único lugar afectado.

—¿Y lo sabría seguro?

—Sería del dominio público. El gobierno lo habría confirmado.

No respondo.

Vuelve a trazar círculos a mi alrededor.

—¿Adónde irías si pudieras ir a cualquier parte?

—¿Sigue siendo el apocalipsis?

—No.

«A Nueva York», pienso.

—Regresaría a California —digo.

Lo que quiero decir es la California de hace cuatro años, antes de venirnos a vivir aquí, cuando Eleanor estaba en primer curso de secundaria y yo en noveno.

—Pero allí ya has estado. ¿No quieres ver lugares donde no has estado nunca?

Sigue pedaleando a mi lado, las manos ahora en las axilas.

—Allí el tiempo es cálido y nunca nieva. —Odio la nieve y siempre odiaré la nieve. Y entonces es como si oyera a la señora Kresney y a mis padres diciéndome que haga un esfuerzo. Así que digo—: Iría a Argentina o a Singapur para estudiar en la universidad. No quiero matricularme en ningún lugar que no esté a un mínimo de tres mil kilómetros de aquí. —Ni a ningún lugar donde caigan más de dos centímetros de nieve al año, con lo cual la NYU queda descartada—. Aunque también podría quedarme aquí. No lo he decidido.

—¿Quieres saber adónde iría yo si pudiera?

La verdad es que no, creo.

—¿Adónde irías si pudieras ir a cualquier sitio? —pregunto, con más malicia de la que pretendía.

Se inclina hacia delante sobre el manillar y me mira a los ojos.

—Iría a Hoosier Hill con una chica guapa.

Veo una arboleda a un lado. Al otro hay campos de cultivo cubiertos de nieve.

—Creo que es por allí —dice entonces Finch.

Cruzamos la carretera y seguimos un camino de tierra que se prolonga durante unos metros. Me duelen las piernas de pedalear. Y, curiosamente, estoy sin aliento.

Hay unos niños en el campo, balanceándose sobre la valla. Cuando nos ven venir, uno de ellos le da un codazo a otro y se endereza.

—Podéis pasar —dice—. Viene gente de todo el mundo a verlo, y no sois los primeros.

—Antes había un cartel hecho con papel —dice con aburrimiento una de las niñas.

Con acento australiano, Finch les dice:

—Venimos de Perth. Hemos viajado hasta aquí para ver el pico más alto de Indiana. ¿Podemos escalar la cumbre?

No preguntan dónde está Perth. Hacen, simplemente, un gesto de indiferencia.

Giramos hacia el grupo de árboles, que ahora están marrones a causa del invierno y apartamos las ramas que nos dan en la cara. Nos adentramos en un camino más estrecho y continuamos, pero ya no podemos ir en fila de dos. Finch va delante, y presto más atención al brillo de su cabello, a su pedaleo tranquilo, al movimiento fluido de sus articulaciones, que al paisaje.

De pronto estamos en medio de un círculo de color marrón. Hay un banco de madera debajo de un árbol, una mesa de picnic un poco más allá. El cartel queda a nuestra derecha: PUNTO MÁS ELEVADO DE INDIANA, HOOSIER HILL, 383 METROS DE ALTURA. El indicador está justo delante, una estaca de madera que sobresale del suelo entre un montón de piedras.

—¿Es esto? —no puedo evitar decir.

Un lugar elevado. No resulta en absoluto abrumador. Pero ¿qué me esperaba?

Finch me coge de la mano y tira de mí hasta que estamos sobre las piedras. Mantenemos el equilibrio sobre un montículo que no es ni más alto ni más ancho que el de un lanzador de béisbol.

En el instante en que su piel entra en contacto con la mía, noto una pequeña descarga.

Me digo que no es más que el comprensible sobresalto del contacto físico cuando no estás acostumbrada a una persona. Pero la corriente eléctrica asciende por el brazo, y entonces me frota la palma de la mano con el pulgar y hace que la corriente se dispare por todo mi cuerpo. Oh-oh.

Con acento australiano, dice:

—¿Qué opinamos?

El contacto de la mano es firme y cálido y, a pesar de lo grande que es, encaja a la perfección con la mía.

—¿Si hemos venido hasta aquí desde Perth?

La corriente eléctrica me tiene distraída e intento que no se note. De revelarlo, sé que no me dejará tranquila.

—O tal vez hayamos venido desde Moscú —dice, también con un buen acento ruso.

—Que estamos muy cabreados.

Ya con su acento normal, continúa:

—No tan cabreados como los chicos de Sand Hill, el segundo punto más elevado de Indiana. Tiene solo 328 metros de altura y ni siquiera hay una zona de picnic.

—Si son los segundos, la verdad es que no la necesitan para nada.

—Un argumento excelente. Por lo que a mí respecta, diría que ni siquiera merece la pena ir a verlo. Sobre todo si ya has visitado Hoosier Hill. —Me sonríe, y por vez primera me doy cuenta de lo azules que son sus ojos, como un cielo despejado—. O al menos eso creo, estando ahora aquí contigo. —Cierra los ojos azules e inspira hondo. Cuando vuelve a abrirlos, dice—: De hecho, estando a tu lado me siento como si estuviera en el Everest.

Retiro la mano. Y siento esa corriente estúpida incluso cuando me suelto.

—¿No deberíamos recoger cosas? ¿Escribir algo? ¿Grabar un vídeo? ¿Cómo lo organizamos?

—No es necesario. Cuando vayamos de excursión, debemos estar presentes en el lugar, no observándolo a través de ningún tipo de lente.

Inspeccionamos juntos el círculo marrón, el banco y los árboles y, más allá, observamos el paisaje, blanco y llano. Diez meses atrás, habría venido aquí y hubiera estado escribiendo mentalmente sobre este lugar. «Hay un cartel, lo cual es buena cosa, porque, de lo contrario, nunca te imaginarías que estás en el punto más elevado de Indiana...» Habría inventado una buena historia de fondo para los niños, algo épico y emocionante. Pero ahora no son más que niños de una granja de Indiana apoyados en una valla.

—Creo que es el lugar más feo que he visto en mi vida —digo—. No solo aquí. Sino de todo el estado.

Oigo a mis padres diciéndome que no sea negativa, lo cual resulta gracioso, porque yo siempre había sido la feliz. La malhumorada era Eleanor.

—Yo antes pensaba lo mismo. Pero luego comprendí que, lo creas o no, es un lugar bonito para algunos. Debe de ser porque aquí vive bastante gente y no todo el mundo puede pensar que es feo. —Sonríe contemplando los árboles feos, los campos feos y los niños feos como si estuviera viendo Oz. Como si, de verdad, pudiera encontrarle alguna belleza al lugar. En este momento desearía poder verlo con sus ojos. Ojalá tuviera unas gafas que prestarme—. Además, pienso que mientras esté aquí, es mejor que lo haya conocido, saber ver lo que hay que ver.

—¿Recorrer Indiana?

—Sí.

—Estás distinto al otro día.

Me mira de refilón, los ojos entrecerrados.

—Es la altura.

Me río y paro enseguida.

—Reír está bien, que lo sepas. Ni se abrirá la tierra. Ni tampoco te irás al infierno. Créeme. Si el infierno existe, iré allí antes que tú, y estarán tan ocupados conmigo que ni siquiera podrán admitirte.

Quiero preguntarle qué le ha pasado. Si es cierto que tuvo una crisis nerviosa. Si es cierto que hubo una sobredosis. Dónde estaba a finales del pasado semestre.

—He oído contar muchas historias.

—¿Sobre mí?

—¿Son ciertas?

—Seguramente.

Mueve la cabeza para apartar el pelo que le cae sobre los ojos y me mira prolongadamente. Su mirada se desliza poco a poco por toda mi cara hasta alcanzar la boca. Durante un segundo pienso que va a besarme. Durante un segundo, quiero que lo haga.

—Así que este ya podemos tacharlo, ¿no? Uno menos. Uno hecho. ¿Cuál es el siguiente? —digo, como lo diría la secretaria de mi padre.

—Tengo un mapa en la mochila.

No muestra indicios de sacarlo. Sino que se endereza, respira hondo y mira a su alrededor. Quiero el mapa porque soy así, o era, lista para ponerme en marcha en cuanto me hago a la idea de algo. Pero veo que él no va a ningún lado, y entonces su mano localiza de nuevo la mía. En lugar de retirarla, me obligo a mantenerla allí, y es agradable, la verdad. La corriente eléctrica se acelera. Mi cuerpo zumba. Se levanta la brisa y agita las hojas de los árboles. Es casi como música. Permanecemos así, el uno junto al otro, mirando a nuestro alrededor. Y entonces él dice:

—Saltemos.

—¿Estás seguro? Es el punto más alto de Indiana.

—Seguro. Es ahora o nunca, pero necesito saber que estás conmigo.

—De acuerdo.

—¿Lista?

—Lista.

—A la de tres.

Saltamos justo cuando los niños empiezan a subir. Aterrizamos, llenos de tierra y riendo. Con el acento australiano, Finch les dice:

—Somos profesionales. Pase lo que pase, no se os ocurra probar esto en casa.

Dejamos allí unas monedas inglesas, una púa de guitarra de color rojo y un llavero de Bartlett High. Lo metemos todo en una roca falsa de plástico que Finch ha encontrado en el garaje. La camufla entre las piedras que rodean el punto más elevado. Se sacude la tierra de las manos y se incorpora.

—Lo quieras o no, ahora formamos parte de este lugar para siempre. A menos que estos niños suban aquí y nos dejen en bragas y calzoncillos.

Noto la mano fría sin la de él. Saco el teléfono y digo:

—Tenemos que documentar todo esto de alguna manera.

Empiezo a hacer fotos antes de que mueva la cabeza en un gesto de conformidad, y luego nos turnamos para posar en el punto más elevado.

Finalmente saca el mapa de la mochila junto con una libreta de espiral. Me pasa la libreta y un bolígrafo, y cuando le digo «Vale», me dice que su letra parece escrita con la pata de un pollo y que las notas las tome yo. Lo que no puedo decirle es que preferiría conducir hasta Indianápolis que escribir en este cuaderno.

Pero como está mirándome, anoto cuatro cosas —lugar, fecha, hora, una breve descripción del lugar y de los niños de la valla— y después extendemos el mapa encima de la mesa de picnic.

Finch recorre con el dedo índice las líneas rojas de la autopista.

—Sé que Black dijo que eligiéramos dos y ya sería suficiente, pero a mí me parece que no basta. Creo que deberíamos verlos todos.

—¿Todos los qué?

—Todos los lugares de interés del estado. Todos los que podamos embutir en lo que dura el semestre.

—Solo dos. El trato es ese.

Estudia el mapa, menea la cabeza. La mano se desliza sobre el papel. Cuando termina, ha marcado con bolígrafo puntos repartidos por todo el estado, ha trazado un círculo alrededor de las ciudades en las que sabe que hay alguna maravilla: el parque nacional de las Indiana Dunes; el huevo más grande del mundo; la casa natal de *Dan Patch*, el caballo de carreras; las catacumbas de Market Street, y los Siete Pilares, que son unas columnas gigantescas de piedra caliza esculpidas por la naturaleza que dominan el río Mississinewa. Hay círculos próximos a Bartlett, otros muy alejados.

—Son demasiados —digo.

—Tal vez sí. O tal vez no.

Última hora de la tarde. Camino de acceso de casa de Finch. Me quedo con *Leroy* mientras Finch guarda su bicicleta en el garaje. Abre la puerta para entrar, y cuando ve que no me muevo, dice:

—Tienes que recuperar tu mochila.

—Esperaré aquí.

Se ríe y desaparece. Mientras está dentro, le envío un mensaje a mi madre para decirle que pronto estaré en casa.

Me la imagino esperando junto la ventana, vigilando mi llegada, aunque nunca deja que la sorprenda haciéndolo.

Finch regresa en cuestión de minutos y se queda muy cerca de mí, a cinco centímetros de distancia, mirándome con esos ojos azules-azules. Se aparta con una mano el pelo que le cae sobre la frente. Hace mucho tiempo que no estoy así, tan cerca de un chico que no sea Ryan, y de pronto recuerdo lo que Suze comentó sobre Finch, que sabía lo que había que hacer con una chica. Theodore, friki o no friki, es delgado, guapo y problemático.

Noto que me echo hacia atrás. Con un movimiento, me cubro la cara con las gafas de Eleanor y Finch se curva de repente y se vuelve raro, como si estuviese viéndolo reflejado en un espejo mágico.

—Porque me sonreíste.

—¿Qué?

—Me preguntaste por qué quería hacer esto contigo. Y no es porque estuvieras allá arriba en la cornisa, como yo, aunque eso también forma parte del asunto. No es porque sienta esta extraña responsabilidad de vigilarte, aunque eso también forma parte del asunto. Sino porque me sonreíste aquel día en clase. Una sonrisa de verdad, no esa sonrisa de mierda que ofreces siempre a todo el mundo y en la que tus ojos hacen una cosa mientras tu boca hace otra.

—No fue más que una sonrisa.

—Tal vez para ti.

—Sabes que estoy saliendo con Ryan Cross.

—Me pareció oírte decir que ya no es tu novio. —Y antes de que me dé tiempo a recuperarme, se echa a reír—. Relájate. No me gusta cuando estás así.

Hora de la cena. Mi casa. Mi padre ha preparado *piccata* de pollo, lo que significa que el pollo es un revoltijo. Pongo la mesa mientras mi madre se recoge el pelo y coge los platos que le tiende mi padre. En mi casa, comer es un acontecimiento que va acompañado por la música adecuada y el vino adecuado.

Mi madre prueba el pollo, dirige a mi padre un gesto de aprobación con el pulgar hacia arriba, y me mira.

—Cuéntanos más cosas sobre este trabajo.

—Se supone que tenemos que recorrer Indiana, como si hubiera alguna cosa interesante que ver. Hay que hacerlo en pareja, por eso lo hago con ese chico de mi clase.

Mi padre mira a mi madre por encima de las gafas y luego me mira a mí.

—¿Sabes? En mis tiempos era buenísimo en geografía. Si necesitas ayuda para el trabajo...

Mi madre y yo lo interrumpimos a la vez, elogiándolo por lo buena que está la comida, preguntándole si podemos repetir. Mi padre se levanta, satisfecho y distraído, y mi madre me dice, moviendo los labios pero sin hablar: «Por los pelos». Mi padre vive para ayudar en los trabajos escolares. El problema es que acaba acaparándolos por completo.

Vuelve a la mesa diciendo: «Así que este trabajo...», mientras mi madre dice: «Así que este chico...».

Dejando aparte el detalle de que quieren conocer cualquier movimiento que haga, mis padres se comportan básicamente como siempre. Me desmonta que sean los padres de Antes, puesto que no hay nada en mí que sea como era.

—Papá, estaba preguntándome —empiezo a decir con la boca llena de pollo— de dónde proviene este plato. ¿Cómo se lo inventarían?

Si hay algo que le guste más a mi padre que los trabajos escolares, es explicar la historia de las cosas. Se pasa el resto de la comida dándonos una conferencia sobre la antigua Italia y el amor de los italianos por la cocina limpia y sencilla, lo que se traduce en que mi trabajo y el chico caen en el olvido.

Arriba, entro en la página de Facebook de Finch. Sigo siendo su única amiga. De pronto aparece un nuevo mensaje: «Tengo la sensación de haber entrado en Narnia a través del armario».

Me pongo al instante a buscar citas sobre Narnia. La que más destaca es: «¡Por fin he llegado a Narnia! ¡Esta es mi verdadera patria! Aquí es donde pertenezco. Esta es la tierra que he estado buscando toda mi vida, aunque no lo he sabido hasta ahora. [...] ¡Vamos, más arriba, más adentro!».

Pero en lugar de copiar la cita y enviarla, me levanto y tacho el día en el calendario. Y me quedo mirando la palabra «Graduación», en junio, mientras pienso en Hoosier Hill, en los ojos azules-azules de Finch y en cómo me ha hecho sentir. Como todas las cosas que no perduran, el día de hoy ya se ha ido, pero ha sido un día bastante bueno. El mejor en muchos meses.

finch

La noche del día que mi vida cambió

Estamos cenando y mi madre me mira. Decca, como es habitual, come como un caballito hambriento y, por una vez, yo también estoy engullendo.

—Decca, cuéntame qué has aprendido hoy —dice mi madre.

Pero antes de que le dé tiempo a responder, digo:

—Me gustaría contar primero lo mío.

Dec deja de comer el tiempo suficiente como para poder mirarme, boquiabierta, la boca llena de guiso a medio masticar. Mi madre sonríe con nerviosismo y se agarra al vaso y al plato, como si fuera a levantarse y a tirarlo todo por los aires.

—Pues claro, Theodore. Cuéntame qué has aprendido.

—He aprendido que en este mundo existe el bien si te esfuerzas por encontrarlo. He aprendido que no todo el mundo es decepcionante, y en eso me incluyo a mí, y que un montículo de 383 metros puede parecer más alto que un campanario si te encuentras al lado de la persona adecuada.

Mi madre espera con educación a que siga hablando, y

cuando ve que no digo nada más, hace un gesto de asentimiento.

—Me parece estupendo. Eso está muy bien, Theodore. ¿Verdad que es interesante, Decca?

Mientras recogemos la mesa, mi madre parece tan aturdida y desconcertada como siempre, solo que más, porque no tiene ni idea de qué hacer con mis hermanas y conmigo.

Como me siento feliz por el día que he pasado, pero también mal por ella, porque mi padre no solo le ha roto el corazón, sino que además ha hecho añicos todo su orgullo y su autoestima, le digo:

—Mamá, ¿por qué no dejas que lave yo hoy los platos? Deberías relajarte un poco.

Cuando mi padre nos abandonó por última y definitiva vez, mi madre se sacó la licencia de agente de la propiedad inmobiliaria, pero como el mercado inmobiliario está en claro declive, trabaja a tiempo parcial en una librería. Siempre está cansada.

Su cara se contrae, y durante un terrible momento pienso que va a romper a llorar, pero entonces me da un beso en la mejilla y dice «Gracias» de un modo que indica que está tan hastiada del mundo que casi me dan ganas de llorar a mí también, aunque me siento demasiado bien como para hacerlo.

Y entonces dice:

—¿Acabas de llamarme «mamá»?

Estoy poniéndome los zapatos en el mismo momento en que el cielo se abre y empieza a llover. Por el aspecto que tiene, nos enfrentamos a aguanieve, gélida y cegadora, en vez de a la lluvia normal de cada día. De modo que, en lugar de salir a correr, me doy un baño. Al principio es complicado, porque soy el doble de largo que la bañera, pero ya la he llenado de agua, y puesto que he llegado hasta aquí, tengo que llevarlo a buen término. Me desnudo, entro, el agua se derrama por el suelo, dejando charquitos que se estremecen como peces varados. Apoyo los pies en las baldosas de la pared y me sumerjo, con los ojos abiertos, mirando la alcachofa de la ducha, mis pies, la cortina negra, el forro interior de plástico y el techo, y entonces cierro los ojos y me imagino que estoy en un lago.

El agua está en calma. Estoy descansando. En el agua estoy seguro, sumergido y aguantando la respiración. Todo se ralentiza, el ruido y la velocidad de mis pensamientos. Me pregunto si podría dormir aquí, en el fondo de la bañera, si es que quisiera dormir, cosa que no quiero. Dejo vagar la mente. Oigo las palabras formándose, como si estuviera sentado frente al ordenador.

En marzo de 1941, después de tres crisis graves, Virginia Woolf escribió una nota a su marido y se dirigió a un río próximo a su casa. Se metió una piedra grande en el bolsillo y se sumergió en el agua. «Queridísimo —empezaba diciendo la nota—, tengo la certeza de que una vez más me estoy volviendo loca. Noto que no podré aguantar otra de esas épocas horribles. Por eso voy a hacer lo que parece la mejor solución.»

¿Cuánto tiempo ha pasado? ¿Cuatro minutos? ¿Cinco? ¿Más? Los pulmones empiezan a quemarme. «Mantén la calma —me digo—. Lo peor que puedes hacer es caer presa del pánico.»

«Has sido en todos los sentidos todo lo que alguien puede ser. Si alguien hubiese podido salvarme, habrías sido tú.»

¿Seis minutos? ¿Siete? Lo máximo que he contenido la respiración han sido seis minutos y medio. El récord del mundo está establecido en veintidós minutos y veintidós segundos, y pertenece a un alemán que se dedica profesionalmente a esto. Dice que todo se basa en el control y la resistencia, pero sospecho que tiene más que ver con el hecho de que su capacidad pulmonar es un veinte por ciento superior a la media. Me pregunto por eso de dedicarse profesionalmente a contener la respiración, si de verdad uno puede ganarse la vida con ello.

Abro los ojos y me siento, boqueo, lleno los pulmones. Me alegro de que no haya nadie que pueda verme en este momento, porque no paro de resoplar, salpicar y escupir agua. No hay emoción por haber sobrevivido, solo vacío, pulmones necesitados de aire y cabello mojado pegado a la cara.

violet

A 148 días de la graduación

Jueves. Geografía.

El *Bartlett Dirt* ha hecho una lista con los diez intentos de suicidio más destacados del instituto y mi teléfono no para de sonar porque Theodore Finch ocupa el número uno de la lista. Jordan Gripenwaldt ha llenado la primera página del periódico escolar con información sobre suicidas adolescentes y sobre qué hacer si estás pensando en suicidarte, aunque a esto nadie le presta atención.

Desconecto el teléfono y lo guardo. Para distraerme, y también distraerlo a él, le pregunto a Ryan por el trabajo «Recorrer Indiana». Forma equipo con Joe Wyatt. El tema que han elegido es el béisbol. Tienen pensado visitar el museo del béisbol del condado y también el que hay en Indianápolis.

—Suena muy bien —digo.

Empieza a acariciarme el cabello y, para que no continúe, me agacho y finjo estar buscando alguna cosa en la mochila.

Amanda y Roamer tienen pensado centrar sus excursiones en el James Whitcomb Riley Museum (que el señor

Black ya mencionó) y en el museo de nuestro condado, que está aquí, en Bartlett, y que alberga una momia egipcia. No se me ocurre nada más deprimente que ser un alto sacerdote egipcio y acabar siendo exhibido en un museo de Indiana al lado de unas ruedas antiguas de diligencia y un pollo con dos cabezas.

Amanda examina las puntas de su cola de caballo. Es la única persona, además de mí, que ignora que su teléfono está sonando.

—¿Así que qué tal? ¿Es horroroso?

Deja de examinarse el cabello un instante para mirarme.

—¿El qué?

—Finch.

Me encojo de hombros con indiferencia.

—Está bien.

—¡Oh, Dios mío, te gusta!

—No, no me gusta.

Pero noto que me ruborizo y todo el mundo se queda mirándome. Amanda es una bocazas.

Por suerte, suena la campana y el señor Black exige que todo el mundo se vuelva hacia él. Un poco más tarde, Ryan me pasa una nota porque tengo el teléfono desconectado. Veo que está haciéndome señas y la cojo. «¿Sesión doble en el autocine? ¿Tú y yo solos?»

Le escribo: «¿Puedo decírtelo más tarde?»

Le doy unos golpecitos en el brazo y le paso la nota. El señor Black se acerca a la pizarra y escribe «examen sorpresa» y, a continuación, una serie de preguntas. Todo el mundo se queja y se oye el sonido de las hojas al ser arrancadas de las libretas.

Cinco minutos más tarde, entra corriendo Finch; la misma camiseta negra, los mismos vaqueros negros, la mochila colgada a un hombro, los libros, las libretas y la cazadora de cuero gastado bajo el brazo. Deja caer las cosas por todas partes y recoge las llaves, los bolígrafos y los cigarrillos antes de saludar con un gesto imperceptible al señor Black. Lo miro y pienso: «Esta es la persona que conoce tu peor secreto».

Finch se para un momento a leer lo que está escrito en la pizarra.

—¿Examen sorpresa? Lo siento, señor. Solo un segundo.

Lo dice con su acento australiano. Antes de tomar asiento, viene directo hacia mí. Deja una cosa encima de mi libreta.

Le da una palmadita en la espalda a Ryan, deja una manzana sobre la mesa del profesor disculpándose de nuevo ante él, y se deja caer en su silla. Lo que me ha dejado a mí es una piedra gris y fea.

Ryan la mira, luego me mira a mí y luego mira a Roamer, que entorna los ojos y vuelve la cabeza hacia Finch.

—Friki —dice en voz alta, y luego hace un gesto como si fuera a ahorcarse.

Amanda me da un puñetazo en el brazo, excesivamente fuerte, quizá.

—Déjame verlo.

El señor Black da unos golpes sobre la mesa.

—En cinco segundos... os daré... las... preguntas del examen.

Coge la manzana y da la impresión de que va a lanzárnosla.

Todo el mundo se calla. Deja la manzana. Ryan se vuelve y ahora puedo verle las pecas que tiene en la base del cuello. El examen consta de cinco preguntas fáciles. Cuando el señor Black recoge los exámenes y empieza su perorata, cojo la piedra y le doy la vuelta.

«Tu turno», está escrito en el dorso.

Al salir de clase, Finch cruza la puerta antes de que me dé tiempo a hablar con él. Guardo la piedra en la mochila. Ryan me acompaña a la clase de español, pero no nos damos la mano.

—¿Y eso a qué ha venido? ¿Por qué te regala cosas? ¿Es una muestra de su agradecimiento por haberle salvado la vida?

—Es una piedra. De haber sido una muestra de su agradecimiento por haberlo salvado, cabría esperar algo un poco mejor.

—Me da igual lo que sea.

—No te comportes como ese chico, Ryan.

—¿Qué chico?

Mientras vamos caminando, va saludando a la gente que nos cruzamos, todo el mundo le sonríe y le dice «Hola, Ryan», «¿Qué tal, Cross?». No paran de hacerle reverencias y lanzarle confeti. Algunos tienen incluso la gentileza de saludarme también a mí, ahora que me he convertido en una heroína.

—El chico que está celoso del chico con el que su exnovia está haciendo un trabajo.

—No estoy celoso. —Nos detenemos al llegar a la puerta del aula—. Simplemente estoy loco por ti. Y creo que deberíamos volver a estar juntos.

—No sé si estoy preparada.

—Seguiré pidiéndotelo.

—Imagino que no podré impedírtelo.

—Si se pasa de la raya, me lo dices.

Levanta la comisura de la boca. Cuando sonríe así, se le forma un único hoyuelo. Fue lo que me cautivó la primera vez que lo vi. Sin pensarlo, me pongo de puntillas y le doy un beso en el hoyuelo cuando mi intención era estamparle un beso en la mejilla. No sé quién de los dos se queda más sorprendido.

—No es necesario que te preocupes —le digo—. No es más que un trabajo de clase.

Durante la cena, por la noche, sucede lo que más me temía. Mi madre se vuelve hacia mí y me pregunta:

—¿Estuviste la semana pasada en el campanario del instituto?

Mi padre y ella me miran desde extremos opuestos de la mesa. Me atraganto de inmediato con la comida, de un modo tan ruidoso y violento que mi madre se levanta para darme unos golpecitos en la espalda.

—¿Demasiado picante? —pregunta mi padre.

—No, papá, está estupendo.

Apenas puedo hablar porque sigo tosiendo. Me tapo la boca con la servilleta y toso y toso como un anciano con tuberculosis.

Mi madre continúa con los golpecitos en la espalda hasta que me tranquilizo, y entonces vuelve a sentarse.

—He recibido una llamada de una periodista de un periódico local que quiere escribir un artículo sobre nuestra heroica hija. ¿Por qué no nos contaste nada?

—No lo sé. Están pintándolo todo mucho más exagerado de lo que en realidad fue. No soy ninguna heroína. Simplemente estaba allá arriba por casualidad. La verdad es que no creo que hubiese saltado.

Me bebo el vaso de agua entero porque de pronto tengo la boca completamente seca.

—¿Quién es ese chico que salvaste? —quiere saber mi padre.

—Un chico del instituto. Ahora ya está bien.

Mi madre y mi padre se miran, y en esa mirada que comparten veo lo que están pensando: nuestra hija no está tan perdida como nos imaginábamos. Empezarán a hacerse esperanzas con una nueva Violet, cada vez más valiente, que no teme a su propia sombra.

Mi madre coge de nuevo el tenedor.

—La periodista me ha dejado su nombre y su número de teléfono y ha dicho que la llames cuando tengas un momento.

—Estupendo —digo—. Gracias. Lo haré.

—Por cierto —el tono de voz de mi madre se vuelve despreocupado, aunque esconde algo que me lleva a pensar que quiero darme prisa y acabar para salir de aquí lo más rápidamente posible—, ¿qué te parece Nueva York para las vacaciones de primavera? Hace tiempo que no hacemos un viaje en familia.

No lo hemos hecho desde lo del accidente. Sería nuestro primer viaje sin Eleanor, aunque ya hemos pasado muchas primeras veces: el primer día de Acción de Gracias, la primera Navidad, la primera Nochevieja. Es el primer año natural de mi vida en el que ella no ha estado presente.

—Podríamos ir a ver algún espectáculo, ir de compras... Y siempre podríamos pasarnos por la NYU para ver si hay alguna conferencia interesante.

Sonríe de un modo exagerado. Y peor aún, mi padre también sonríe.

—Me parece estupendo —digo, aunque todos sabemos que no es lo que pienso.

Por la noche tengo la pesadilla que se repite desde hace meses, aquella en la que se me acerca alguien por detrás e intenta estrangularme. Noto las manos en la garganta, la presión cada vez más fuerte, pero no veo quién es. A veces, esa persona no llega ni a tocarme, pero sé que está ahí. Otras, noto que me quedo incluso sin respiración. Se me va la cabeza, mi cuerpo flota y empiezo a caer.

Me despierto, y durante unos segundos no sé dónde estoy. Me siento, enciendo una luz y miro a mi alrededor, inspecciono la habitación, como si el hombre pudiera estar escondido detrás de la mesa de trabajo o en el armario. Cojo el ordenador portátil. En los tiempos de Antes habría escrito cualquier cosa, un relato corto, un artículo para el blog o, simplemente, mis pensamientos. Habría escrito hasta desahogarme y acabar la página. Pero ahora abro un documento nuevo y me quedo mirando fijamente la pantalla. Escribo un par de palabras, las borro. Escribo, borro. La escritora era yo, no Eleanor, pero el acto de escribir tiene algo que me lleva a sentirme como si estuviera engañándola. Tal vez sea porque yo estoy aquí y ella no, y todo —todos los grandes y pequeños momentos que he vivido desde el pasado mes de abril— me parece un engaño, en cierto sentido.

Al final entro en Facebook. Hay un nuevo mensaje de Finch, enviado a la 1.04 de la madrugada. «¿Sabías que el hombre más alto del mundo y la mujer más alta del mundo eran de Indiana? ¿Qué te dice esto sobre nuestro estado?»

Miro la hora. La 1.44. Escribo: «¿Que tenemos mejores recursos alimenticios que otros estados?».

Miro la página, la casa permanece en silencio. Me digo que seguramente se habrá dormido, que solo soy yo la que sigue despierta. Debería ponerme a leer o apagar la luz e intentar descansar un poco antes de levantarme para ir a clase.

Entonces Finch escribe: «También el hombre más grande del mundo. Temo que nuestros recursos alimenticios estén dañados en algún sentido. Tal vez sea este el motivo por el que soy tan alto. ¿Y si no dejo de crecer? ¿Me querrás igual cuando mida cuatro metros ochenta?».

Yo: «¿Cómo quieres que te quiera entonces si no te quiero ahora?».

Finch: «Tiempo al tiempo. Lo que más me preocupa es cómo montaré en bicicleta. No creo que las fabriquen tan grandes».

Yo: «Búscale el lado bueno: tendrás las piernas tan largas que un solo paso tuyo equivaldrá a treinta o cuarenta de una persona de talla media».

Finch: «¿Estás insinuando que así podré cargar contigo cuando vayamos de excursión?».

Yo: «Sí».

Finch: «Al fin y al cabo, eres famosa».

Yo: «El héroe eres tú, no yo».

Finch: «Te lo digo de verdad, no soy ningún héroe. ¿Qué haces despierta a estas horas, por cierto?».

Yo: «Pesadillas».

Finch: «¿Te sucede normalmente?».

Yo: «Más de lo que me gustaría».

Finch: «¿Desde lo del accidente o desde antes?».

Yo: «Desde entonces. ¿Y tú?».

Finch: «Demasiado que hacer, escribir y pensar. Además, ¿quién te haría compañía si no?».

Quiero decirle que siento lo del *Bartlett Dirt* —que nadie se cree las mentiras que escriben, que al final todo caerá en el olvido—, pero entonces él escribe:

Finch: «Nos vemos en el Quarry».

Yo: «No puedo».

Finch: «No me hagas esperar. O, pensándolo mejor, paso a recogerte por tu casa».

Yo: «No puedo».

No hay respuesta.

Yo: «¿Finch?».

Lanzo piedras contra su ventana, pero no baja. Pienso en llamar al timbre, aunque solo conseguiría despertar a los padres. Quiero esperarla, pero la cortina no se mueve y la puerta no se abre, y hace un frío de cojones, de modo que al final subo de nuevo en el *Pequeño Cabrón* y vuelvo a casa.

Permanezco despierto lo que queda de noche haciendo una lista que titulo «Cómo mantenerse despierto». Incluye las cosas evidentes —Red Bull, cafeína, NoDoz y otras drogas—, pero no se trata de saltarse un par de horas de sueño, sino de mantenerse despierto, y toda la noche, además.

1. Correr.

2. Escribir (y ahí se incluyen también los pensamientos que no quiero tener, anotarlos rápidamente para sacarlos de mi interior y dejarlos plasmados en el papel).

3. En este orden de cosas, aceptar pensamientos de cualquier tipo (no tenerles miedo, sean lo que sean).

4. Rodearme de agua.

5. Planificar.

6. Conducir a cualquier parte y a donde sea, aunque no tenga adónde ir (nota: siempre hay algún sitio adonde poder ir).

7. Tocar la guitarra.

8. Ordenar la habitación, las notas, los pensamientos (es distinto a planificar).

9. Hacer lo que sea para recordarme que sigo aquí y que tengo algo que decir.

10. Violet.

violet

La mañana siguiente. Mi casa. Salgo por la puerta y me encuentro a Finch tumbado en el césped, los ojos cerrados, las botas negras cruzadas a la altura de los tobillos. La bicicleta descansa a su lado, entre la acera y el césped.

Doy un puntapié a la suela de una bota.

—¿Te has pasado toda la noche aquí?

Abre los ojos.

—¿Así que sabes que vine? Es difícil adivinarlo cuando uno se ve ignorado aun haciendo, si se me permite el comentario, un frío polar. —Se incorpora, se carga la mochila a la espalda y levanta la bicicleta—. ¿Más pesadillas?

—No.

Mientras saco a *Leroy* del garaje, Finch recorre la acera arriba y abajo con su bici.

—¿Así que adónde vamos?

—Al instituto.

—Me refiero a mañana, cuando vayamos de excursión. A menos que tengas planes más importantes.

Lo dice como si supiera que no los tengo. Pienso en Ryan y el autocine. No le he dicho todavía ni que sí ni que no.

—No sé si estaré libre mañana.

Nos ponemos en marcha, Finch acelerando, dando media vuelta, acelerando de nuevo, luego otra media vuelta.

El recorrido es tranquilo hasta que dice:

—Estaba pensando que, como tu pareja de trabajo y chico que te salvó la vida, debería saber qué pasó la noche del accidente.

Leroy se tambalea y Finch estira el brazo para que la bicicleta y yo mantengamos el equilibrio. Me recorre de nuevo la corriente eléctrica, como el otro día, y recupero la estabilidad. Rodamos un minuto con la mano de Finch sujetando mi sillín por detrás. Mantengo los ojos bien abiertos por si aparecen Amanda o Suze, porque sé qué pensarían.

—¿Qué sucedió? —Aborrezco que saque a relucir el accidente así sin más, como si no pasara nada por hablar del tema—. Te contaré cómo me hice la cicatriz si tú me cuentas lo de esa noche.

—¿Por qué quieres saberlo?

—Porque me gustas. No en plan romántico, ni «anda, liémonos», sino como compañera de geografía. Y porque te iría bien hablar sobre ello.

—Tú primero.

—Estaba actuando en Chicago con unos tipos que conocí en un bar. Me dijeron: «Hola, tío, nuestro guitarrista se ha largado y parece que sabes moverte en el escenario». De modo que subí, sin tener ni idea de lo que yo hacía, de lo que ellos hacían, pero nos enrollamos. Yo era más bueno que Hendrix... Lo sabían, y el antiguo guitarrista de la banda también lo sabía. De modo que el hijo de puta fue directo a por mí y me abrió un tajo con su púa de guitarra.

—¿De verdad fue eso?

Ya se ve el instituto. Hay chicos que salen de los coches y esperan por los jardines antes de entrar.

—Es posible que hubiera también una chica de por medio. —Por su expresión no sé si me está tomando el pelo o no, pero estoy casi segura de que es así—. Tu turno.

—Solo después de que me cuentes qué sucedió de verdad.

Pedaleo con fuerza y acelero en dirección al aparcamiento de bicicletas. Cuando me detengo, Finch está justo detrás, partiéndose de la risa. Oigo el teléfono que no para de sonar en el bolsillo. Lo saco y veo que hay cinco mensajes de Suze, todos iguales: «¿¿¿Theodore *el Friki*??? ¿De qué huevos va esto, tía?». Miro a mi alrededor pero no la veo por ninguna parte.

—Hasta mañana —me dice.

—La verdad es que tengo planes.

Mira el teléfono y luego me mira a mí, lanzándome una mirada difícil de interpretar.

—De acuerdo. Está bien. Nos vemos, Ultravioleta.

—¿Qué me has llamado?

—Ya me has oído.

—El instituto es por ahí —digo, señalando el edificio.

—Lo sé.

Y se marcha en dirección contraria.

Sábado. Mi casa. Estoy al teléfono con Lynn Etkind, la periodista del periódico local, que pretende enviar a alguien para que me haga una fotografía.

—¿Qué se siente sabiendo que le has salvado la vida a alguien? —me dice—. Conozco, por supuesto, la terrible tragedia que sufriste el año pasado. ¿Te ha servido esto, en algún sentido, para darla por cerrada?

—¿En qué sentido podría ayudarme esto a darla por cerrada?

—Pues por el hecho de no haber podido salvarle la vida a tu hermana pero sí a ese chico, Theodore Finch...

Le cuelgo. «Como si fueran exactamente lo mismo, y además, no soy yo quien salvó una vida». El héroe es Finch, no yo. Yo no soy más que una chica que finge ser una heroína.

Sigo furiosa cuando llega Ryan, cinco minutos más pronto. Vamos caminando al autocine porque está solo a un kilómetro y medio de casa. Mantengo las manos sumergidas en los bolsillos del abrigo, pero al caminar nuestros brazos se rozan. Vuelve a ser como una primera cita.

En el cine nos encontramos con Amanda y Roamer, que están dentro del coche de Roamer. Tiene un viejo Chevy Impala enorme, más grande que una manzana de casas. Lo llama «El coche juerga», porque deben de caber dentro unas sesenta y cinco personas.

Ryan abre la puerta de atrás y entro. El Impala está aparcado y no me pasa nada si subo, aunque huele a humo, comida rápida rancia y, débilmente, a vómito. Creo que solo sentándome ahí dentro estoy incurriendo en años de daños como fumadora pasiva.

La película va sobre un monstruo japonés, en sesión doble, y antes de que empiece, Ryan, Roamer y Amanda hablan sobre lo maravilloso que será ir a la universidad (todos van a ir a la Indiana University). Entre tanto, pienso en Lynn Etkind, en Nueva York y las vacaciones de primavera y en lo mal que me siento por haberle dado largas a Finch y haber sido maleducada con él cuando me ha salvado la vida. Haber ido de excursión con él habría sido más divertido que esto. Cualquier cosa sería más divertida que esto.

En el coche hace calor y está cargado de humo a pesar de que tenemos las ventanillas bajadas, y cuando empieza la segunda película, Roamer y Amanda se tumban en el enorme asiento delantero y se quedan casi completamente quietos. Casi. De vez en cuando capto el sonido de un chupetón, un beso sonoro, como si dos perros hambrientos estuvieran relamiendo el recipiente de la comida.

Intento mirar la pantalla, y viendo que no funciona pruebo a escribir mentalmente la escena: «La cabeza de Amanda asoma por encima del asiento, la camisa abierta de tal modo que le veo el sujetador, que es de color azul celeste con florecitas amarillas. Noto la imagen quemándome las retinas, donde permanecerá eternamente...».

Hay demasiadas distracciones e intento hablar con Ryan, superando los ruiditos, pero él está más interesado en meterme mano por debajo de la camiseta. He conseguido cumplir diecisiete años, ocho meses, dos semanas y un día sin mantener relaciones sexuales en el asiento trasero de un Impala (o donde sea, de hecho), de manera que le digo que me muero de ganas de contemplar el paisaje y abro la puerta y salgo. Estamos rodeados de coches y, más allá, de campos de maíz. No hay paisaje excepto arriba. Echo la cabeza hacia atrás, fascinada de repente por las estrellas. Ryan sale detrás de mí y finjo conocer las constelaciones, las señalo e invento historias sobre todas ellas.

Me pregunto qué estará haciendo Finch. Tal vez esté tocando la guitarra en algún sitio. Tal vez esté con una chica. Le debo una excursión y, de hecho, mucho más que eso. No quiero que piense que hoy lo he dejado plantado por mis supuestos amigos. Tomo mentalmente nota de investigar, en cuanto llegue a casa, adónde podemos ir de excursión. (Términos de búsqueda: atracciones excepcionales de Indiana, fuera de lo normal en Indiana, Indiana única, Indiana excéntrica.) Y tendría que hacerme también con una copia del mapa para asegurarme de que no duplico ninguna cosa.

Ryan me rodea con el brazo y me besa y, durante un momento, lo beso también. Retrocedo en el tiempo, y en lugar de en el Impala, estoy en el Jeep del hermano de Ryan, y en vez de Roamer y Amanda, son Eli Cross y Eleanor, y estamos en el autocine viendo *La jungla de cristal* en sesión doble.

Las manos de Ryan vuelven a deslizarse por debajo de mi camiseta y me aparto. El Impala ha vuelto. Roamer y Amanda han vuelto. La película del monstruo ha vuelto.

—Siento mucho tener que decírtelo —le informo—, pero me han impuesto un toque de queda.

—¿Desde cuándo? —Entonces parece recordar algo—. Lo siento, V.

Y sé que está pensando que es por lo del accidente.

Ryan se ofrece a acompañarme, aunque le digo que no, que estoy bien, que no pasa nada. Lo hace de todas formas.

—Me lo he pasado muy bien —dice al llegar a casa.

—Yo también.

—Te llamaré.

—Estupendo.

Se inclina para darme un beso de buenas noches y yo giro un poco la cara para que solo me lo dé en la mejilla. Se queda allí plantado y entro en casa.

Voy temprano a casa de Violet y sorprendo a sus padres desayunando. Él es barbudo y serio, con profundas arrugas de preocupación alrededor de los ojos y de la boca, y ella es como será Violet dentro de veinticinco años: cabello rubio oscuro ondulado, cara en forma de corazón, todo esculpido de forma más marcada. Tiene una mirada cálida, pero su boca está triste.

Me invitan a desayunar y les pregunto sobre Violet antes del accidente, puesto que solo la conozco de después. Cuando ella baja, sus padres están recordando cuando hace dos años su hermana y ella tenían que ir a Nueva York durante las vacaciones de primavera pero decidieron, en cambio, seguir a los Boy Parade desde Cincinnati hasta Indianápolis y Chicago con la intención de que les concedieran una entrevista.

Cuando Violet me ve, dice:

—¿Finch?

Lo dice como si yo fuera un sueño, y yo digo:

—¿Los Boy Parade?

—Dios mío, ¿por qué le contáis esto?

No puedo evitarlo y me echo a reír, y entonces su madre se echa a reír y luego también su padre, hasta que los tres estamos riendo como viejos amigos mientras Violet nos mira como si nos hubiésemos vuelto locos.

Después, estamos los dos delante de su casa y, como le toca a ella elegir lugar, me explica más o menos la ruta y me dice que la siga. Cruza el césped del jardín en dirección al camino de acceso.

—No he venido en bici. —Y antes de que replique, levanto la mano como si fuera a hacer un juramento—. Yo, Theodore Finch, sin estar en pleno poder de mis facultades mentales, juro no conducir a más de cincuenta kilómetros por hora por ciudad ni a más de ochenta por carretera. Si en cualquier momento quieres que paremos, paramos. Solo te pido que lo intentes.

—Está nevando.

Exagera. Apenas llueve.

—No de la que cuaja en la calzada. Mira, hemos recorrido todo lo que hay que recorrer en un radio al que podemos llegar en bicicleta. Podemos ver muchas más cosas si vamos en coche. Quiero decir que las posibilidades son prácticamente interminables. Al menos entra y siéntate. Dame ese gusto. Siéntate y yo me quedaré aquí, justo aquí, ni me acercaré al coche, para que estés segura de que no puedo tenderte una emboscada y ponerlo en marcha.

Está paralizada en la acera.

—No puedes ir por la vida presionando a la gente para que haga cosas que no quiere hacer. Llegas, te instalas y dices vamos a hacer esto y vamos a hacer lo otro, pero no escuchas. No piensas en nadie más que en ti mismo.

—De hecho, estoy pensando en ti encerrada en esa habitación o montada en esa estúpida bicicleta de color naranja. Vas allí. Vas aquí. Aquí. Allí. De un lado a otro, pero nunca más allá de este radio de seis o siete kilómetros.

—A lo mejor es que me gusta este radio de seis o siete kilómetros.

—No creo. Esta mañana, tus padres me han descrito una imagen bastante buena del «tú» que eras antes. Esa otra Violet parece divertida, incluso de puta madre, aunque tuviera un gusto horroroso en lo que a música se refiere. Pero ahora no veo más que una chica que tiene miedo de volver allí. Todos los que te rodean van dándote empujoncitos tímidos de vez en cuando, pero nunca lo bastante enérgicos, porque no quieren molestar a la Pobre Violet. Necesitas un buen empujón, no un empujoncito, puesto que, de lo contrario, te quedarás para siempre en esa cornisa que tú misma te has construido.

De repente, pasa por mi lado y sube al coche. Se sienta y mira a su alrededor, y aunque he intentado limpiarlo un poco, el salpicadero está lleno de trozos de lápiz, papeles, colillas, encendedores, púas de guitarra. En el asiento de atrás hay una manta y una almohada, y por la mirada que me lanza veo que se ha dado cuenta.

—Relájate. No entra en mis planes seducirte. De ser así, lo sabrías. Cinturón. —Se lo pone—. Y ahora, cierra la puerta.

Sigo fuera, cruzado de brazos mientras ella tira de la puerta para cerrarla. Camino entonces hacia el lado del conductor y veo que está leyendo el rótulo de una servilleta de un local llamado Harlem Avenue Lounge.

—¿Qué te parece, Ultravioleta?

Respira hondo. Suelta el aire.

—Voy bien.

Pongo el coche en marcha, apenas supero los treinta kilómetros por hora mientras circulamos por su barrio. Vamos manzana a manzana. Cada vez que encuentro una señal de STOP o un semáforo, le pregunto:

—¿Qué tal vamos?

—Bien. Voy, simplemente.

Me incorporo a la nacional y acelero hasta cincuenta.

—¿Qué tal?

—Estupendo.

—¿Y ahora?

—Deja ya de preguntarme.

Vamos tan despacio que los coches y los camiones nos adelantan y nos pitan. Un tipo nos grita por la ventanilla y levanta un dedo en un gesto grosero. Necesito toda mi fuerza de voluntad para no pisar a fondo el acelerador, aunque estoy acostumbrado a ir lento para que todos los demás me atrapen.

Para distraerme, y distraerla a ella, le hablo como cuando estábamos en la cornisa del campanario.

—Durante toda mi vida, siempre he conducido tres veces más rápido que los demás o tres veces más lento. De pequeño corría en círculos por el salón, una y otra vez, hasta que acabé marcando un anillo en la moqueta. De manera que empecé a seguir el trazo del anillo, hasta que un día mi padre se hartó y la arrancó del suelo con sus propias manos. Y en vez de sustituir la moqueta por otra nueva, dejó el hormigón a la vista, con trozos de cola con fragmentos de moqueta adherida por todas partes.

—Vamos, hazlo. Ve más rápido.

—Oh, no. A sesenta todo el rato, pequeña. —Pero subo a ochenta. Me siento la mar de bien, porque tengo a Violet en el coche y mi padre está en la ciudad por asuntos de negocios, lo que significa que esta noche no habrá Cena Familiar Obligatoria—. Tus padres son geniales, por cierto. Has tenido suerte en la lotería de los padres, Ultravioleta.

—Gracias.

—Así que... Boy Parade. ¿Conseguiste al final la entrevista?

Me lanza una mirada.

—De acuerdo, cuéntame lo del accidente.

No espero que lo haga, pero mira por la ventanilla y empieza a hablar.

—No recuerdo gran cosa. Recuerdo que entramos en el coche porque nos marchamos de la fiesta. Eli y ella habían tenido una pelea...

—¿Eli Cross?

—Estuvieron saliendo casi todo el año pasado. Estaba enfadada, pero no me dejó conducir. Fui yo quien le dije que fuera por el puente de la calle A. —Habla muy, muy bajito—. Recuerdo una indicación que decía: EL PUENTE SE HIELA ANTES QUE LA CARRETERA. Recuerdo que patinamos y que Eleanor dijo: «No puedo dominarlo». Recuerdo cuando volamos por el aire, y los gritos de Eleanor. Después de eso, todo se volvió negro. Me desperté en el hospital tres horas más tarde.

—Cuéntame cosas sobre ella.

Sigue mirando a través de la ventanilla.

—Era inteligente, tozuda, de humor inestable, divertida, malvada cuando perdía los nervios, dulce, protectora con sus seres queridos. Su color favorito era el amarillo. Siempre me apoyaba, aunque nos peleáramos a veces. Podía contárselo todo porque una de las cosas buenas de

Eleanor era que nunca emitía juicios de valor. Era mi mejor amiga.

—Yo nunca tuve un mejor amigo. ¿Qué se siente?

—No lo sé. Supongo que puedes ser tú mismo, independientemente de lo que eso implique, lo mejor y lo peor de ti mismo. Y tu mejor amigo te quiere de todas maneras. Puedes pelearte, pero aunque estés enfadado con él, sabes que no dejará de ser tu amigo.

—Tal vez necesitaría uno.

—Mira, quería decirte que siento lo de Roamer y esa gente.

El límite de velocidad es ciento diez, pero me obligo a mantenerme a cien.

—No es culpa tuya. Y disculparse es una pérdida de tiempo. Tienes que vivir tu vida para nunca tener que decir que lo sientes. Es más fácil hacerlo bien de entrada y así no tener que pedir disculpas.

Mira quién habla.

El parque donde se encuentra la biblioteca móvil está a ocho kilómetros de Bartlett y se llega a través de una carretera rural flanqueada por maizales. Como el terreno es llano y apenas hay árboles, las caravanas se alzan como rascacielos sobre el paisaje. Me inclino sobre el volante.

—¿Qué demonios...?

Violet se inclina también hacia delante y apoya las manos en el salpicadero. Cuando abandono el asfalto para adentrarme en la gravilla, dice:

—Esto lo hacíamos a veces en California. Mis padres, Eleanor y yo nos montábamos en el coche e íbamos a buscar librerías. Cada uno elegía el libro que quería encontrar y no podíamos volver a casa hasta haberlos encontrado todos. A veces nos recorríamos ocho o diez librerías en un solo día.

Sale del coche antes que yo y se dirige a la primera biblioteca móvil —una caravana de los años cincuenta— instalada más allá de la gravilla, en el campo. Hay siete caravanas en total, de fabricante, modelo y años distintos, colocadas en fila y rodeadas de maíz. En cada una de ellas se anuncia una categoría distinta de libros.

—Es una de las cosas más jodidamente increíbles que he visto en mi vida.

No sé si Violet me oye porque ya está entrando en la primera caravana.

—Cuida tu lenguaje, jovencito. —Veo una mano extendida y la estrecho. Pertenece a una mujer bajita y rechoncha con el pelo amarillo teñido, mirada cálida y cara arrugada—. Faye Carnes.

—Theodore Finch. ¿Es usted el cerebro que está detrás de todo esto? —pregunto, moviendo la cabeza en dirección a la fila de caravanas.

—Así es. —Echa a andar y la sigo—. El condado suprimió el servicio de bibliotecas móviles en los ochenta y le dije a mi marido que era una lástima. Una verdadera y triste lástima. Me pregunté qué pasaría con todas esas caravanas. Alguien tendría que comprarlas y mantenerlas en funcionamiento. De modo que lo hicimos nosotros. Al principio, las arrastrábamos por la ciudad, pero mi marido, Franklin, está fastidiado de la espalda, y por eso decidimos plantarlas, como el maíz, y que la gente viniese a nosotros.

La señora Carnes me guía de caravana en caravana, y entro en todas y exploro. Busco entre montones de libros de tapa dura y de bolsillo, todos sobados y leídos. Busco algo en particular, pero hasta el momento no lo encuentro.

La señora Carnes me sigue, devolviendo los libros a su lugar, quitando el polvo de las estanterías y me cuenta cosas acerca de su marido, Franklin, y su hija, Sara, y su hijo, Franklin Jr., que cometió el error de casarse con una chica de Kentucky, lo que significa que solo lo ve por Navidades. Es una charlatana, pero me gusta.

Violet nos localiza cuando estamos en la caravana número seis (la infantil). Llega cargada de clásicos. Saluda a la señora Carnes y le pregunta:

—¿Cómo funciona esto? ¿Necesito el carnet de la biblioteca?

—Puedes elegir entre comprar o préstamo, pero sea como sea, no necesitas ningún carnet. Si te llevas algún libro en calidad de préstamo, confiamos en que nos lo devuelvas. Si lo compras, solo aceptamos dinero en efectivo.

—Me gustaría comprar. —Me mira entonces a mí—. Podrías ir a buscarme el bolso para el dinero.

Pero saco la cartera y le doy a la señora Carnes un billete de veinte, que es lo más pequeño que tengo, y ella cuenta los libros.

—Es a dólar el libro, y son diez. Tendré que subir a casa para buscar cambio.

Desaparece antes de que me dé tiempo a decirle que puede quedarse lo que sobra.

Violet deja los libros y la acompaño a explorar las caravanas. Sumamos unos cuantos libros más al montón y, en un momento dado, la miro y me sonríe. Es esa sonrisa que esbozas cuando estás pensando en alguien e intentando decidir qué sientes por esa persona. Le sonrío y aparta la mirada.

Vuelve la señora Carnes y discutimos por lo del cambio: yo quiero que se lo quede y ella quiere que lo coja, y al final accedo porque no acepta un no por respuesta. Cargo los libros en el coche mientras ella habla con Violet. Encuentro en la cartera otro billete de veinte, y cuando regreso a las caravanas, entro en la primera, dejo el billete de veinte y el cambio en la vieja caja registradora que hay en una especie de mostrador improvisado.

Llega un grupo de niños y nos despedimos de la señora Carnes. Cuando nos vamos, dice Violet:

—Ha sido fabuloso.

—Lo ha sido, pero no cuenta como excursión.

—Técnicamente hablando, es un lugar más, y eso es todo lo que necesitábamos.

—Lo siento, pero no cuenta. Por fabuloso que sea, está prácticamente en el jardín de atrás de nuestra casa, dentro de nuestra zona de seguridad de seis o siete kilómetros. Además, no se trata de ir tachando cosas de una lista.

Camina unos metros por delante de mí, haciendo ver que yo no existo, pero ya me está bien, estoy acostumbrado, y lo que ella no sabe es que esto no me perturba en absoluto. La gente o me ve o no me ve. Me pregunto cómo debe de ser eso de andar por la calle, seguro y a salvo en tu pellejo, fundiéndote con los demás. Sin que nadie se vuelva, nadie se quede mirándote, nadie te espere ni espere nada de ti, nadie se pregunte qué estúpida locura harás a continuación.

Pero ya no puedo aguantar más y echo a correr, y me gusta liberarme del paso lento y regular de todo el mundo. Me libero de mi mente que, por algún motivo que desconozco, está describiéndome como alguien tan muerto como los autores de los libros que ha elegido Violet, dormido para siempre, enterrado en las profundidades bajo capas y capas de tierra y maizales. Casi noto la tierra cerrándose sobre mí, el ambiente cargado y húmedo, la oscuridad presionándome, y tengo que abrir la boca para respirar.

Corriendo rápido, Violet me adelanta, su cabello vuela por detrás de ella como la cola de un cometa, el sol lo captura y convierte en oro sus puntas. Estoy tan inmerso en mi cerebro, aceptando los pensamientos, dejándolos fluir, que al principio no estoy seguro de que sea ella, y entonces echo a correr para atraparla, y corro a su lado, igualando mi ritmo al suyo. Vuelve a acelerar, y nos forzamos hasta tal punto que casi espero que de un momento a otro echemos a volar. Este es mi secreto: en cualquier momento saldré volando y huiré de aquí. Todo el mundo en la Tierra excepto yo —y ahora también Violet— se mueve a cámara lenta, como si estuvieran cargados de barro. Nosotros somos más rápidos que cualquiera.

Llegamos al coche y Violet me lanza una mirada como queriendo decir «Toma esa». Me digo que la he dejado ganar, pero me ha derrotado claramente.

Cuando entramos y pongo el coche en marcha, le doy nuestro cuaderno, el que hemos utilizado para anotar las excursiones, y le digo:

—Anótalo todo antes de que nos olvidemos.

—Tenía entendido que esta excursión no contaba.

Pero veo que ya está preparada.

—Venga, dame ese gusto. Ah, y de camino a casa pasaremos por un sitio más.

Abandonamos la gravilla y regresamos al asfalto. Violet levanta la vista del cuaderno donde está escribiendo.

—Estaba tan liada con los libros que se me ha pasado por completo lo de dejar alguna cosa.

—Tranquila. Ya lo he hecho yo.

violet

A 145 días de la liberación

Pasa por completo de la rotonda, cruza directamente por el césped y se incorpora de nuevo a la carretera nacional, aunque en dirección contraria. En un momento dado, tomamos una salida que desemboca en una carretera rural tranquila.

La seguimos durante aproximadamente un kilometro y medio. Finch ha puesto música y está cantando. Sigue el ritmo tamborileando sobre el volante y llegamos a un pueblecito que solo tiene un par de manzanas. Finch se inclina sobre el salpicadero y ralentiza el coche.

—¿Ves algún letrero?

—Allí hay uno que dice IGLESIA.

—Bien. Genial. —Gira, y una manzana más allá aparca junto a la acera—. Ya estamos.

Sale del coche y da la vuelta, se acerca a mi puerta, la abre y me ofrece la mano. Nos dirigimos al edificio de una antigua fábrica que parece abandonada. Veo alguna cosa en la pared, recorriéndola en toda su longitud. Finch sigue caminando y de repente se para al llegar al final.

«Antes de morir...», se lee en lo que parece una pizarra

gigante. Y debajo de las descomunales letras hay columnas y columnas, líneas y líneas, en las que se lee: «Antes de morir quiero...». Los espacios en blanco se han completado con escritos en tizas de distintos colores, con caligrafías distintas, emborronados y desdibujados por la nieve y la lluvia.

Caminamos y vamos leyendo: «Antes de morir quiero tener hijos. Vivir en Londres. Tener una jirafa como mascota. Lanzarme en paracaídas. Dividir entre cero. Tocar el piano. Hablar francés. Escribir un libro. Viajar a otro planeta. Ser mejor padre que el mío. Sentirme bien conmigo mismo. Ir a Nueva York. Conocer la igualdad. Vivir».

Finch me da un golpecito en el brazo y me entrega una tiza de color azul.

—No queda espacio —le digo.

—Pues lo buscaremos.

Escribe «Antes de morir quiero» y traza una línea. Vuelve a escribirlo. Lo escribe una docena de veces más.

—Cuando hayamos completado estas, podemos ir a la fachada del edificio y por el otro lado. Es una buena manera de averiguar por qué estamos aquí.

Y sé que cuando dice «aquí», no se refiere a esta acera.

Empieza a escribir: «Tocar la guitarra como Jimmy Page. Componer una canción que cambie el mundo. Encontrar el Gran Manifiesto. Valer para algo. Ser la persona que quiero ser y que con eso sea suficiente. Saber qué es tener un mejor amigo. Importar».

Me quedo mucho rato quieta, solo leyendo, y al final escribo: «Dejar de tener miedo. Dejar de pensar tanto. Llenar los espacios que he dejado atrás. Volver a conducir. Escribir. Respirar».

Finch está detrás de mí. Lo tengo tan cerca que oigo cómo respira. Se inclina hacia delante y añade: «Antes de morir quiero saber qué es un día perfecto». Retrocede un poco, para leerlo, y se acerca de nuevo a la pared: «Y conocer a los Boy Parade». Antes de que me dé tiempo a decir alguna cosa, ríe, lo borra y lo sustituye por: «Y besar a Violet Markey».

Espero que también lo borre, pero deja caer la tiza y se sacude las manos, antes de limpiárselas en los vaqueros. Me dedica una sonrisa torcida y me mira fijamente la boca. Espero que tome la iniciativa. Me digo: «Que lo intente». Y luego pienso: «Espero que lo haga». Y solo de pensarlo noto una corriente eléctrica por todo mi cuerpo. Me pregunto si besar a Finch sería distinto a besar a Ryan. He besado a muy pocos chicos en mi vida y eran, básicamente, todos iguales.

Veo que niega con la cabeza.

—Aquí no. No ahora. —Y empieza a caminar de vuelta al coche. Lo sigo, y una vez estamos instalados, con el motor y la música en marcha, dice—: Antes de que empieces a pensar según qué cosas, eso no significa que me gustes.

—¿Por qué tienes la necesidad de volver a decirlo?

—Porque veo cómo me miras.

—Dios mío, eres increíble.

Se ríe.

Nos ponemos en marcha y mi cabeza funciona a mil por hora. Que haya deseado que me besara durante —¿cuánto tiempo habrá sido?— un segundo, no significa que me guste Theodore Finch. Lo que sucede es que hace tiempo que no beso a otro chico que no sea Ryan.

Escribo en el cuaderno: «Antes de morir quiero...», pero no sigo, porque lo único que veo es la frase de Finch flotando sobre la hoja: «Y besar a Violet Markey».

Antes de que Finch me deje en casa, va directo al Quarry, en el centro de Bartlett, donde ni siquiera nos piden el carnet para entrar. Cosa que hacemos directamente, el local está abarrotado y el ambiente cargado de humo, y la banda que actúa toca a todo volumen. Todo el mundo lo conoce, pero en vez de sumarse a la banda del escenario, me coge de la mano y bailamos. Parece que estemos bailando en un concierto de rock, aunque al instante siguiente me encuentro bailando un tango.

Le hablo a gritos:

—Tú tampoco me gustas.

Pero se limita a volver a reír.

finch

Día 15 (todavía)

De camino hacia casa de Violet, pienso en voz alta en los epitafios de gente que conocemos: Amanda Monk («Era tan superficial como el lecho seco del riachuelo que se bifurca del río Whitewater»), Roamer («Mi plan consistió siempre en ser el cabrón más grande posible, y lo fui»), el señor Black («En mi próxima vida, quiero descansar, evitar los niños y tener un buen sueldo»).

Hasta el momento, ha permanecido en silencio, pero sé que está escuchando, básicamente porque en el coche solo estamos ella y yo.

—¿Qué diría el tuyo, Ultravioleta?

—No lo sé muy bien. —Ladea la cabeza y mira por encima del salpicadero algún punto lejano, como si allí estuviera la respuesta—. ¿Y el tuyo?

Su voz suena remota, como si proviniera de otra parte.

No tengo ni que pensarlo.

—«Theodore Finch, en busca del Gran Manifiesto.»

Me mira con intención, y sé que está de nuevo completamente presente.

—No sé qué quiere decir.

—Quiere decir: «La necesidad de ser, de querer ser importante y, si de morir se trata, morir con valentía, con clamor... Perdurar, en suma».

Se queda en silencio, como si estuviera reflexionando sobre lo que acabo de decir.

—¿Dónde estabas el viernes? ¿Por qué no fuiste a clase?

—A veces me da dolor de cabeza. Nada grave.

No es del todo mentira, puesto que los dolores de cabeza tienen alguna cosa que ver. Es como si mi cerebro se disparara a tanta velocidad que se le hace imposible mantener ese ritmo. Palabras. Colores. Sonidos. A veces todo se esfuma y lo único que queda es el sonido. Lo oigo todo, pero no solo lo oigo, sino que además lo percibo. Aunque también puede ser todo a la vez: los sonidos se transforman en luz, y la luz se vuelve demasiado intensa, y noto como si me partiera en dos, y entonces aparece el dolor de cabeza. Pero no se trata solo de que sienta dolor de cabeza, sino que además lo veo, como si estuviera compuesto por un millón de colores, todos ellos cegadores. Cuando en una ocasión intenté describírselo a Kate, me dijo: «Eso puedes agradecérselo a papá. Tal vez no sería lo mismo si no hubiese utilizado tu cabeza a modo de saco de boxeo».

Pero no es eso. Me gusta pensar que los colores, los sonidos y las palabras no tienen nada que ver con él, que son solo míos y de mi cerebro parecido al de un dios, brillante, complicado, que zumba, tararea, se eleva, ruge, se zambulle y se hunde.

—¿Estás bien? —pregunta Violet.

Tiene el pelo alborotado, despeinado por el viento, las mejillas ruborizadas. Le guste o no, se la ve feliz.

La miro prolongadamente. Conozco lo suficientemente bien la vida como para saber que no puedes contar con que las cosas permanezcan intactas e inmóviles, por mucho que te gustaría que así fuera. No puedes evitar que la gente muera. No puedes evitar que se marche. Ni siquiera uno mismo puede evitar marcharse. Me conozco lo suficientemente bien como para saber que nadie puede mantenerme despierto o impedirme dormir. Eso también lo llevo dentro. Pero tío, esta chica me gusta.

—Sí —digo—. Creo que sí.

En casa, miro el contestador del teléfono fijo, el que todos miramos cuando nos acordamos, y veo que hay un mensaje de Embrión. Mierda. Mierda. Mierda. Mierda. Llamó el viernes porque no me presenté a la sesión de tutoría y quería saber dónde demonios me había metido, sobre todo porque, por lo visto, ha leído el *Bartlett Dirt* y sabe —o cree saber— lo que hacía yo allá arriba en la cornisa. En el lado positivo, informaba de que había superado con éxito la prueba de drogas. Borro el mensaje y tomo mentalmente nota de llegar temprano el lunes, aunque sea a modo de compensación.

Y luego subo a mi habitación, me encaramo en una silla y estudio el mecanismo del ahorcamiento. El problema es que soy demasiado alto, y el techo, demasiado bajo. Siempre existe la posibilidad del sótano, pero nadie baja nunca y podrían pasar semanas, incluso meses, antes de que mi madre y mis hermanas me encontraran.

Hecho interesante: «El ahorcamiento es el método de suicidio más utilizado en el Reino Unido porque, según los investigadores, está considerado tanto rápido como fácil. La longitud de la soga debe calibrarse en proporción con el peso de la persona, puesto que, de lo contrario, no tiene nada de fácil ni de rápido. Hecho también interesante: el método moderno de ahorcamiento por vía penal se conoce con el nombre de "caída larga"».

Y así es exactamente cómo me siento cuando voy a dormir. Es una larga caída desde el estado Despierto que puede producirse de repente. Todo... se detiene.

Pero a veces hay señales de alerta. Sonidos, por supuesto, y dolores de cabeza, pero he aprendido además a fijarme en cosas como los cambios espaciales, en cómo lo ves todo, en cómo lo percibes. Los pasillos del instituto suponen todo un reto: muchísima gente moviéndose en muchísimos sentidos distintos, como un cruce abarrotado. El gimnasio del instituto es peor, si cabe, porque estás apretujado y todo el mundo grita y puedes terminar atrapado.

Cometí el error de hablar del tema en una ocasión. Hace un par de años le pregunté al que por entonces era un buen amigo, Gabe Romero, si también él percibía los sonidos y veía los dolores de cabeza, si el espacio en el que se movía se encogía o se agrandaba a veces, si se había preguntado qué pasaría si saltara delante de un coche, de un tren o de un autobús, si pensaba que eso sería suficiente para lograr que se parara. Le pedí que lo probara conmigo, solo para ver, porque yo, en el fondo, tenía la sensación de no ser más que una fantasía, lo que significaría que era invencible, y entonces se marchó a su casa y se lo contó a sus padres, y ellos se lo contaron a mi profesor, quien a su vez se lo contó al director, quien se lo contó a mis padres, que me dijeron: «¿Es eso cierto, Theodore? ¿Estás contando esas historias a tus amigos?». Al día siguiente, toda la escuela lo sabía y me convertí oficialmente en Theodore *el Friki*. Un año más tarde, toda la ropa me iba pequeña porque, ya se sabe, crecer treinta y cinco centímetros en un verano es fácil. Lo que es complicado es crecer y superar la etiqueta que te han puesto.

Razón por la cual merece la pena fingir que eres como los demás, aunque sepas en todo momento que eres distinto. «Es culpa tuya», me digo entonces: es mi culpa no ser normal, mi culpa no ser como Roamer, Charlie, Brenda o los demás. «Es culpa tuya», me digo ahora.

Encaramado a la silla, intento imaginarme que se acerca el Sueño. Cuando eres famoso e invencible, se hace difícil imaginarse otra cosa que no sea estar despierto, pero me obligo a concentrarme porque es importante, cuestión de vida o muerte.

Los espacios pequeños son mejores, y mi habitación es grande. Aunque tal vez podría reducirla a la mitad si cambio de sitio la librería y la cómoda. Retiro la alfombra y empiezo a reubicar las cosas. No sube nadie a preguntar qué demonios estoy haciendo, aunque sé que mi madre, Decca y Kate, si es que está en casa, deben de haber oído que estoy moviendo muebles.

Me pregunto qué tendría que pasar para que subieran a verme. ¿Una bomba? ¿Una explosión nuclear? Intento recordar la última vez que alguna de ellas ha estado en mi habitación, y lo único que se me ocurre es aquella vez, hace cuatro años, cuando tuve de verdad la gripe. Por lo que alcanzo a recordar, fue Kate quien se encargó de cuidarme.

finch

Días 16 y 17 (todo bien, hasta el momento)

Para compensar la ausencia del viernes, decido hablarle a Embrión sobre Violet. No menciono el nombre, pero tengo que contárselo a alguien que no sea ni Charlie ni Brenda, que no hacen más que preguntarme si ya me he acostado con ella o recordarme la patada en el culo que me dará Ryan Cross si me atrevo a hacer algo con «su novia».

En primer lugar, sin embargo, Embrión tiene que preguntarme si he intentado autolesionarme. Es una rutina que repetimos dos veces por semana y que va más o menos así:

Embrión: «¿Ha intentado autolesionarse desde la última vez que nos vimos, Theodore?».

Yo: «No, señor».

Embrión: «¿Ha pensado en autolesionarse?».

Yo: «No, señor».

He aprendido que lo mejor es no decir nada sobre lo que en realidad piensas. Si no dices nada, dan por sentado que no piensas nada, solo lo que les dejas entrever.

Embrión: «¿Está usted tomándome el pelo, hijo?».

Yo: «¿Cree que le tomaría el pelo a usted, una figura de autoridad?».

Como carece de sentido del humor, me mira entornando los ojos y dice:

—Espero que no. Me he enterado de lo del artículo del *Bartlett Dirt*.

—No siempre hay que creer lo que se lee, señor. —Y abandono por fin mi sarcasmo. Está preocupado y tiene buenas intenciones. Es, además, uno de los pocos adultos que conozco que me presta atención—. De verdad —digo, mi voz quebrándose, tal vez porque ese artículo estúpido me preocupa más de lo que me gustaría.

Terminado este intercambio, dedico el resto del tiempo a demostrarle las muchas razones que tengo para vivir. Hoy es el primer día que saco a relucir el tema de Violet.

—Hay una chica. La llamaremos Lizzy. —Elizabeth Meade es la jefa del club de macramé. Es tan agradable que no creo que le importe que le tome prestado el nombre con el fin de proteger mi intimidad—. Hemos entablado una amistad, y eso me hace muy, pero que muy feliz. Estúpidamente feliz. Tan feliz que mis amigos no me aguantan de tan feliz que estoy.

Me examina como si intentara buscarme el ángulo bueno. Continúo hablando sobre Lizzy y sobre lo felices que somos, y sobre que lo único que quiero es pasar mis días siendo feliz por lo feliz que soy, lo que en realidad es cierto, pero al final dice:

—Ya vale, ya lo he captado. ¿Es esta tal... Lizzy la chica del periódico? —Dibuja unas comillas en el aire para acompañar el nombre—. ¿La que lo salvó de saltar de la cornisa?

—Posiblemente.

Me pregunto si me creería si le dijera que fue justo al revés.

—Ándese con cuidado.

«No, no, no, Embrión —me gustaría decirle—. Precisamente usted debería saber que no es prudente decir cosas de este estilo a alguien que es tan feliz. "Ándese con cuidado", implica que todo tiene un final, que tal vez se produzca dentro de una hora, dentro de tres años, pero un final, de todos modos. ¿Acaso le daría un patatús si me dijera "Me alegro de verdad por usted, Theodore. Felicidades por haber encontrado a alguien que lo hace sentirse tan feliz"?»

—¿Sabe? Podría simplemente decir «felicidades» y dejarlo aquí.

—Felicidades.

Pero es demasiado tarde, porque ya lo ha dicho y mi cerebro se ha aferrado a ese «Ándese con cuidado» y no está dispuesto a soltarlo. Intento hacerle entender que lo que quería decir Embrión era «Ándese con cuidado cuando mantenga relaciones sexuales. Utilice un condón», pero como que es un cerebro y, ya se sabe, tiene mentalidad propia, empieza a pensar en todas las maneras con que Violet Markey podría partirme el corazón.

Toqueteo el brazo del sillón, en la zona donde alguien lo ha rajado por tres puntos distintos. Me pregunto quién y cómo ha debido de ser mientras sigo toqueteándolo una y otra vez e intento silenciar el cerebro pensando en el epitafio de Embrión. Viendo que no me funciona, pienso uno para mi madre («Fui esposa y sigo siendo madre, aunque no me preguntéis dónde están mis hijos») y otro para mi padre («El único cambio en el que creo consiste en quitarse de encima a la esposa y los hijos y empezar con otra»).

Entonces dice Embrión:

—Hablemos sobre la prueba de acceso a la universidad. Ha obtenido una nota excelente.

Lo dice tan sorprendido e impresionado que me encantaría decirle: «Oh, no me digas. Qué te jodan, Embrión».

La verdad es que los exámenes se me dan bien. Siempre.

—Lo de «felicidades» también resultaría apropiado en este caso —digo.

Prosigue como si no me hubiera oído.

—¿Dónde tiene pensado ir a la universidad?

—Todavía no lo tengo claro.

—¿No cree que es hora de que piense un poco en su futuro?

Lo pienso. Igual que pienso en que más tarde veré a Violet.

—Pienso en el futuro. Estoy pensando en él en estos momentos.

Suspira y cierra la carpeta que contiene mi expediente.

—Lo veré de nuevo el viernes, Theodore. Si necesita cualquier cosa, llámeme.

BHS es una institución gigantesca con una cantidad gigantesca de estudiantes, y por ello no veo a Violet con la frecuencia que cabría imaginar. Solo tenemos una clase juntos. Yo estoy en el sótano mientras ella está en la tercera planta, yo estoy en el gimnasio mientras ella está en la otra punta del edificio, en el salón de actos, yo estoy en clase de ciencias cuando ella está en español.

El martes lo mando todo al infierno y la espero fuera del aula a cada clase para poder acompañarla a la siguiente. Esto significa a veces tener que correr de un extremo del edificio a otro, pero el esfuerzo merece la pena. Tengo las piernas tan largas que recorro mucho espacio con cada zancada, incluso aunque tenga que abrirme paso a codazos entre la gente y a veces saltarles por encima. Es fácil, porque los demás se mueven a cámara lenta, como si fueran un rebaño de zombis o de babosas.

—¡Hola a todos! —voy gritando mientras corro—. ¡Es un día precioso! ¡Un día perfecto! ¡Un día con posibilidades!

Son tan apáticos que apenas me miran.

La primera vez que doy con Violet, está caminando por los pasillos con su amiga Shelby Padgett. La segunda vez me dice: «Finch, ¿otra vez tú?». Es difícil saber si está feliz de verme o incómoda, o si es una combinación de ambas cosas. La tercera vez dice: «¿No llegarás tarde?».

—¿Qué es lo peor que pueden hacerme? —Le cojo la mano y tiro de ella—. ¡Abran paso! ¡Apártense!

Después de verla en literatura rusa, bajo corriendo escaleras y más escaleras hasta llegar al vestíbulo principal, donde me tropiezo con el director Wertz, que quiere saber qué estoy haciendo fuera de clase, jovencito, y por qué voy corriendo como si el enemigo estuviera pisándome los talones.

—Patrullando, señor. En estos tiempos nunca se está lo bastante seguro. Imagino que habrá leído acerca de las violaciones de las medidas de seguridad que se han producido en Rushville y Newcastle. Se han llevado ordenadores, destruido libros de la biblioteca, robado dinero del mostrador de recepción, y todo eso a plena luz de día, delante de las narices de todo el mundo.

Me lo estoy inventando, pero es evidente que no lo sabe.

—Vaya a clase —me dice—. E intente que no vuelva a

encontrármelo de nuevo. ¿Es necesario que le recuerde que está en periodo de prueba?

—No, señor.

Hago ver que me marcho tranquilamente en la otra dirección, pero en cuanto suena otra vez la campana, echo a correr por el vestíbulo y subo la escalera como si hubiera un incendio.

Paso junto a Amanda, Roamer y Ryan, y cometo el error de chocar sin querer contra Roamer, empujándolo sobre Amanda. El contenido del bolso de Amanda se derrama por el suelo y empieza a gritar. Antes de que Ryan y Roamer conviertan mi casi metro noventa en picadillo, echo a correr y, lo más rápidamente que puedo, pongo la máxima distancia posible entre ellos y yo. Pagaré después por lo sucedido, pero en este momento me da igual.

Esta vez es Violet la que me espera. Cuando me detengo y me doblo sobre mí mismo para recuperar el aliento, me dice:

—¿Por qué lo haces?

Y sé que ni está feliz ni está incómoda, sino cabreada.

—Corramos para que no llegues tarde a clase.

—No pienso ir corriendo a ningún sitio.

—Entonces no puedo ayudarte.

—Dios mío, me volverás loca, Finch.

Me inclino sobre ella y se apoya en una taquilla. Mira hacia todos lados, como si le diera pánico que alguien pudiera ver juntos a Violet Markey y Theodore Finch. Que Dios me libre de que Ryan Cross pase ahora por aquí y se lleve una idea equivocada. Me pregunto qué le diría Violet. «No es lo que parece. Theodore *el Friki* está acosándome. No me deja en paz.»

—Me alegro de poder devolverte el favor. —Ahora soy

yo el que está cabreado. Apoyo una mano en la pared, por encima de ella—. ¿Sabes? Eres mucho más simpática cuando estamos solos y nadie puede vernos.

—Tal vez si no anduvieras corriendo por los pasillos y gritándole a todo el mundo... No sé si lo haces porque es lo que se espera de ti o porque eres así.

—¿Tú qué piensas?

Tengo la boca a solo un par de centímetros de la de ella y espero que me arree un bofetón o me dé un empujón, pero entonces cierra los ojos y es cuando lo sé: lo tengo.

Muy bien, me digo. Un giro interesante de los acontecimientos. Pero antes de poder hacer algo, alguien me tira del cuello de la camiseta y me aparta. Oigo la voz del señor Kappel, el entrenador de béisbol, que dice:

—A clase, Finch. Y tú también. —Mueve la cabeza en dirección a Violet—. Y una hora de castigo acabadas las clases para los dos.

Al terminar las clases, Violet entra en el aula del señor Stoker sin siquiera mirarme. El señor Stoker dice:

—Vaya. Todo tiene siempre su primera vez. Nos sentimos honrados con su compañía, señorita Markey. ¿A qué debemos este placer?

—A él —replica, moviendo la cabeza hacia donde yo estoy.

Toma asiento en la parte delantera del aula, lo más lejos que puede de mí.

Las dos de la mañana. Miércoles. Mi habitación.

Me despierto cuando oigo el sonido de las piedrecitas contra el cristal de la ventana. Al principio creo que estoy soñando, pero luego vuelvo a oírlo. Me levanto y miró entre las cortinas y veo a Theodore Finch en el jardín delantero vestido con pantalón de pijama y una sudadera oscura con capucha.

Abro la ventana y me asomo.

—Vete. —Sigo enfadada con él por haber hecho que me castigaran por primera vez en mi vida. Y estoy enfadada con Ryan porque pensara que volvíamos a salir, aunque ¿qué culpa tiene él? He coqueteado, le di aquel beso en el hoyuelo, lo besé en el autocine. Estoy enfadada con todo el mundo, pero principalmente conmigo—. Vete —repito.

—No me hagas subir a este árbol, por favor, porque seguramente acabaré cayendo y partiéndome el cuello, y nos queda mucho que hacer antes de que me metan en un hospital.

—No tenemos nada más que hacer. Ya lo hemos hecho todo.

Pero bajo igualmente porque, si no lo hago, ¿quién sabe qué podría pasar? Me peino, me pongo un poco de brillo en los labios y me cubro con un albornoz.

Cuando salgo, Finch está sentado en el porche, apoyado en la barandilla.

—Pensaba que no ibas a bajar nunca —dice.

Me siento a su lado y noto la frialdad del peldaño a través del tejido de mi pijama con estampado de monos.

—¿Qué haces aquí?

—¿Estabas despierta?

—No.

—Lo siento. Pero ahora ya lo estás, vamos.

—No pienso ir a ningún lado.

Se levanta y se va hacia el coche. Se da la vuelta y dice, casi gritando:

—Vamos.

—No puedo largarme así cuando me dé la gana.

—¿No sigues enfadada, verdad?

—De hecho, sí. Pero mírame bien. Ni siquiera estoy vestida.

—Vale. Puedes seguir con ese albornoz tan feo. Y ponte unos zapatos y una chaqueta. No pierdas el tiempo cambiándote. Escribe una nota a tus padres para que no se preocupen si se despiertan y descubren que no estás. Te concedo tres minutos antes de venir a por ti.

Nos dirigimos al centro de Bartlett. Los edificios se estructuran en torno a lo que llamamos el Boardwalk. Desde que inauguraron el nuevo centro comercial ya no hay motivos para venir hasta aquí, excepto la panadería, donde hacen las mejores madalenas en muchos kilómetros a la redonda. Los establecimientos son como parásitos, reliquias de hace más de veinte años: unos tristes y viejísimos grandes almacenes, una zapatería que huele a naftalina, una juguetería, una confitería, una heladería.

Finch aparca el Saturn y dice:

—Ya hemos llegado.

Los escaparates están oscuros, naturalmente, y no hay nadie en la calle. Es fácil imaginar que Finch y yo somos los dos únicos habitantes del mundo.

—Cuando mejor pienso es de noche —dice—, cuando todos duermen. Sin interrupciones. Sin ruido. Me gusta la sensación de estar despierto cuando nadie más lo está.

Me pregunto si duerme en algún momento.

Veo nuestro reflejo en el escaparate de la panadería y parecemos dos niños vagabundos.

—¿Adónde vamos?

—Ya lo verás.

El ambiente es fresco, limpio, silencioso. A lo lejos, veo la torre Purina iluminada, nuestro edificio más alto, y más allá, el campanario del instituto.

Cuando llegamos a Bookmarks, Finch saca unas llaves y abre la puerta.

—Mi madre trabaja aquí cuando no se dedica a vender casas.

La librería es pequeña y está a oscuras. Hay una pared con revistas a un lado, estanterías con libros, dos mesitas, cuatro sillas, un mostrador vacío donde en horas laborables venden café y chucherías.

Finch se agacha detrás del mostrador y abre una nevera que queda escondida. Inspecciona su interior hasta que extrae dos refrescos y dos pastelitos, y entonces nos sentamos en el suelo de la zona infantil, decorada con pufs y una ajada alfombra de color azul. Enciende una vela que ha encontrado junto a la caja registradora y la luz baila en su cara cuando Finch se mueve de estantería en estantería, recorriendo con la punta de los dedos los lomos de los libros.

—¿Buscas alguna cosa?

—Sí.

Al final, se agacha a mi lado y se pasa la mano por el cabello, despeinándolo en todas direcciones.

—No lo tenían en la biblioteca móvil y tampoco lo tienen aquí. —Coge una montaña de libros infantiles y me pasa un par—. Aunque, por suerte, tienen esto.

Se sienta con las piernas cruzadas, su pelo alborotado cayendo sobre un libro, y al instante es como si se hubiera ido y estuviera en otra parte.

—Sigo enfadada contigo por lo del castigo —comento.

Espero una respuesta rápida, una frase ingeniosa e intencionada, pero ni siquiera levanta la vista y se limita a buscar mi mano y seguir leyendo. Percibo la disculpa en sus dedos y se me quitan las ilusiones, de modo que me inclino hacia él —solo un poco— y leo por encima de su hombro. Tiene la mano caliente y no quiero soltársela.

Comemos con una sola mano y repasamos el montón de libros, y empezamos a leer en voz alta uno del Dr. Seuss titulado *¡Oh, cuán lejos llegarás!* Alternamos estrofas, primero Finch, luego yo, Finch, luego yo.

> *Hoy es tu día. ¡Felicidades!*
> *Te marchas muy lejos de aquí*
> *a descubrir maravillosos lugares...*

En un momento dado, Finch se levanta y empieza a actuar. No necesita el libro porque se lo sabe de memoria, y yo me olvido de leer porque es más divertido verlo, incluso cuando las palabras y su tono de voz se vuelven serios.

Llegarás a un lugar con calles sin nombre
Y casas a oscuras, aunque algunas con lumbre.
Confundido, echarás a correr
rumbo, me temo, a un lugar sin nada que hacer.
El lugar de espera... para gente que espera...

Ahora habla en sonsonete.

Pero lograrás escapar
a toda esa espera y aburrimiento.
y encontrarás esos lugares radiantes
donde las banderolas ondean
y las orquestas tocan con sentimiento.

Tira de mí hasta ponerme en pie.

¡Volverás a vivir aventuras maravillosas!
Porque bajo el cielo solo hay cosas hermosas.

Representamos entonces nuestra propia versión de las banderolas ondeando, que consiste en saltar sobre las cosas: pufs, sillas, libros. Cantamos juntos los últimos versos «Tu montaña te espera. ¡Así que ponte en camino!», y acabamos tirados por el suelo, la luz de la vela bailando por encima de nuestras cabezas, riendo como si nos hubiéramos vuelto locos.

La única forma de subir a lo alto de la torre Purina es mediante la escalera de acero construida en un lateral de la misma y que debe de tener veinticinco mil peldaños. Cuando llegamos arriba —resoplando como el señor Black—, nos quedamos junto al árbol de Navidad que está instalado allí todo el año. De cerca, es más grande de lo que parece desde abajo. Más allá hay un poco de espacio libre y Finch extiende la manta y nos acurrucamos sobre ella, brazo contra brazo, tapándonos con el resto.

—Mira —dice.

Por todos lados, extendiéndose por debajo de nosotros, hay lucecitas tenues y grupillos negros de árboles. Estrellas en el cielo, estrellas en el suelo. Es difícil adivinar dónde termina el cielo y empieza la tierra. Por mucho que odie tener que admitirlo, es bello. Siento la necesidad de decir alguna cosa grandiosa y poética, pero lo único que me sale es:

—Es precioso.

—*Precioso* es una palabra preciosa que deberías utilizar más a menudo. —Se estira para taparme un pie que se ha escapado de debajo de la manta—. Es como si fuera nuestra.

Al principio pienso que se refiere a la palabra, pero luego comprendo que se refiere a la ciudad. Y entonces pienso: «Sí, eso es». Theodore Finch siempre sabe qué decir, mucho mejor que yo. Es él quien debería ser escritor y no yo. Tengo celos de su cerebro, aunque solo durante un segundo. El mío me parece vulgar.

—Uno de los problemas que presenta la gente es que a menudo se olvida de que lo que de verdad cuenta son las pequeñas cosas. Todo el mundo está ocupado esperando en el Lugar de la Espera. Si nos parasemos un momento a recordar que existen cosas como la torre Purina y una vista como esta, todos seríamos más felices.

No sé por qué, digo:

—Me gusta escribir, pero también me gustan muchas más cosas. Tal vez de todas esas cosas, escribir sea lo que mejor se me da. Tal vez sea lo que más me gusta. Tal vez sea el lugar donde me siento más cómoda. O tal vez resulte que lo de escribir ya se ha acabado. Tal vez tendría que hacer ahora otra cosa. No lo sé.

—Todo en este mundo lleva un final incorporado, ¿no? Una bombilla de cien vatios, por ejemplo, está diseñada para que dure setecientas cincuenta horas. El sol morirá dentro de cinco mil millones de años. Todos tenemos una fecha de caducidad. Los gatos viven quince años, quizá un poco más. Los perros llegan a los doce. El norteamericano medio está concebido para que dure veintiocho mil días a partir de su fecha de nacimiento, lo que significa que existe un año, un día, una hora y un minuto concreto en el que nuestra vida tocará a su fin. Tu hermana se fue con dieciocho años. Pero si un ser humano fuera capaz de evitar todas las enfermedades mortales, infecciones y accidentes, viviría hasta los ciento quince.

—¿Quieres decir con esto que tal vez he alcanzado mi fecha de caducidad como escritora?

—Lo que quiero decir es que dispones de tiempo para decidir. —Me pasa nuestro cuaderno oficial de excursiones y un bolígrafo—. Y, de momento, ¿por qué no anotar cosas en un cuaderno que nadie más verá? ¿Por qué no escribirlo en un papel y pegarlo a la pared? Aunque, por lo que sé, también es posible que se te dé fatal.

Ríe y esquiva mi puñetazo en el brazo, y entonces saca una ofrenda: servilletas de Bookmarks, la vela a medio consumir, una caja de cerillas y un punto de libro hecho con macramé. Lo guardamos todo en un Tupperware plano que ha confiscado de su casa y lo dejamos a la vista para que lo encuentre la próxima persona que suba a la torre. Finch se levanta y se acerca al borde, donde solo una barandilla protectora metálica que le llega a la altura de las rodillas impide la caída.

Alza los brazos por encima de la cabeza, los puños apretados, y grita:

—¡Abre tus ojos de mierda y mírame bien! ¡Estoy aquí! —Grita a todo aquello que odia y quiere cambiar hasta quedarse ronco. Entonces, me hace un gesto—: Tu turno.

Voy hacia allí, pero no me acerco tanto al borde como Finch, a quien no parece importarle caerse. Lo agarro por la sudadera sin que ni siquiera se dé cuenta, como si con ello pudiera salvarlo, y en vez de mirar abajo, levanto la cabeza hacia arriba. Pienso en todo lo que me gustaría gritar: «¡Odio esta ciudad!». «¡Odio el invierno!» «¿Por qué tuviste que morirte?» Esto último va dirigido a Eleanor. Sus cenizas reposan en California, pero a veces me pregunto dónde está, si es que está en alguna parte. «¿Por qué me abandonaste?» «¿Por qué me hiciste esto?»

Pero me quedo allí, agarrada a la sudadera de Finch, y él me mira y mueve la cabeza, y empieza a canturrear de nuevo los versos del Dr. Seuss. Esta vez lo acompaño, y nuestras voces recorren la ciudad dormida.

Cuando me deja en casa, quiero que me dé un beso de buenas noches, pero no lo hace. Desanda el camino de acceso, con las manos en los bolsillos, y se da la vuelta para mirarme.

—La verdad, Ultravioleta, es que estoy seguro de que no se te da mal escribir.

Lo dice en voz alta para que todo el vecindario se entere.

finch

En el instante en que entramos en casa de mi padre sé que algo va mal. Nos recibe Rosemarie y nos invita a pasar al salón, donde encontramos a Josh Raymond sentado en el suelo jugando con un helicóptero a pilas que vuela y hace ruido. Kate, Decca y yo nos quedamos mirándolo, y sé que están pensando lo mismo que yo, que los juguetes a pilas son demasiado ruidosos. De pequeños, nunca nos dejaron tener nada que hablase, volase o hiciese ruido.

—¿Dónde está papá? —pregunta Kate. Por la puerta de atrás veo que la barbacoa está cerrada—. ¿Ya ha vuelto del viaje de negocios, no?

—Regresó el viernes. Está en el sótano.

Rosemarie nos pasa unas latas de refresco, sin vaso, otra señal que indica que algo va mal.

—Voy a verlo —le digo a Kate.

Si está en el sótano, solo puede significar una cosa: que está sumido en uno de sus «estados de ánimo», como los denomina mi madre. «No molestes a tu padre, Theodore, tiene uno de sus estados de ánimo. Dale tiempo para que se tranquilice y todo irá bien.»

168

El sótano es agradable, está enmoquetado y pintado, hay luces por todas partes, también los antiguos trofeos de hockey de mi padre, un jersey enmarcado y estanterías repletas de libros, por mucho que él no lea nada de nada. En una de las paredes hay colgada una pantalla plana gigante y mi padre está delante de ella, sus enormes pies reposando sobre la mesita de centro, viendo un partido y gritándole al televisor. Tiene la cara colorada, las venas del cuello sobresaliéndole. Sujeta una cerveza en una mano y el mando a distancia en la otra.

Me aproximo a él y me sitúo en su ángulo de visión. Y allí me quedo, con las manos en los bolsillos y mirándolo hasta que por fin levanta la vista.

—Por Dios —dice—. Vas por ahí asustando a la gente.

—No creo. A menos que a tu edad te hayas vuelto sordo, deberías haberme oído bajar la escalera. La cena está lista.

—Dentro de un rato subo.

Avanzo hasta pararme delante de la pantalla plana.

—Deberías subir ahora. Tu familia está aquí; ¿te acuerdas de nosotros? ¿De los originales? Estamos aquí y tenemos hambre, y no hemos venido para pasar el rato con tu nueva esposa y tu nuevo hijo.

Puedo contar con los dedos de una mano las veces que le he hablado de esta manera a mi padre, pero tal vez sea la magia de Finch *el Cabrón*, puesto que no le tengo nada de miedo.

Golpea la mesita con la cerveza con tanta fuerza que la botella se hace añicos.

—No vengas a mi casa a decirme qué tengo que hacer.

Y entonces se levanta del sofá y se abalanza sobre mí, me agarra por el brazo y, ¡pam!, me arroja contra la pared.

Oigo el «crac» cuando mi cráneo entra en contacto con el muro y la habitación parece dar vueltas durante unos instantes.

Pero en cuanto se estabiliza de nuevo, digo:

—Tengo que agradecerte que mi cabeza sea tan dura a estas alturas.

Y antes de que le dé tiempo a atraparme de nuevo, huyo escaleras arriba.

Cuando llega ya estoy sentado a la mesa, y ver a su flamante nueva familia le hace recordar quién es. Dice: «Hay algo que huele muy bien», le da un beso en la mejilla a Rosemarie, se sienta delante de mí y despliega la servilleta. No me mira ni me habla durante el resto de tiempo que pasamos en la casa.

Luego, en el coche, Kate dice:

—Eres imbécil, y lo sabes. Podría haberte mandado al hospital.

—Déjalo —digo.

Llegamos a casa y mi madre levanta la cabeza de la mesa. Está intentando poner en orden papeles y extractos bancarios.

—¿Qué tal la cena?

Antes de que alguien responda, la abrazo y le estampo un beso en la mejilla, un gesto que, puesto que no somos una familia muy dada a las muestras de afecto, la pone en estado de alarma.

—Salgo.

—Ve con cuidado, Theodore.

—Yo también te quiero, mamá.

Esto la descoloca aún más, y antes de que se eche a llorar, cruzo la puerta, entro en el garaje y subo en el *Pequeño Cabrón*. Me siento mejor en cuanto pongo el motor en marcha. Me miro las manos y están temblando, porque mis manos, al igual que el resto de mí, desearían matar a mi padre. Desde que yo tenía diez años y envió a mi madre al hospital con la barbilla reventada, y un año después, cuando hizo lo mismo conmigo.

Con la puerta del garaje aún cerrada, permanezco sentado, las manos al volante, pensando en lo fácil que sería simplemente quedarme aquí sin moverme.

Cierro los ojos.

Me recuesto.

Dejo descansar las manos en el regazo.

No siento gran cosa, tal vez me note algo somnoliento. Aunque podría ser solo cuestión de mi persona y de ese oscuro vórtice que gira lentamente, como un remolino, y que siempre, en cierta medida, está ahí, dentro de mí y alrededor de mí.

«El porcentaje de suicidios por inhalación de gases de automóvil ha disminuido en Estados Unidos desde mediados de los años sesenta, momento en el que se introdujeron los controles de emisión de humos. En Inglaterra, donde dichos controles son prácticamente inexistentes, el porcentaje se ha duplicado.»

Estoy muy tranquilo, como si estuviera en clase de ciencias haciendo un experimento. El estruendo del motor es como una especie de nana. Me obligo a quedarme en blanco, como hago en las raras ocasiones en que intento dormir. En lugar de pensar, me imagino en el agua, yo flotando de espaldas, quieto y tranquilo, sin ningún movimiento excepto el del corazón que late en el pecho. Cuando me encuentren, parecerá que estoy durmiendo.

«En 2013, un hombre de Pennsylvania se suicidó con monóxido de carbono. Cuando los miembros de su familia intentaron rescatarlo, cayeron víctimas de los vapores y murieron absolutamente todos antes de que los equipos de rescate pudieran salvarlos.»

Pienso en mi madre, y en Decca y en Kate, y entonces le doy al mando, se levanta la puerta y emerjo al más allá azul y salvaje. Durante el primer kilómetro me siento colocado y excitado, como si acabara de entrar en un edificio en llamas y hubiera salvado vidas, como si fuese un héroe.

Pero entonces, una voz en mi interior dice: «No eres ningún héroe. Eres un cobarde. Solo las has salvado de ti mismo».

Cuando hace un par de meses las cosas se pusieron feas, cogí el coche y fui a French Lick, un nombre que suena muchísimo más sexy de lo que en realidad es. Originalmente se llamaba Salt Spring, y es famoso por su casino, sus elegantes instalaciones y *spas*, por el jugador de baloncesto Larry Bird y por sus fuentes termales con poderes curativos.

En noviembre fui a French Lick y bebí agua con la esperanza de que sirviera para solucionar mi oscuro remolino mental y, de hecho, me sentí mejor durante un par de horas, aunque es posible que fuera simplemente porque estaba muy hidratado. Pasé la noche en el *Pequeño Cabrón*, y cuando a la mañana siguiente me desperté, pesado y con ganas de morirme, me crucé con uno de los trabajadores del lugar y le dije:

—Tal vez he bebido el agua que no tocaba.

El hombre miró por encima de su hombro derecho, luego por encima del izquierdo, como hacen en las películas, se inclinó entonces hacia mí y me dijo:

—Donde tienes que ir es a Mudlavia.

Al principio pensé que iba drogado.

—¿Mudlavia? —repetí yo.

—El auténtico está allá arriba —dijo entonces—. Al Capone y la banda de Dillinger siempre iban allí después de llevar a cabo cualquier atraco a mano armada. Queda poca cosa, excepto las ruinas —el hotel se incendió en 1920—, pero las aguas fluyen con la intensidad de toda la vida. Yo subo cuando me duelen las articulaciones.

No fui porque cuando regresé de French Lick estaba destrozado y ahí acabó la cosa. Y no volví a viajar en mucho tiempo. Pero ahora he puesto rumbo a Mudlavia. Y como se trata de un asunto serio y personal, y no de una excursión, decido que no me acompañe Violet.

Llegar a Kramer, Indiana, población: treinta habitantes, me lleva dos horas y media. El paisaje es más bonito que en Bartlett: colinas y valles, todo cubierto de nieve, como una fotografía de Norman Rockwell.

Me imagino que el hotel será un lugar al estilo de la Tierra Media, pero lo que descubro son hectáreas de delgados árboles parduscos y ruinas. No hay más que edificios derruidos y paredes cubiertas de *graffiti*, hiedra y malas hierbas. Incluso en invierno, es evidente que la naturaleza se ha impuesto la misión de recuperar el territorio.

Me adentro en lo que era el hotel, la cocina, los pasillos, las habitaciones. Es un lugar lúgubre y tenebroso que me pone triste. Las paredes que siguen en pie están llenas de pintadas.

«Protégete el pene.»

«Locura, por favor.»

«Qué se joda el que lo lea.»

No me parece un lugar de curación. En el exterior, me

abro camino entre hojas, escombros y nieve para encontrar los manantiales. No sé muy bien dónde están, y para localizarlos me quedo quieto y aguzo el oído antes de echar a andar hacia la dirección correcta.

Me preparo para llevarme una decepción. Pero cuando sorteo los árboles, me encuentro en la orilla de un riachuelo. La corriente está viva, no helada, los árboles son más frondosos que los demás, como si el agua los alimentara. Sigo el lecho del arroyo hasta que la orilla se transforma en paredes de piedra y a partir de ahí vadeo, noto el agua salpicándome los tobillos. Me agacho y ahueco las manos. Bebo. Está fría y sabe débilmente a barro. Viendo que no me he muerto, vuelvo a beber. Lleno de agua la botella que he traído conmigo y la calzo en el fondo fangoso para que no la arrastre la corriente. Me tiendo en el arroyo y dejo que el líquido me cubra.

Cuando entro en casa, me tropiezo con Kate, que sale. Se enciende un cigarrillo. Por mucho que Kate sea muy franca, no quiere que mis padres se enteren de que fuma. Normalmente espera a estar en el coche y ya en marcha.

—¿Estabas con esa chica? —me pregunta.

—¿Cómo sabes que hay una chica?

—Reconozco los indicios. ¿La conoceremos?

—Seguramente no.

—Muy inteligente. —Asiente y le da una buena calada al pitillo—. Decca está dolida. A veces pienso que ella es quien se lleva la peor parte, con todo esto de Josh Raymond, ya que son prácticamente de la misma edad. —Dibuja tres anillos de humo perfectos—. ¿Te lo has preguntado alguna vez?

—¿Preguntarme qué?

—Si es de papá.

—Sí, aunque es muy menudo.

—Tú fuiste menudo hasta noveno, y mírate ahora, pareces un junco.

Kate sigue su camino y yo entro, y cuando voy a cerrar la puerta, me dice:

—¿Theo? —Me doy la vuelta y la veo de pie junto a su coche, una silueta recortada en la oscuridad de la noche—. Ándate con mucho cuidado con ese corazón.

Otra vez «Ándate con cuidado».

Arriba, me atrevo a entrar en la cámara de los horrores de Decca para asegurarme de que está bien. Su habitación es enorme, llena de ropa, libros y de todo tipo de cosas extrañas que colecciona: lagartijas, escarabajos, flores, tapones de botella, montañas y montañas de envoltorios de caramelo, muñecas de American Girl, abandonadas desde que tenía seis años y superó esa etapa. Todas las muñecas tienen grapas en la barbilla, como las que le pusieron a Decca en el hospital después de sufrir un accidente en el recreo. Sus dibujos cubren hasta el último centímetro de pared, junto con un único póster de Justin Bieber.

Está en el suelo, recortando palabras de hojas de libros que ha ido encontrando por toda la casa, incluyendo entre ellos algunas novelas románticas de mi madre. Le pregunto si tiene otras tijeras y, sin levantar la vista, señala su escritorio. Debe de haber dieciocho tijeras, las que han ido desapareciendo del cajón de la cocina con el paso de los años. Elijo unas con mango de color morado y me siento delante de ella, nuestras rodillas rozándose.

—Dime las reglas.

Me pasa un libro, *Su oscuro amor prohibido*, y dice:

—Recorta las partes malas y las palabrotas.

Lo hacemos durante una media hora, sin hablar, solo recortando, y luego empiezo a darle un discurso de hermano mayor, explicándole que la vida irá a mejor, que no todo son malos momentos y gente mala, que también hay instantes brillantes.

—Menos hablar —dice.

Seguimos trabajando en silencio hasta que le pregunto:

—¿Y qué pasa con las cosas que no son del todo feas sino simplemente desagradables?

Deja de recortar para pensar. Se mordisquea un mechón de pelo y resopla.

—Lo desagradable también.

Me concentro en las palabras. Aquí encuentro una, luego otra. Aquí veo una frase. Un párrafo. Una página entera. Pronto tengo junto a mí una montaña de palabras malas y desagradables. Cuando Decca termina con un libro lo deja a un lado, y es entonces cuando lo entiendo: lo que quiere son las partes malas. Pretende coleccionar todas las palabras infelices, rabiosas, malas y desagradables para guardárselas.

—¿Por qué lo haces, Dec?

—Porque no deberían estar mezcladas con lo bueno. Solo buscan engañarte.

Y, de un modo u otro, comprendo lo que quiere decir. Pienso en el *Bartlett Dirt* y en todas sus palabras malas, no solo sobre mí, sino sobre cualquier alumno que sea raro o diferente. Mejor dejar aparte las palabras infelices, rabiosas, malas y desagradables, dejarlas allá donde puedas verlas y asegurarte de que no te pillan por sorpresa cuando menos te las esperas.

Cuando terminamos y se va a buscar más libros, cojo los que ha descartado ya y miro hasta que encuentro las palabras que ando buscando. Las dejo sobre su almohada: «Hazlo bonito». Cojo entonces los libros recortados que ya no quiere y me los llevo.

En mi habitación noto algo distinto.

Me detengo en el umbral de la puerta para comprender qué es. Las paredes rojas, la colcha negra, la cómoda, la mesa y la silla, todo está donde le corresponde. Tal vez la librería esté demasiado llena. La examino desde donde estoy porque no quiero entrar hasta saber qué pasa. Las guitarras siguen ahí. Las ventanas están al descubierto porque no me gustan las cortinas.

La habitación parece que está como la dejé. Pero la sensación es distinta, como si hubiera entrado alguien y hubiese movido las cosas. Entro poco a poco, como si pensara que ese alguien pudiera saltar sobre mí en cualquier momento, y abro la puerta del armario, casi esperando que me conduzca a la versión real de mi habitación, la correcta.

«Todo está bien.»

«Tú estás bien.»

Entro en el cuarto de baño, me desnudo y me meto bajo el agua caliente-caliente, y sigo ahí hasta que la piel se me pone roja y el calentador no puede más. Me envuelvo en una toalla y escribo «Ándate con cuidado» en el espejo empañado. Vuelvo a la habitación para echarle un nuevo vistazo desde otro ángulo. La habitación está tal y como la dejé, y pienso que tal vez no sea la habitación lo que esté distinto. Tal vez sea yo.

Vuelvo al cuarto de baño, cuelgo la toalla, me pongo una camiseta y unos calzoncillos y me veo de refilón en el espejo de encima del lavabo cuando el vapor empieza a disiparse y lo que he escrito antes desaparece, dejando un óvalo lo bastante grande como para abarcar dos ojos azules, el pelo negro mojado, la piel blanca. Me inclino, me miro, y no es mi cara, sino la de otro.

Me siento en la cama y hojeo uno a uno los libros recortados. Leo los pasajes que se han salvado. Son felices, dulces, divertidos, cariñosos. Deseo estar rodeado de cosas así y decido recortar las mejores frases y las palabras más bonitas —como «sinfonía», «ilimitado», «oro», «mañana»— y luego pegarlo todo a la pared, donde se solapan con lo demás, una combinación de colores, formas y estados de ánimo.

Me envuelvo ahora con la colcha, me cubro todo lo que puedo —para no ver ni siquiera la habitación— y me tiendo en la cama como una momia. Es una manera de mantener el calor y la luz para que no vuelvan a salir nunca más. Asomo una mano por la abertura y cojo un libro, luego otro. ¿Y si la vida pudiera ser así? ¿Solo las partes felices, no las horribles, ni siquiera las medianamente agradables? ¿Y si pudiéramos recortar lo malo y conservar lo bueno? Es lo que quiero hacer con Violet: darle solo lo bueno, mantener alejado lo malo, para que siempre estemos rodeados solo de cosas buenas.

violet

Domingo por la noche. Hojeo nuestro cuaderno, de Finch y mío. Cojo el bolígrafo que me dio y busco una página en blanco. Lo de Bookmarks y lo de la torre Purina no son excursiones oficiales, pero eso no significa que no deban ser recordadas.

«Estrellas en el cielo, estrellas en el suelo. Es difícil adivinar dónde termina el cielo y empieza la tierra. Siento la necesidad de decir alguna cosa grandiosa y poética, pero lo único que me sale es "Es precioso".

»Y entonces dice él: *Precioso* es una palabra preciosa que deberías utilizar más a menudo.»

Se me ocurre una idea. Encima del escritorio tengo un corcho enorme donde he ido poniendo fotografías en blanco y negro de escritores trabajando. Las quito y busco en la mesa hasta dar con un taco de papel adhesivo de colores. Arranco uno y escribo: «Precioso».

Media hora más tarde, me levanto y miro el corcho. Está repleto de fragmentos. Algunos son palabras o frases que pueden o no convertirse en ideas para un relato. Otros son textos de libros que me gustan. En la última columna tengo una sección para la «Nueva revista online sin nombre». En tres papeles adhesivos distintos he escrito: «Literatura», «Amor», «Vida». No sé muy bien qué son, si son categorías, artículos o solo palabras que suenen bien.

A pesar de que todavía no es gran cosa, hago una foto y se la envío a Finch. Escribo: «Mira lo que me has hecho hacer». Compruebo si hay respuesta cada media hora, pero cuando me acuesto sigo sin tener noticias de él.

Días 23, 24, 25...

Lo de anoche es como un rompecabezas —aunque sin solucionar— donde hay piezas por todas partes y encima faltan algunas. Ojalá el corazón no me latiera tan rápido.

Saco de nuevo los libros y leo las palabras buenas que ha dejado Decca, pero se me nubla la vista y no tienen sentido. No puedo concentrarme.

Y entonces me pongo a limpiar y ordenar. Arranco todas las notas hasta que la pared queda vacía. Las tiro a la papelera, pero no es suficiente, de modo que decido pintar. Estoy harto de las paredes rojas de mi habitación. Es un color demasiado oscuro y deprimente. Esto es lo que necesito, creo. Un cambio de escenario. Es por esto que la habitación me parece fuera de lugar.

Subo en el *Pequeño Cabrón* y me acerco a la primera droguería que encuentro y compro imprimación y cuarenta kilos de pintura azul, porque no estoy seguro de cuánta necesitaré.

Tapar el rojo exige muchas, muchísimas capas. Por mucho que haga, siempre acaba apareciendo, como si las paredes estuviesen sangrando.

A medianoche la pintura sigue sin secarse, de modo que cojo la colcha negra, la guardo en el armario de la ropa blanca del pasillo y busco hasta encontrar una vieja colcha azul de Kate. La extiendo sobre la cama. Abro las ventanas y traslado la cama al centro de la habitación, me meto bajo la colcha y me pongo a dormir.

Al día siguiente, vuelvo a pintar las paredes. Para que el color se fije acabo necesitando dos días. Es un tono azul claro y brillante, color de piscina. Me acuesto en la cama sintiéndome más a gusto, recupero el aliento. Ahora ya nos entendemos, creo. *Sí*.

Lo único que no he tocado es el techo, porque el blanco contiene todas las longitudes de onda del espectro visible con su máxima luminosidad. Me gusta que comprenda todos los colores en uno, y se me ocurre una idea. Pienso en escribirla a modo de canción, pero me siento delante del ordenador y le envío un mensaje a Violet: «Eres todos los colores en uno, con su máxima intensidad».

violet
y
finch

Faltan 134 días

Finch lleva una semana sin aparecer por el instituto. Hay quien dice que lo han expulsado, otros que ha sufrido una sobredosis y lo han mandado a rehabilitación. Los rumores se propagan a la manera clásica —en susurros y mensajes de texto—, porque el director Wertz se ha enterado de la existencia del *Bartlett Dirt* y lo ha clausurado.

Miércoles. Primera hora. En honor de la defunción del *Dirt*, Jordan Gripenwaldt hace circular caramelos. Troy Satterfield se mete en la boca dos piruletas a la vez y dice:

—¿Dónde está tu novio, Violet? ¿No deberías estar de vigilancia de suicidas?

Sus amigos y él ríen a carcajadas. Antes de que me dé tiempo a replicar, se saca las piruletas de la boca y las tira a la papelera.

El jueves me tropiezo con Charlie Donahue en el aparcamiento al acabar las clases. Le digo que estoy haciendo un trabajo con Finch y que hace unos días que no tengo noticias de él. No le pregunto si los rumores son ciertos, aunque me gustaría hacerlo.

Charlie tira los libros sobre el asiento trasero del su coche.

—Es muy típico de él. Va y viene cuando le da la gana. —Se quita la chaqueta y la tira encima de los libros—. Una cosa que pronto descubrirás es que sus cambios de humor son la polla.

Aparece entonces Brenda Shank-Kravitz, pasa por nuestro lado y abre la puerta del acompañante. Antes de entrar, me dice:

—Me gustan tus gafas.

Veo que lo dice en serio.

—Gracias. Eran de mi hermana.

Parece como si estuviera reflexionando sobre mi respuesta, y luego mueve la cabeza en un gesto de asentimiento.

A la mañana siguiente, de camino a tercera hora, lo veo en el pasillo —a Theodore Finch—, aunque está distinto. Para empezar, lleva un andrajoso gorro de lana de color rojo, un jersey negro holgado, vaqueros, zapatillas deportivas y guantes negros de esos sin dedos. Finch *el Vagabundo*, pienso. Finch *el Vago*. Está apoyado en una taquilla, una rodilla doblada, hablando con Chameli Belk-Gupta, una de las chicas de primero de bachillerato que va también a clase de arte dramático. No parece ni verme cuando paso por su lado.

A tercera hora, cuelgo la mochila en la silla y saco el libro de geometría.

—Empezaremos repasando los deberes —dice el señor Fisher.

Y apenas termina la frase, se dispara la alarma de incendio. Recojo mis cosas y sigo a los demás para salir del edificio. Oigo una voz detrás de mí que dice:

—Reúnete conmigo en el aparcamiento de profesores.

Me doy la vuelta y veo que es Finch; está de pie detrás de mí con las manos en los bolsillos. Se aleja como si fuera invisible y no estuviéramos rodeados de alumnos y profesorado, incluyendo al director Wertz, que habla a gritos por teléfono.

Dudo un instante y luego echo a correr, la mochila golpeándome en la cadera. Me muero de miedo de pensar que alguien me siga, pero ya es demasiado tarde para dar media vuelta, porque he empezado a correr. Corro hasta atrapar a Finch, y luego corremos más rápido, y nadie nos ha gritado para que nos paremos. Me siento aterrorizada, pero libre.

Corremos por el bulevar que pasa por delante del instituto y junto a los árboles que separan el aparcamiento principal del río que divide la ciudad por la mitad. Cuando llegamos a un claro, Finch me coge la mano.

—¿Adónde vamos? —pregunto, respirando con dificultad.

—Por allí. Pero calla. El primero que haga ruido tendrá que volver en pelotas al instituto.

Habla rápido. Se mueve rápido.

—¿En pelotas?

—Sí, en pelotas, desnudo. Eso es lo que significa ir en pelotas. Es la definición exacta de la expresión.

Bajo derrapando por el terraplén mientras Finch me guía sin hacer ruido, haciéndolo todo fácil. Cuando llegamos a la orilla del río, levanta la mano y señala, y de entrada no sé qué quiere enseñarme. Entonces, veo una cosa que se mueve y me llama la atención. Es un ave de cerca de un metro de altura, con una corona roja sobre la cabeza blanca y el cuerpo de color gris carbón. Chapotea en el agua y da picotazos en la orilla de enfrente, pavoneándose como un humano.

—¿Qué es?

—Una grulla monje. La única de Indiana. Tal vez la única de Estados Unidos. Hibernan en Asia, lo que significa que está a más de once mil kilómetros de su casa.

—¿Cómo sabías que estaría aquí?

—Porque a veces, cuando no aguanto más allí —mueve la cabeza en dirección al instituto—, bajo aquí. A veces me doy un baño, y otras me quedo simplemente sentado un rato. Este lleva ya una semana por los alrededores. Temía que estuviera herido.

—Está perdido.

—No creo. Míralo. —El ave sigue en pie en las aguas poco profundas, luego se adentra un poco y empieza a chapotear. Me recuerda a un niño en una piscina—. ¿Lo ves, Ultravioleta? Está de excursión.

Finch retrocede un poco y con la mano se protege los ojos del sol que se filtra entre las ramas. Se oye entonces el crujido de una rama bajo su pie.

—Mierda —susurra.

—Dios mío. ¿Significa esto que ahora tendrás que ir en pelotas hasta el instituto?

Pone una cara tan graciosa que no puedo evitar echarme a reír. Finch suspira, baja la cabeza en un gesto de derrota y, aunque hace un frío increíble, se quita el jersey, las zapatillas, la gorra, los guantes y los vaqueros. Va pasándome las cosas hasta que se queda solo en calzoncillos, y le digo:

—Eso también, Theodore Finch. Has sido tú el que has sugerido lo de quedarse en pelotas, y me parece que quedarse en pelotas implica quedarse completamente desnudo. Creo, de hecho, que sería la definición exacta del término.

Sonríe sin dejar de mirarme a los ojos en ningún momento, y así, sin más, se quita los calzoncillos. Me pilla por sorpresa, pues solo me imaginaba remotamente que fuera a hacerlo. Pero allí está, el primer chico real que veo desnudo en mi vida, y no parece cohibido en absoluto. Es alto y esbelto. Recorro su cuerpo con la mirada, las venas azules de los brazos y el perfil de la musculatura de los hombros, el vientre y las piernas. La cicatriz del abdomen es una herida profunda de color carmesí.

—Todo esto sería muchísimo más divertido si tú también estuvieras desnuda —dice.

Y se lanza al río, su salto es tan limpio que la grulla apenas se inquieta. Avanza por el agua con grandes brazadas, como un nadador olímpico, y me siento en la orilla para admirarlo.

Nada hasta tan lejos que acaba convirtiéndose en una manchita. Mientras, saco el cuaderno y escribo sobre la grulla excursionista y sobre un chico con un gorro rojo que nada en invierno. Pierdo la noción del tiempo, y cuando vuelvo a levantar la vista Finch está nadando cerca de donde estoy. Flota de espaldas en el agua, los brazos doblados debajo de la cabeza.

—Deberías meterte.

—No, tranquilo, preferiría no pillar una hipotermia.

—Vamos, Ultravioleta Marcada. El agua está estupenda.

—¿Cómo me has llamado?

—Ultravioleta Marcada. Vamos, a la de una, a la de dos...

—Estoy bien aquí.

—De acuerdo.

Nada hacia donde yo sigo sentada hasta que se pone de pie con el agua cubriéndolo hasta la cintura.

—¿Dónde has estado todo este tiempo?

—Redecorando.

Hunde la mano en el agua, como si intentara coger alguna cosa. La grulla permanece inmóvil en la orilla opuesta, observándonos.

—¿Ha vuelto ya tu padre a la ciudad?

Por lo visto, Finch ha encontrado lo que andaba buscando. Examina el contenido de sus manos ahuecadas antes de soltarlo.

—Por desgracia.

Ya no se oye la alarma de incendios y me pregunto si la gente habrá vuelto a entrar. De ser así, me pondrán una falta de asistencia. Debería estar más preocupada de lo que en realidad estoy, sobre todo ahora que ya me he hecho merecedora de un castigo, pero sigo tranquilamente sentada.

Finch nada hacia la orilla, sale y se acerca. Intento no mirarlo, mojado y desnudo, de manera que decido mirar la grulla, el cielo, cualquier cosa que no sea él. Se ríe.

—Supongo que dentro de esa enorme mochila que llevas a todas partes no tendrás una toalla.

—No.

Se seca con el jersey, sacude la cabeza como un perro y me salpica, y luego se viste. Cuando está vestido, guarda la gorra en el bolsillo trasero del pantalón y se retira el pelo que le cae en la cara.

—Deberíamos volver a clase —digo.

Tiene los labios azulados, pero ni siquiera está tiritando.

—Tengo una idea mejor. ¿Quieres que te la cuente?

—Pero antes de que le dé tiempo a explicármela, veo que Ryan, Roamer y Joe Wyatt bajan corriendo por el terraplén—. Estupendo —murmura Finch.

Ryan viene directo hacia mí.

—Te hemos visto largarte cuando ha sonado la alarma.

Roamer le lanza a Finch una mirada muy desagradable.

—¿Forma todo esto parte del trabajo? ¿Estáis de inspección por el río o estáis inspeccionándoos el uno al otro?

—Hazte mayor de una vez, Roamer —digo.

Ryan me frota los brazos como si quisiera hacerme entrar en calor.

—¿Estás bien?

Me lo quito de encima.

—Pues claro que estoy bien. No era necesario que vinieras a ver cómo estoy.

—No la he secuestrado, si es eso lo que te preocupa —dice Finch.

—¿Acaso te lo ha preguntado? —grazna Roamer.

Finch mira a Roamer desde su posición superior. Es cerca de diez centímetros más alto.

—No, pero me gustaría que lo hubiese hecho.

—Marica.

—Déjalo en paz, Roamer —le espeto. El corazón me late con fuerza porque no sé muy bien cómo acabará todo esto—. Da lo mismo lo que diga, tú solo buscas pelea. —Y le digo a Finch—: Y tú no empeores la cosa.

Roamer replica agresivamente:

—¿Qué haces así mojado? ¿Has decidido ducharte por fin después de tanto tiempo?

—No, tío, esa actividad me la guardo para cuando después vaya a ver a tu madre.

Y en un abrir y cerrar de ojos, Roamer se abalanza sobre

Finch, y los dos ruedan terraplén abajo hasta caer en el agua. Joe y Ryan se limitan a mirar, y le digo a Ryan:

—Haz algo.

—Yo no lo he empezado.

—¡Pues haz algo de todos modos!

Roamer coge impulso y le da un puñetazo a Finch en plena cara. E insiste, e insiste, su puño alcanzando la boca de Finch, la nariz, las costillas. De entrada, Finch no devuelve ningún golpe, simplemente se limita a esquivarlos. Pero de pronto agarra a Roamer por el brazo y se lo retuerce en la espalda y, a continuación, le sumerge la cabeza en el agua.

—Suéltalo, Finch.

O no me oye o no me escucha. Veo que Roamer patalea y Ryan corre a agarrar a Finch por el cuello del jersey negro, luego también por el brazo, y tira con fuerza de él.

—Wyatt, ven a echarme una mano.

—Suéltalo. —Finch me mira, y durante un segundo es como si no supiera quién soy—. Suéltalo —repito, como si estuviera hablándole a un perro o a un niño.

Y de repente lo suelta, se incorpora, tira de Roamer y lo deja caer en la orilla, donde se queda tendido escupiendo agua. Finch echa a andar terraplén arriba, pasa de largo de Ryan y Joe. También de mí. Tiene la cara ensangrentada y no se detiene ni vuelve la vista atrás.

No me tomo la molestia de volver al instituto porque la jornada ya está casi acabada y el mal está hecho. Pero como mi madre no me espera todavía en casa, me acerco al aparcamiento, monto en *Leroy* y pedaleo hacia la parte este de la ciudad. Cruzo calles y más calles hasta que encuentro la casa de ladrillo de dos pisos de altura y estilo colonial. FINCH, reza el buzón.

Llamó a la puerta y abre una chica de cabello negro y largo.

—Hola —me dice, como si no le sorprendiera verme aquí—. Debes de ser Violet. Soy Kate.

Siempre me ha fascinado el modo en que los genes se reconfiguran entre hermanos y hermanas. La gente pensaba que Eleanor y yo éramos gemelas, a pesar de que ella tenía los pómulos más estrechos y el cabello más claro. Kate se parece a Finch, pero no. El mismo color de piel, facciones distintas, excepto los ojos. Se hace extraño ver los ojos de una persona en la cara de otra.

—¿Está en casa?

—Seguro que anda por arriba. Supongo que sabes dónde está su habitación.

Sonríe bobamente, aunque de forma agradable, y me pregunto qué le habrá contado él de mí.

Llamo a la puerta de su habitación.

—¿Finch? —Vuelvo a llamar—. Soy Violet.

No hay respuesta. Pruebo de abrir la puerta, pero está cerrada por dentro. Vuelvo a llamar.

Me digo que debe de estar durmiendo, o con los auriculares puestos. Llamo otra vez, y otra. Busco en el bolsillo una horquilla que llevo siempre conmigo, por si acaso, y me agacho para examinar la cerradura. La primera que abrí así fue la del armario del despacho de mi madre. Eleanor me obligó a hacerlo porque era donde mis padres escondían los regalos de Navidad. Descubrí entonces que saber forzar cerraduras era una habilidad que resulta muy útil cuando quieres desaparecer a la hora de educación física o cuando necesitas un poco de paz y tranquilidad.

Intento girar el pomo y guardo de nuevo la horquilla. Supongo que podría forzar la cerradura, pero no lo hago. Si Finch quisiera que entrara, ya me habría dejado pasar.

Cuando llego abajo me encuentro a Kate junto al fregadero de la cocina, fumando un cigarrillo cuyo humo echa por la ventana, la mano colgando sobre el alféizar.

—¿Estaba? —Cuando le respondo que no, tira el cigarrillo a la trituradora de basura—. Vaya. Bueno, a lo mejor está durmiendo. O podría haber salido a correr.

—¿Corre?

—Unas quince veces al día.

Ahora es a mí a quien le toca decir: «Vaya».

—Con este chico, nunca sabes qué va a hacer.

finch

Me acerco a la ventana y la veo montarse en la bici. Después, me siento en el suelo de la ducha y dejo que el agua me aporree la cabeza durante más de veinte minutos. Ni siquiera puedo mirarme al espejo.

Enciendo el ordenador porque es una conexión con el mundo, y tal vez sea lo que necesite en este momento. El brillo de la pantalla me molesta en los ojos y bajo la intensidad hasta que imágenes y letras se convierten casi en sombras. Así está mejor. Entro en Facebook, algo que nos pertenece solo a Violet y a mí. Voy al inicio de nuestra cadena de mensajes y leo, pero las palabras no tienen sentido a menos que me sujete la cabeza entre las manos y las repita en voz alta. Incluso así, se me escapan en cuanto las pronuncio.

Intento leer la versión que descargué de *Las olas,* y viendo que la cosa no mejora, pienso: «Es el ordenador. No yo». Y busco un libro normal y lo hojeo, pero las líneas bailan en la página como si intentaran rehuirme.

«Me mantendré despierto.

»No me dormiré.»

Pienso en llamar por teléfono al viejo Embrión. Llego incluso a hurgar en el interior de la mochila hasta dar con su número y teclearlo en el teléfono. Pero acabo no pulsando la tecla de llamada.

Podría bajar y explicarle a mi madre cómo me siento —si es que estuviera en casa—, pero me diría que cogiese un ibuprofeno de su bolso y que tenía que relajarme y dejar de exaltarme, porque en esta casa lo de estar enfermo no existe a menos que puedas medirlo con un termómetro debajo de la lengua. Las cosas se ubican en dos categorías, blanco y negro: mal humor, mal carácter, pierdes el control, te sientes triste, te sientes abatido.

«Siempre has sido muy sensible, Theodore. Desde que eras pequeño. ¿Te acuerdas cuando aquel pajarito, el cardenal, entró en casa? Chocaba continuamente contra las puertas de cristal por mucho que hiciéramos por evitarlo, y tú dijiste: "Que se quede a vivir con nosotros y así ya no lo hará más". ¿Te acuerdas? Y entonces, un día llegamos a casa y lo encontramos en el suelo del patio, después de golpearse innumerables veces contra el cristal, y dijiste que su tumba sería como un nido de barro, y dijiste también: "Nada de esto habría pasado si no lo hubieses dejado entrar".»

No quiero escuchar de nuevo la historia del cardenal. Porque la cuestión es que aquel cardenal estaba muerto de todos modos, independientemente de que hubiera entrado en casa o no. Tal vez lo supiera, y tal vez fuera por eso que decidió aquel día estamparse contra el cristal con más fuerza de la normal. Se habría muerto aquí, solo que más lentamente, porque eso es lo que sucede cuando eres un Finch. El matrimonio muere. El amor muere. La gente desaparece.

Me calzo las zapatillas y paso junto a Kate, que está en la cocina.

—Tu novia ha estado aquí y te buscaba —me dice.

—Debía de estar con los auriculares.

—¿Qué te ha pasado en la boca y en el ojo? Dime, por favor, que no te lo ha hecho ella.

—Me he dado contra una puerta.

Me mira fijamente.

—¿Va todo bien?

—Sí. Estupendamente. Voy a correr.

Cuando regreso, el blanco del techo de la habitación me resulta demasiado luminoso, de modo que lo convierto en azul con lo que me queda de pintura.

Las seis de la tarde. Salón de mi casa. Tengo a mis padres sentados delante de mí, la frente arrugada en un gesto de infelicidad. Por lo visto, el director Wertz ha llamado a mi madre porque no he ido a clase a tercera hora, ni he aparecido en las clases de cuarta, quinta, sexta y séptima hora.

Mi padre sigue vestido con el traje con el que ha ido a trabajar. Es el que habla, básicamente.

—¿Dónde estabas?

—Estrictamente hablando, justo delante del instituto.

—¿Dónde delante del instituto?

—En el río.

—¿Qué demonios hacías en el río en horas de clase y en invierno?

Con su voz calmada y tranquila, interviene mi madre:

—James.

—Sonó la alarma de incendio y salimos todos, y Finch quería que viese una rara grulla asiática...

—¿Finch?

—El chico con el que estoy haciendo el trabajo. Ya lo conocéis.

—¿Cuánto te queda para terminar ese trabajo?

—Tenemos que visitar un lugar más y luego tendremos que montarlo todo.

—Violet, estamos muy decepcionados —dice entonces mi madre.

Es como una puñalada en el estómago. Mis padres nunca han creído en castigarnos, ni en quitarnos el teléfono o el ordenador, ni en ninguna de esas cosas que los padres de Amanda le hacen cuando la sorprenden quebrantando las normas. Sino que hablan con nosotras y nos dicen que se sienten muy decepcionados.

Conmigo, quiero decir. Hablan conmigo.

—Esto no es propio de ti —continúa mi madre, meneando la cabeza.

—No puedes utilizar la pérdida de tu hermana como excusa de tu mal comportamiento —añade mi padre.

Deseo, aunque sea solo por esta vez, que me manden a mi habitación.

—No estaba comportándome mal. Es solo que... ya no estoy con las animadoras. He dejado el consejo estudiantil. Me harté de la orquesta. No tengo amigos ni novio, porque el resto del mundo no se ha detenido, ¿lo entendéis? —Estoy subiendo el volumen de la voz paulatinamente y no puedo evitarlo—. Todo el mundo continúa con su vida, y es posible que yo no pueda seguir ese ritmo. O a lo mejor es que no quiero. Destacaba en algo, y me resulta imposible seguir haciéndolo. Ni siquiera quiero hacer este trabajo, pero podría decirse que es la única cosa que tengo en marcha.

Y entonces, porque sé que ellos no lo harán, me envío a mí misma a la habitación. Me voy cuando mi padre empieza a decir:

—En primer lugar, pequeña, destacas en muchas cosas, no solo en una...

Cenamos casi en silencio, y después mi madre sube a mi habitación y examina el corcho que tengo colgado encima del escritorio.

—¿Qué ha pasado con *HerSister*?

—Lo he dejado correr. No tenía sentido seguir manteniéndolo.

—Supongo que no —murmura, y cuando levanto la vista, veo que tiene los ojos rojos—. No creo que me acostumbre nunca a esto —dice, y suspira. Nunca le había oído decir nada de este estilo. Su suspiro rebosa dolor y sentimiento de pérdida. Tose para aclararse la garganta y da unos golpecitos para señalar la nota que pone «Nueva revista online sin nombre»—. Háblame de esto.

—A lo mejor creo otra revista. O a lo mejor no. Creo que mi cerebro escribió esto por inercia, por lo de *HerSister*.

—Te gustaba trabajar en eso.

—Sí, pero si empezara otra revista, me gustaría que fuese distinta. No solo tonterías, sino también pensamientos reales, escritura real, vida real.

Señala entonces «Literatura», «Amor», «Vida».

—¿Y esto?

—No lo sé. Podrían ser categorías.

Coge una silla y se sienta a mi lado. Y entonces empieza a formular preguntas: ¿Sería la revista para chicas de mi edad o ya para mayores? ¿Me gustaría ser autora de todo el contenido o trabajaría con colaboradores? ¿Cuál sería el objetivo? Es decir, ¿por qué me gustaría poner en marcha otra revista? «Porque las personas de mi edad necesitan un lugar donde buscar consejos o ayuda o diversión o simplemente un lugar donde estar sin que nadie se preocupe por ellas. Un lugar sin límites, sin miedos, un lugar seguro, un lugar como su habitación.»

No le he dado muchas vueltas al tema, de modo que respondo:

—No lo sé. —Y tal vez todo esto no sea más que una estupidez—. Si hago cualquier cosa, tendré que volver a empezar de cero, pero en este momento lo único que tengo son fragmentos de ideas. Pequeñas partes. —Muevo la mano en dirección al ordenador, luego hacia la pared—. El germen de una idea para esto, el germen de una idea para eso. Nada completo ni concreto.

—«El crecimiento contiene el germen de la felicidad.» Pearl S. Buck. Tal vez un germen sea suficiente. Tal vez sea todo lo que necesitas. —Apoya la barbilla sobre la mano y hace un gesto de asentimiento en dirección a la pantalla del ordenador—. Podemos empezar partiendo de algo muy pequeño. Abre un documento nuevo o coge una hoja de papel en blanco. Será nuestro lienzo. Recuerda lo que Miguel Ángel dijo sobre que la escultura estaba en el interior de la piedra, que estaba allí desde un buen principio, y que su trabajo consistía en extraerla. Tus palabras también están ahí.

Durante las dos horas siguientes hacemos un ejercicio de tormenta de ideas y anotamos cosas, y al final tengo un esquema muy primitivo de una revista online y un esquema muy primitivo de contenidos que se ubicarían bajo las categorías de Literatura, Amor y Vida.

Son casi las diez cuando me da las buenas noches. Mi madre se queda en el umbral de la puerta y dice:

—¿Confías en este chico, V?

Me vuelvo sin levantarme de la silla.

—¿En Finch?

—Sí.

—Creo que sí. En estos momentos, es básicamente el único amigo que tengo.

No sé muy bien si esto es bueno o es malo.

Cuando se marcha, me acurruco en la cama con el ordenador en el regazo. Es imposible que yo sola pueda crear todo ese contenido. Anoto algunos nombres, entre ellos los de Brenda Shank-Kravitz, Jordan Gripenwaldt y Kate Finch, con un interrogante a continuación.

Germ. Hago una búsqueda y está disponible. www.germ magazine.com. Cinco minutos más tarde, está comprado y registrado. Mi piedra.

Entro en Facebook y le envío un mensaje a Finch: «Espero que estés bien. Antes he ido a verte, pero no estabas. Mis padres se han enterado de que me he saltado las clases y no están nada contentos. Creo que esto podría significar el final de nuestras excursiones».

Tengo la luz apagada y los ojos cerrados cuando por primera vez caigo en la cuenta de que no he tachado con una cruz el día del calendario. Me levanto, mis pies impactan contra el suelo frío, y me acerco a la puerta del armario. Cojo el rotulador negro que siempre dejo cerca, le saco el tapón, lo levanto... y la mano me queda paralizada. Miro todos los días que faltan hasta la graduación y la libertad y noto una extraña opresión en el pecho. No es más que un conjunto de días, menos de un año, y después quién sabe adónde iré y qué haré.

Tapo el rotulador, cojo el calendario por una esquina y lo arranco. Lo doblo y lo meto en el fondo del armario, después tiro el rotulador. Salgo de mi habitación al pasillo.

Abro la puerta del cuarto de Eleanor y entro. Las paredes están pintadas de color amarillo y cubiertas de fotografías de Eleanor con sus amigos de Indiana, de Eleanor con sus amigos de California. Por encima de la cama ondea una bandera del estado de California. Sus cachivaches de clase de pintura están amontonados en un rincón. Mis padres han estado trabajando aquí, organizando poco a poco sus cosas.

Dejo las gafas en el tocador.

—Gracias por el préstamo —digo—. Pero me provocan dolor de cabeza. Y son feas.

Casi la oigo reír.

Sábado

Cuando a la mañana siguiente bajo, Theodore Finch está sentado a la mesa del comedor con mis padres. La gorra roja cuelga del respaldo de la silla y está bebiendo zumo de naranja, un plato vacío aguarda delante de él. Tiene el labio partido y un moratón en la mejilla.

—Estás mejor sin las gafas —dice.

—¿Qué haces aquí?

Lo miro, miro a mis padres.

—Desayunando. La comida más importante del día. Pero el verdadero motivo de mi visita es que quería explicar lo de ayer. Les he dicho a tus padres que fue idea mía y que tú no querías saltarte las clases. Que solo estabas intentando que no me metiera en problemas y que hiciste todo lo posible para convencerme de que volviera.

Finch se sirve más fruta y otro gofre.

—Hemos comentado también algunas reglas básicas para ese trabajo que estáis realizando —dice mi padre.

—¿Así que puedo seguir con el trabajo?

—Theodore y yo hemos llegado a un acuerdo, ¿verdad?

Mi padre me sirve un gofre y me pasa el plato.

—Sí, señor —confirma Finch, guiñándome un ojo.

Mi padre le clava una mirada.

—Un acuerdo que no hay que tomarse a la ligera.

Finch se pone serio.

—Sí, señor.

Entonces mi madre dice:

—Le hemos asegurado que depositamos toda nuestra confianza en él. Que valoramos mucho que haya conseguido que vuelvas a subir a un coche. Que queremos que te diviertas, dentro de lo razonable. Que os andéis con cuidado y vayáis a clase.

—Entendido. —Estoy aturdida—. Gracias.

Mi padre se vuelve hacia Finch.

—Necesitaremos tu número de teléfono e información sobre cómo ponernos en contacto con tus padres.

—Lo que necesite, señor.

—¿Es tu padre el Finch de los Almacenes Finch?

—Sí, señor.

—¿El antiguo jugador de hockey?

—Ese mismo.

—¿Y tu madre?

—Trabaja en la inmobiliaria Broome y en Bookmarks.

Mi madre sonríe a mi padre, una sonrisa que significa «hora de aflojar». Le dice a Finch:

—¿Y qué planes tienes para la universidad?

Y la conversación se vuelve informal. Cuando le pregunta a Finch si ha pensado qué quiere hacer después de la universidad, con su vida, presto atención, puesto que desconozco la respuesta.

—Eso cambia cada día. Seguro que habrá leído *Por quién doblan las campanas*.

Mi madre responde que sí.

—Pues bien, Robert Jordan sabe que va a morir. «Solo existe el ahora», dice. «Si el ahora son dos días, entonces dos días es tu vida y todo lo que suceda estará en proporción.» Nadie sabe cuánto tiempo tiene por delante, tal vez un mes, tal vez cincuenta años. Me gusta vivir como si solo tuviera por delante esos dos días.

Observo a mis padres mientras Finch habla. Lo hace en un tono despreocupado, pero con serenidad, y sé que lo hace por respeto a los muertos, por Eleanor, que no dispuso de mucho tiempo.

Mi padre bebe un sorbo de café y se recuesta en el asiento, poniéndose cómodo.

—Los primeros hindúes creían en vivir la vida a tope. En vez de aspirar a la inmortalidad, aspiraban a vivir una vida sana y plena...

Termina su discurso un cuarto de hora más tarde, con el concepto primitivo de la vida después de la muerte, que es que los muertos se reúnen con la madre naturaleza para continuar en la tierra pero con otra forma. Cita un antiguo himno védico:

—«Que vaya al sol tu vista. Al viento tu soplo vital...».

—«O al agua si allí es bien recibido» —remata Finch.

Las cejas de mi padre se levantan de tal modo que casi le llegan al nacimiento del pelo y veo que intenta comprender de qué va este chico.

—Tengo obsesión con el agua —dice Finch.

Mi padre se levanta, coge los gofres y deposita dos en el plato de Finch. Internamente, suelto un suspiro de alivio. Mi madre pregunta acerca del trabajo «Recorrer Indiana», y durante lo que queda de desayuno Finch y yo hablamos sobre los lugares donde hemos estado hasta el momento y sobre algunos de los lugares a los que pensamos ir. Luego da las gracias a mis padres por el desayuno y dice:

—Ultravioleta, estamos perdiendo el tiempo. Cojamos los bártulos y pongámonos en marcha.

finch

Día 27

John Ivers es un educado y agradable abuelo tocado con una gorra de béisbol de color blanco y con bigote. Su señora y él viven en una granja enorme en plena campiña de Indiana. He conseguido su número de teléfono gracias a una página web que se llama «Indiana Excepcional». He llamado con antelación, tal y como recomendaba la página, y John ya está en el jardín esperándonos. Nos saluda y se acerca, nos estrechamos la mano y disculpa la ausencia de June diciéndonos que se ha ido al mercado.

Nos conduce a la montaña rusa que ha construido en el jardín trasero. De hecho, son dos: la Blue Flash y la Blue Too. Ambas son solo para una persona, la única decepción, pero por lo demás, son una pasada.

—No soy ingeniero de formación —nos dice John—, pero soy un yonqui de la adrenalina. Carreras de destrucción de coches, carreras de *dragsters*, carreras de velocidad... Cuando lo dejé, intenté pensar en qué podría sustituir todo aquello, qué podría darme aquel subidón. Me encanta la emoción del destino inminente e ingrávido, así que decidí construir algo que me proporcionara todas esas sensaciones a la vez.

Mientras el hombre permanece allí, delante de nosotros, con las manos en las caderas y señalando con la cabeza la Blue Flash, pienso en «el destino inminente e ingrávido». Es una frase que me gusta y comprendo. La almaceno en un rincón del cerebro para extraerla de allí más tarde, tal vez para una canción.

—Es muy posible que sea usted el hombre más brillante que he conocido en mi vida —digo.

Me gusta la idea de que una cosa pueda proporcionarte estas sensaciones. Quiero algo así, y entonces miro a Violet y pienso: «Ahí la tienes».

John Ivers ha construido la montaña rusa adosada a un cobertizo. Dice que mide cincuenta y cinco metros de longitud y que alcanza una altura de seis metros. La velocidad no supera los cuarenta kilómetros por hora y el recorrido es de solo diez segundos, pero tiene incluso un bucle invertido. A simple vista, la Flash no es más que un montón de metal de desguace pintado de azul celeste, con un asiento individual de automóvil de los años setenta y un cinturón de seguridad de tela deshilachada, pero tiene algo que me produce una increíble picazón de deseo y me muero de ganas de subir.

Pero le digo a Violet que puede subir ella primero.

—No, tranquilo. Sube tú.

Se aparta de la montaña rusa como si fuera a engullirla, y de repente me pregunto si habrá sido mala idea.

Pero antes de que me dé tiempo a decir algo, John me ata al asiento y me empuja hasta quedarme junto al tejado inclinado del cobertizo, entonces noto y oigo un clic, y subo, subo y subo con la ayuda de una cadena. Cuando llego arriba, dice:

—Mejor que te agarres bien, hijo.

Y así lo hago en el escaso segundo en que quedo colgado sobre lo alto del cobertizo, los campos de cultivo extendiéndose a mi alrededor, y entonces salgo disparado y entro en el bucle invertido, gritando tanto que me quedo ronco. Se acaba demasiado pronto, y quiero repetirlo, porque la vida debería ser así siempre, no solo durante diez segundos.

Y lo repito cinco veces, porque Violet no está todavía preparada, y siempre que acabo, hace un gesto con las manos y me dice:

—Vuelve a subir.

La siguiente vez, salgo, con las piernas temblorosas, y de repente veo que Violet toma asiento y que John Ivers está sujetándola, y luego veo que empieza a ascender hasta lo más alto del cobertizo, donde permanece un segundo inmóvil. Vuelve la cabeza hacia donde yo estoy y de pronto sale disparada, gira y grita hasta no poder más.

Cuando se detiene, no sé muy bien si va a vomitar o a bajar y pegarme un bofetón. Pero oigo que grita:

—¡Otra vez!

Y sale disparada una vez más para convertirse en una mancha confusa de metal azul, cabello largo, brazos largos y piernas largas.

Luego intercambiamos los papeles y monto tres veces seguidas, hasta que veo el mundo al revés y noto que la sangre bombea con fuerza en mis venas. Cuando John Ivers me suelta el cinturón de seguridad, lo hace riendo entre dientes.

—Eso han sido muchos viajes.

—Repítamelo, por favor.

Tengo que agarrarme a Violet porque no mantengo muy

bien el equilibrio, y si caigo sé que es desde muy alto. Me rodea con el brazo como si fuera parte de ella, nos recostamos uno contra el otro hasta que construimos una única persona.

—¿Queréis subir también a Blue Too? —nos pregunta John.

Y de pronto no quiero, porque lo único que deseo es estar a solas con esta chica. Pero Violet se suelta, va directa a la montaña rusa y deja que John la sujete.

La Blue Too no es tan divertida, de modo que subimos a Flash dos veces más. Cuando bajo por última vez, le doy la mano a Violet y las movemos unidas arriba y abajo, arriba y abajo. Mañana me toca el domingo en casa de mi padre, pero hoy estoy aquí.

Las cosas que dejamos allí son un cochecito en miniatura que compramos en la tienda de todo a un dólar —un símbolo del *Pequeño Cabrón*— y dos figuritas de casa de muñecas, un niño y una niña, que guardamos en una cajetilla vacía de cigarrillos American Spirit. Lo embutimos todo dentro de una cajita metálica magnética del tamaño de una tarjeta de visita.

—Así pues, ya está —dice Violet, pegándola en la parte inferior de Blue Flash—. Nuestra última excursión.

—No lo sé. Por muy divertido que haya sido, no estoy seguro de si esto es lo que Black tenía en mente. Tendré que rumiarlo, comprenderlo, reflexionarlo bien, pero es posible que tengamos que elegir algún lugar de recambio, por si acaso. Lo último que quiero es cagarla en este trabajo, sobre todo ahora que tenemos el apoyo de tus padres.

De vuelta a casa, Violet baja la ventanilla y su cabello ondula al viento. Las páginas de nuestro cuaderno de excursiones vibran con la brisa mientras escribe, la cabeza

211

agachada, una pierna cruzada sobre la otra para construir una improvisada mesa. Cuando hemos recorrido unos cinco kilómetros y veo que sigue igual, pregunto:

—¿Qué escribes?

—No son más que unas notas. Primero he escrito sobre Blue Flash y luego sobre un hombre que construye una montaña rusa en el jardín trasero de su casa. Pero después me han venido a la cabeza un par de ideas y quería plasmarlas sobre el papel.

Antes de que me dé tiempo a preguntarle de qué van esas ideas, vuelve a inclinar la cabeza sobre el cuaderno y el bolígrafo sigue llenando la hoja.

Cuando tres o cuatro kilómetros más adelante vuelve a mirarme, dice:

—¿Sabes lo que me gusta de ti, Finch? Que eres interesante. Que eres diferente. Y que puedo hablar contigo. Pero que no se te suba a la cabeza.

El ambiente está cargado y rebosa electricidad. Tengo la sensación de que si alguien encendiera una cerilla, el aire, el coche, Violet y yo explotaríamos al instante. Mantengo la mirada fija en la carretera.

—¿Sabes lo que me gusta de ti, Ultravioleta Marcada? Todo.

—Pero si tenía entendido que no te gustaba.

Y entonces la miro. Veo que enarca una ceja.

Me desvío por la primera salida que encuentro. Pasamos de largo la gasolinera, los establecimientos de comida rápida y cruzo la mediana para llegar a un aparcamiento. BIBLIOTECA PÚBLICA DEL DISTRITO ESTE, reza el cartel. Pongo el freno de mano del *Pequeño Cabrón*, salgo y rodeo el coche para llegar al lado del acompañante.

Cuando abro la puerta, me dice:

—¿De qué demonios va esto?

—No puedo esperar. Pensaba que podría, pero no puedo. Lo siento.

Extiendo el brazo, le desabrocho el cinturón de seguridad y tiro de ella. Estamos frente a frente en un horrible aparcamiento contiguo a una oscura biblioteca; un restaurante de comida rápida Chick-fil-A ocupa el local contiguo. Por el altavoz, oigo la voz de la cajera preguntándole a un cliente en coche si desea añadir patatas fritas y un refresco.

—¿Finch?

Le retiro un mechón de pelo que le cae sobre la mejilla. Y después le acuno la cara entre mis manos y la beso. La beso con más intensidad de la que pretendía, de modo que aflojo un poco, pero ella me devuelve el beso. Me rodea con los brazos y une las manos por detrás de mi nuca, y me aplasto contra ella, y ella se aplasta contra el coche, y entonces la levanto y me envuelve el cuerpo con las piernas, y no sé cómo consigo abrir la puerta de atrás y la recuesto encima de la manta que lo cubre, y cierro las puertas y me arranco prácticamente el jersey, y ella se quita la camiseta y dice:

—Me estas volviendo loca. Hace semanas que me estás volviendo loca.

Tengo la boca en su cuello, y ella jadea y luego dice:

—Dios mío, ¿dónde estamos?

Y ríe, y río, y me besa el cuello, y tengo la sensación de que el cuerpo va a estallarme, su piel es suave y cálida, recorro con la mano la curva de su cadera mientras ella me mordisquea la oreja, y entonces la mano se desliza entre el hueco comprendido entre su vientre y sus vaqueros. Me abraza con más fuerza, y cuando empiezo a desabrocharle el cinturón, noto que se aparta, y tengo ganas de aporrearme la cabeza contra las paredes del *Pequeño Cabrón* porque, mierda, es virgen. Lo sé por cómo se ha apartado.

—Lo siento —susurra.

—¿Y todo ese tiempo con Ryan?

—Cerca, pero no.

Le acaricio el vientre.

—¿En serio?

—¿Por qué es tan difícil de creer?

—Porque se trata de Ryan Cross. Pensaba que las chicas la perdían con solo mirarlo.

Me arrea una palmada en el brazo y luego posa la mano sobre la mía, la que tengo en su barriga, y dice:

—Es lo último que imaginaba que podía pasar hoy.

—Gracias.

—Ya sabes a qué me refiero.

Cojo su camiseta, se la paso, cojo la mía. Mientras miro cómo se viste, digo:

—Algún día, Ultravioleta.

Y la verdad es que parece decepcionada.

En casa, en mi habitación. Las palabras me superan. Palabras para canciones. Palabras de lugares a los que iremos Violet y yo antes de que se agote el tiempo y vuelva a dormirme. No puedo parar de escribir. No quiero parar ni aunque pudiera.

«31 de enero. Método: ninguno. En una escala del uno al diez de la escala de lo cerca que he llegado: cero. Hechos: la Montaña Rusa de la Eutanasia no existe en la realidad. Pero si existiera, consistiría en un recorrido de tres minutos con un ascenso de unos quinientos metros de longitud, hasta alcanzar una altura de quinientos metros, seguido por una caída fortísima y siete bucles. El descenso y la serie de bucles durarían sesenta segundos, pero lo que te mataría sería la fuerza centrífuga de 10 G que se genera al recorrer los bucles a trescientos sesenta kilómetros por hora.»

Y luego se produce ese extraño vuelco del tiempo y me doy cuenta de que ya no estoy escribiendo. Estoy corriendo. Sigo vestido con el jersey negro, los vaqueros viejos, las zapatillas deportivas y los guantes, y de pronto me duelen los pies, y me doy cuenta de que, no sé cómo, he llegado a Centerville, la ciudad vecina.

Me descalzo, me quito la gorra y vuelvo caminando despacio a casa porque, por una vez, estoy agotado. Pero me siento bien: necesario, cansado, vivo.

«Julijonas Urbonas, el hombre que inventó la Montaña Rusa de la Eutanasia, afirma que está diseñada para "quitar la vida con humanidad al ser humano, con elegancia y euforia". Esos 10 G generan sobre el cuerpo una fuerza centrífuga suficiente como para que el cerebro se vacíe de sangre, lo que da como resultado un fenómeno que se conoce como hipoxia cerebral, y eso es lo que te mata.»

Camino por la negra noche de Indiana, bajo un techo de estrellas, y pienso en la frase «elegancia y euforia», que describe exactamente lo que yo siento por Violet.

Por una vez, no quiero ser nadie más que Theodore Finch, el chico que ella ve. Él comprende lo que es ser elegante y eufórico y cien personas distintas a la vez, en su mayoría con defectos y estúpidas, en parte un cabrón, en parte un torpe, en parte un bicho raro, un chico que quiere llevarse bien con la gente para no molestar y, por encima de todo, llevarse bien consigo mismo. Un chico con sentido de pertenencia... que pertenece a este mundo, que pertenece a su propia piel. Él es exactamente quien yo quiero ser y quiero que mi epitafio diga: «El chico al que Violet Markey ama».

En clase de educación física, Charlie Donahue y yo estamos en el campo de béisbol, más allá de la tercera base. Hemos descubierto que es el mejor lugar donde poder mantener una conversación. Sin siquiera mirar, Charlie captura una pelota que llega silbando por el aire y la lanza de vuelta. Todos los entrenadores que han pasado por Bartlett High han intentado reclutarlo desde que cruzó las puertas del instituto, pero él se niega a convertirse en un estereotipo negro. Reparte sus actividades extraescolares entre el ajedrez, la creación del anuario y jugar al *euchre* porque, según él, son las cosas que lo harán destacar cuando pida plaza en la universidad.

Se cruza de brazos y me mira con el entrecejo fruncido.

—¿Es verdad eso de que estuviste a punto de ahogar a Roamer?

—Más o menos.

—Acaba siempre lo que empieces, tío.

—Pensé que era mejor que no me encarcelaran antes de poder volver a echar un polvo.

—Si te arrestaran, aumentarían tus probabilidades de echar un polvo.

—No del estilo que me gustaría.

—Pero, veamos, ¿qué pasa contigo? Se te ve bien.

—Ojalá pudiera atribuirme ese mérito, pero, seamos realistas, el uniforme de educación física le sienta bien a todo el mundo.

—Eres un mamón y un jeta. —Me lo dice aun teniendo en cuenta que he dejado de ser británico. Adiós, Fiona. Adiós, piso. Adiós, Abbey Road—. Lo digo porque últimamente eras Finch *el Piojoso*. Antes fuiste Finch *el Cabrón* durante un par de semanas. Vas de mal en peor.

—A lo mejor me gusta ser Finch *el Piojoso*.

Me recoloco la gorra de lana, y de repente caigo: ¿qué Finch le gusta a Violet? La idea me quema un poco y noto que el cerebro la bloquea. «¿Qué Finch le gusta? ¿Y si solo le gusta una versión del verdadero Finch?»

Charlie me ofrece un pitillo y niego con la cabeza.

—Estas cosas te matarán.

Eso sin tener en cuenta que el señor Kappel, el profesor, lo matará primero.

—¿Qué te pasa, tío? ¿Es tu novia?

—¿Violet?

—¿Te la has tirado ya o qué?

—Amigo mío, eres un cerdo redomado. Simplemente me lo estoy pasando bien.

—Aunque no lo suficientemente bien, eso está claro.

Se acerca Roamer para batear, lo que significa que tenemos que prestar atención, no solo porque es el jugador de béisbol estrella del instituto (solo después de Ryan Cross), sino porque además le gusta apuntar directamente hacia nosotros. De no saber que luego tendría problemas, seguramente vendría y me partiría la cabeza con el bate por haber estado a punto de ahogarlo.

La pelota viene volando hacia nosotros y Charlie da un paso atrás, otro, uno más, como si no tuviera ninguna prisa, como si supiera que la tiene. Extiende la mano enguantada y la pelota impacta justo contra ella, como si tuviera un imán, y Roamer grita mil quinientos tacos cuando Charlie la devuelve.

Muevo la cabeza para señalar con ese gesto al señor Kappel, que también es el entrenador de béisbol.

—¿Sabes que cada vez que haces eso consigues que muera un poco?

—¿Kappy o Roamer?

—Ambos.

Me regala una excepcional sonrisa.

—Lo sé.

Roamer me acorrala en el vestuario. Charlie se ha ido. Kappel está en su despacho. Los chicos que quedan aún por allí se funden con el entorno, como si intentaran volverse invisibles. Roamer se acerca tanto que huelo incluso los huevos que ha tomado para desayunar.

—Eres hombre muerto, friki.

Por mucho que me encantaría darle una auténtica paliza a Gabe Romero, no pienso hacerlo. 1) Porque no merece la pena meterme en tantos problemas por él, y 2) porque recuerdo la expresión de Violet en el río cuando me dijo que lo soltara.

Así que cuento.

«Uno, dos, tres, cuatro, cinco...

»Lo resistiré. No le pegaré en la cara.

»Seré bueno.»

Y entonces me estampa contra la taquilla y, sin que me dé ni tiempo a pestañear, me da un puñetazo en el ojo, luego en la nariz. Lo único que puedo hacer es tratar de mantenerme en pie y seguir contando como un endemoniado porque deseo matar a este hijo de puta.

Me pregunto si podré seguir contando el tiempo suficiente, si podré retroceder en el tiempo, llegar hasta el inicio de octavo curso, antes de que fuera raro y antes de que todo el mundo se fijara en mí, antes de que abriese la boca y hablara con Roamer, antes de que me llamaran «friki», cuando estaba todo el rato despierto y todo parecía correcto y normal, sea lo que sea la normalidad, y la gente me miraba... pero no fijamente, no a la espera de ver qué haría a continuación, sino que me miraba como queriendo decir «Hola, ¿qué tal, tío?, ¿cómo va todo, colega?». Me pregunto si podré seguir contando hacia atrás, coger a Violet Markey y avanzar de nuevo con ella para disponer los dos de más tiempo. Porque es el tiempo lo que me da miedo.

Y yo.

Lo que me da miedo soy yo.

—¿Algún problema?

Kappel está a medio metro de distancia, mirándonos. Lleva en la mano un bate de béisbol y es como si lo oyera ya de vuelta en su casa, diciéndole a su mujer: «El problema no son los de primer curso, sino los mayores, en cuanto empiezan a desarrollarse y dan esos estirones. Es entonces cuando debes protegerte, pase lo que pase».

—Ningún problema —le digo—. No pasa nada.

Como conozco a Kappel todo lo bien que se puede conocer a Kappel, sé que no dirá nada de esto al director Wertz porque uno de sus jugadores estrella está involucrado. Sé que acabarán cargándome con toda la culpa. Me preparo para oír los detalles de mi castigo, o de mi expulsión, por mucho que sea el único que sangra. Pero entonces dice Kappy:

—Ya hemos acabado la clase. Puedes marcharte, Finch.

Me seco la sangre con la manga y le dedico a Roamer una sonrisa al marchar.

—No tan rápido, Romero —oigo que ruge Kappy, y el sonido de Roamer humillándose hace que el dolor que siento casi valga la pena.

Me paro a recoger los libros en la taquilla y veo encima de ellos lo que parece la piedra de Hoosier Hill. La cojo, le doy la vuelta y, efectivamente: «Tu turno».

—¿Qué es eso? —quiere saber Brenda. Me la coge y la examina—. ¿«Tu turno»? ¿Tu turno para qué?

—Es un chiste íntimo. Solo la gente sexy y guay de verdad sabe de qué va.

Me da un puñetazo en el antebrazo.

—En este caso, no debes de tener ni idea. ¿Qué te ha pasado en el ojo?

—Tu novio. Roamer.

Hace una mueca.

—Nunca me ha gustado.

—¿En serio?

—Cierra el pico. Confío en que le hayas partido la nariz.

—Estoy intentando superarme.

—Gallina.

Camina a mi lado y sigue charlando: «¿Estás completamente colgado de Violet Markey tipo "esto es para siempre" o más bien tipo "es interesante en estos momentos"?

221

¿Y Suze Haines? ¿No decías que te iba? ¿Y qué pasa con las tres Brianas y con esas chicas del macramé? ¿Qué harías si Emma Watson apareciera ahora aquí como llovida del cielo? ¿Te apetecería intentarlo con ella o le dirías que te dejara en paz? ¿Cómo crees que me queda mejor el pelo, de color púrpura o azul? ¿Crees que tendría que adelgazar? Sé sincero. ¿Crees que algún día habrá un chico que mantenga relaciones sexuales conmigo o me quiera por lo que soy?».

Y yo respondo: «Sí», «No creo», «Naturalmente», «Nunca se sabe», y no dejo de pensar todo el rato en Violet Markey, abridora de puertas sin llave.

violet

3 de febrero

La señora Kresney une las manos y me regala una exagerada sonrisa.

—¿Qué tal estás, Violet?

—Bien, ¿y usted?

—Bien. Hablemos sobre ti. Quiero saber cómo te sientes.

—Estoy bien, de verdad. Mucho mejor que desde hace un montón de tiempo.

—¿En serio? —dice, sorprendida.

—Sí. He empezado a escribir otra vez. Y a ir en coche.

—¿Qué tal duermes?

—Bastante bien, creo.

—¿Pesadillas?

—No.

—¿Ni una?

—Llevo un tiempo que no.

Por vez primera, es verdad.

En literatura rusa, la señora Mahone nos pone un trabajo de cinco páginas sobre *Padres e hijos* de Turguénev. Me mira y no menciono nada sobre Circunstancias Atenuantes o no estar preparada. Tomo nota como todo el mundo.

Al acabar la clase, Ryan me dice:

—¿Puedo hablar contigo?

La señora Mahone me mira al pasar por su lado. Le digo adiós con la mano.

—¿Qué pasa? —le digo a Ryan.

Salimos al pasillo y nos vemos arrastrados por un mar de gente. Ryan me coge la mano para no perderme y pienso «Oh, Dios mío». Pero en cuanto la multitud se abre un poco, me suelta.

—¿Adónde vas?

—A comer.

Caminamos uno al lado del otro, y Ryan dice:

—Solo quería que supieses que le he pedido para salir a Suze. He pensado que sería más correcto que te enteraras por mí antes de que todo el instituto lo sepa.

—Estupendo. —Estoy a punto de decirle algo sobre Finch, pero no sé muy bien qué decir porque no sé de qué vamos, si es que vamos de algo—. Gracias por decírmelo. Confío en que Suze tenga presente lo buen tío que eres.

Asiente, me ofrece su característica sonrisa y se le marca el hoyuelo. A continuación dice:

—No sé si te has enterado, pero hoy Roamer, en el gimnasio, ha ido a por Finch.

—¿A qué te refieres con eso de que «ha ido a por»?

—Bueno. A que lo ha zarandeado un poco. Roamer es un cabrón.

—¿Qué ha pasado? ¿Qué les ha pasado? ¿Los han expulsado?

—No creo. Ha sido en clase de Kappel, y no me imagino que vaya a pasar un informe sobre Roamer y arriesgarse a perderlo para los entrenos. Tengo que irme. —Y cuando se ha alejado unos metros, se da la vuelta—. Finch ni siquiera intentó defenderse. Se limitó a quedarse allí plantado y recibir.

En la cafetería, paso de largo de la mesa donde habitualmente me siento, paso de largo de Amanda y Roamer y del público allí reunido. Oigo que Roamer habla, pero no sé qué dice.

Cruzo toda la sala en dirección a una mesa medio vacía, y entonces oigo que alguien me llama. Brenda Shank-Kravitz está sentada en una mesa redonda junto a la ventana en compañía de las tres Brianas y de una chica morena llamada Lara.

—Hola —digo—. ¿Os importa si me siento?

Vuelvo a tener la sensación de ser la nueva, de estar intentando hacer amigos y comprender dónde encajo mejor.

Brenda coge su mochila, el jersey, las llaves, el teléfono y todas las demás cosas que tiene esparcidas sobre la mesa y las amontona en el suelo. Dejo la bandeja y me siento a su lado.

Lara es tan menuda que parece de primer curso, aunque sé que estamos en el mismo nivel. Está explicando que hace solo cinco minutos, por casualidad, sin que esa fuera su intención, le ha confesado al chico que le gusta que lo quiere. Y en vez de esconderse debajo de la mesa, ríe y sigue comiendo.

Luego las Brianas se ponen a hablar sobre la vida después del instituto: una se dedica a la música, otra quiere ser redactora y la otra está casi prometida a su novio de hace muchísimo tiempo. Dice que un día montará una tienda de galletas o escribirá críticas de libros, pero que, haga lo que haga, piensa disfrutarlo todo al máximo mientras pueda. Después llega su novio, Adam, y se sienta a su lado y se los ve a gusto y felices, como si de verdad fueran a seguir juntos toda la vida.

Como y escucho, y en un momento dado, Brenda se inclina hacia mí y me dice al oído:

—Gabe Romero es venenoso.

Levanto mi botella de agua y ella su lata de refresco. Brindamos y bebemos.

A estas alturas, lo de las excursiones es en realidad una excusa para coger el coche, irnos a cualquier parte y liarnos. Me digo que no estoy preparada porque para mí el sexo son Palabras Mayores, por mucho que tenga amigas que desde noveno están practicándolo. Pero la cosa es que mi cuerpo tiene una sensación extraña y urgente que lo empuja hacia Finch, como si no se cansara de él. Incorporo una nueva categoría a *Germ*, «Vida sexual», y escribo unas cuantas páginas en nuestro cuaderno de excursiones, que poco a poco está convirtiéndose en mi diario/caja de resonancia/lugar donde reunir material creativo para la nueva revista.

«Antes de que Amanda y yo dejáramos de ser semiamigas periféricas, recuerdo que una noche dormí en su casa y hablamos con sus hermanos mayores. Dijeron que las chicas que lo Hacen son unas guarras y que las que No lo Hacen son unas provocadoras. Las que estábamos presentes aquella noche nos lo tomamos al pie de la letra, puesto que ninguna tenía hermanos mayores. Cuando nos quedamos solas, Amanda dijo: "La única alternativa es estar para siempre con el mismo tío". Pero ¿acaso lo de "para siempre" no lleva también un final incorporado?»

Finch viene a recogerme el sábado por la mañana y lo veo un poco magullado. Ni siquiera vamos muy lejos, solo hasta el Arboretum, donde aparcamos el coche, y antes de que haga cualquier cosa, le pregunto:

—¿Qué pasó con Roamer?

—¿Cómo te has enterado de lo de Roamer?

—Me lo dijo Ryan. Y es evidente que te has metido en una pelea.

—¿Crees que así estoy más bueno?

—En serio, ¿qué pasó?

—Nada que tenga que preocuparte. Que es un cabrón. Vaya sorpresa. Y se acabó hablar de él. Tengo otras cosas en mente.

Pasa al asiento trasero del *Pequeño Cabrón* y tira de mí para que lo acompañe.

Tengo la sensación de haber vivido para que llegara este momento, el momento en que estoy a punto de acostarme a su lado, en el que sé que todo está preparándose para que suceda, su piel junto a la mía, su boca en la mía, y entonces me toca y la corriente eléctrica me recorre por entero. Es como si todas las demás horas del día hubieran transcurrido solo a la espera de lo que sucede en estos momentos.

Nos besamos hasta que los labios se quedan entumecidos y paramos cuando estamos justo al borde del Algún Día, diciendo que todavía no, que aquí no, aunque para ello necesito una cantidad inmensa de fuerza de voluntad que ni siquiera sabía que poseía. Mi mente gira como un torbellino con él y con el inesperado Casi de ahora mismo.

Cuando llega a casa, me escribe un mensaje: «Estoy pensando de forma consistente en Algún Día».

Escribo: «Algún día pronto».

Finch: «¿Algún día cuándo?».

Yo: «????».

Finch: «*#@*!!!».

Yo: «☺».

Nueve de la mañana. Domingo. Mi casa. Cuando me levanto y bajo, mis padres están en la cocina abriendo *bagels* por la mitad. Mi madre me mira por encima de la taza de café que Eleanor y yo le regalamos un año para el Día de la Madre. «Mamá estrella del rock.» Dice:

—Tienes un paquete.

—Es domingo.

—Lo han dejado en la puerta.

La sigo hacia el comedor y pienso que camina igual que Eleanor: el vaivén del cabello, los hombros echados hacia atrás. Eleanor se parecía más a mi padre y yo me parezco más a mi madre, pero mi madre y ella tenían los mismos gestos, las mismas peculiaridades, por lo que todo el mundo siempre decía: «Es igualita que tú». Ahora pienso que a mi madre ya nunca más volverán a decírselo.

En la mesa del comedor veo algo envuelto en papel marrón, del que suele utilizarse para envolver el pescado. Es un paquete abultado. «Ultravioleta», veo escrito en un lateral.

—¿Sabes de quién es?

Mi padre aparece en el umbral de la puerta, la barba llena de migas.

—James —dice mi madre, y hace un gesto que lo invita a sacudirse.

Mi padre se frota la barbilla.

No me queda más remedio que abrir el paquete delante de ellos, y solo pido a Dios que nos sea nada turbador, porque, viniendo de Theodore Finch, nunca se sabe.

Mientras tiro de la cinta y rasgo el papel me siento de repente como una niña de seis años el día de Navidad. Eleanor siempre sabía qué le regalarían. Después de forzar la cerradura del armario del despacho de mi madre, mi hermana abría sus regalos y también los míos, y cuando luego quería contarme qué era, nunca la dejaba que lo hiciera. Entonces me gustaba esperar. Eran tiempos en que no me molestaba tener sorpresas.

En el interior del envoltorio de papel marrón hay un par de gafas, de las que se utilizan para nadar.

—¿Tienes idea de quién te lo envía? —pregunta mi madre.

—Finch.

—Gafas —dice—. Suena a que va en serio.

Me dirige una sonrisita esperanzada.

—Lo siento, mamá, pero no es más que un amigo.

No sé por qué lo digo, pero no quiero que empiecen a preguntarme qué pretende o qué quiere con esto, sobre todo cuando ni tan siquiera yo lo sé.

—A lo mejor con el tiempo. Siempre hay tiempo —replica, una frase que Eleanor solía utilizar mucho.

Miro a mi madre para ver si es consciente de que la ha citado, pero si es consciente de ello no lo demuestra. Está demasiado ocupada examinando las gafas, preguntándole a mi padre si recuerda los tiempos en que le enviaba cosas para intentar convencerla de que saliera con él.

Ya en mi habitación, escribo: «Gracias por las gafas. ¿Para qué son? Dime, por favor, que no quieres que nos las pongamos cuando llegue Algún Día».

Finch me responde: «Espera y verás. Pronto las utilizaremos. Tenemos que esperar al primer día de calor. Siempre hay alguno que se cuela en pleno invierno. En cuanto consigamos que ese cabrón se digne a llegar, iremos. No te olvides las gafas».

finch

El primer día de calor

La segunda semana de febrero tenemos una tempestad de nieve de categoría cinco que deja a toda la ciudad sin luz durante dos días. Lo mejor de aquello es que se cancelan las clases, pero lo peor es que ha caído tanta nieve y hace tantísimo frío que no puedes estar en la calle más de cinco minutos seguidos. Me digo que no es más que agua en otro formato, y voy caminando hasta casa de Violet, donde construimos el muñeco de nieve más grande del mundo. Le ponemos de nombre «señor Black» y decidimos que se convertirá en un destino de las excursiones de los demás. Después nos sentamos con sus padres junto a la chimenea y finjo formar parte de la familia.

En cuanto las carreteras están despejadas, Violet y yo nos adentramos con mucho, muchísimo cuidado en ellas para ver el puente del Arco Iris, la tabla periódica gigante, los Siete Pilares y el lugar de linchamiento y sepultura de los hermanos Reno, los primeros ladrones de trenes de Estados Unidos. Trepamos por las empinadas paredes de la cantera del Empire, de donde extrajeron las 18.630 toneladas de piedra necesarias para construir el Empire State

Building. Visitamos el Indiana Moon Tree, que es un sicomoro gigante de más de treinta años que creció a partir de una semilla que viajó con los astronautas a la luna y luego volvió. Este árbol es la estrella del rock de la naturaleza, porque es uno de los cincuenta que quedan vivos de los quinientos que se plantaron.

Vamos hasta Kokomo para escuchar el zumbido eléctrico y aparcamos el *Pequeño Cabrón* a los pies de Gravity Hill y subimos poco a poco hasta arriba. Es como la montaña rusa más lenta del mundo, pero funciona, y minutos más tarde estamos en lo alto. Después la llevo a celebrar nuestra cena de San Valentín en mi restaurante favorito de la ciudad, Familia Feliz, que está al final de un centro comercial de edificios adosados a unos veinticinco kilómetros de casa. Sirven la mejor comida china al este del Mississippi.

El primer día de calor cae en sábado, razón por la cual acabamos en el Blue Hole, o agujero azul, un lago de poco más de una hectárea de superficie que se asienta en una propiedad privada. Preparo nuestras ofrendas: las puntas de sus lápices del número dos y cuatro púas de guitarra rotas. El aire es tan caliente que ni siquiera necesitamos la chaqueta, solo jerséis, y después del invierno que llevamos hasta la fecha, parece casi tropical.

Le tiendo la mano y la guío terraplén abajo hacia el lago de forma redondeada y flanqueado por árboles. Es un lugar tan íntimo y silencioso que me imagino que somos las dos únicas personas del mundo, que es como en realidad me gustaría que fuera.

—Muy bien —dice Violet, y exhala prolongadamente,

como si hubiera estado todo ese rato conteniendo el aire. Lleva las gafas colgadas al cuello—. ¿Qué lugar es este?

—Es el Blue Hole —digo—. Cuentan que no tiene fondo, o que el fondo es de arenas movedizas. Dicen que en el centro del lago hay una fuerza que te succiona hacia abajo y te conduce a un río subterráneo que es afluente del Wabash. Dicen que te conduce a otro mundo. Que es un escondite donde los piratas ocultaron un tesoro y donde los contrabandistas de alcohol de Chicago enterraban los cuerpos y arrojaban los coches robados. Que en los años cincuenta, un grupo de adolescentes estuvo nadando aquí y desapareció sin dejar rastro. En 1969, dos ayudantes del *sheriff* llevaron a cabo una expedición para explorar el Hole, pero no encontraron ni cuerpos, ni tesoro, ni cadáveres. Tampoco encontraron el fondo. Lo que sí encontraron fue un remolino que casi acaba engulléndolos.

He aparcado la gorra roja, los guantes y el jersey negro, y llevo uno de color azul marino y pantalones vaqueros. Me he cortado el pelo, y cuando Violet me ha visto, ha dicho: «Finch *el Americano Total*». Me descalzo y me quito la camiseta. Al sol hace casi calor y me apetece nadar.

—Agujeros azules sin fondo como este los hay por todo el mundo, y todos tienen mitos similares asociados. Se formaron como cuevas, hace miles de años, durante la última glaciación. Son como los agujeros negros de la tierra, lugares de los que nada puede escapar y donde el tiempo y el espacio tocan a su fin. ¿No te parece alucinante que nosotros tengamos uno?

Violet vuelve la cabeza y mira hacia la casa, el coche y la carretera, y luego me sonríe.

—Muy alucinante.

Se descalza, se quita la camiseta y los pantalones y, en

cuestión de segundos, se queda a mi lado en sujetador y braguitas, que son de un tono rosa de lo más soso pero que, no sé por qué, son también lo más sexy que he visto en mi vida.

Me quedo completamente sin habla y ella se pone a reír.

—Anda, vamos. Sé que no eres tímido, de modo que quítate los pantalones y hagámoslo. Supongo que quieres comprobar si los rumores son ciertos. —Me he quedado en blanco y Violet contonea la cadera, al estilo Amanda Monk, y descansa en ella una mano—. Eso de que no tiene fondo.

—Oh, sí. Por supuesto. Claro. —Me quito el pantalón y me quedo en calzoncillos. La cojo de la mano. Nos acercamos al saliente rocoso que rodea esta parte del lago y subimos al mismo—. ¿Qué es lo que más miedo te da? —digo, antes de saltar, mientras noto que la piel empieza a arderme.

—Morir. Perder a mis padres. Quedarme aquí el resto de mi vida. No saber qué tengo que hacer. Ser normal. Perder a todos mis seres queridos.

Me pregunto si yo estaré incluido en este grupo. Está saltando de puntillas, como si tuviera frío. Intento no mirarle el pecho mientras salta, porque, por muchas cosas que sea, lo que es evidente es que Finch *el Americano Total* no es un pervertido.

—¿Y a ti? —pregunta. Se ajusta las gafas—. ¿Qué es lo que más miedo te da?

Pienso. Lo que más miedo me da es lo del «Ándate con cuidado». Lo que más miedo me da es la Caída Larga. Lo que más miedo me da es Dormir y el destino inminente e ingrávido. Lo que más miedo me da soy yo.

—Nada.

Le cojo la mano y saltamos juntos. Y en ese instante no hay nada que temer, excepto la pérdida de contacto con su mano. El agua está sorprendentemente caliente y, por debajo de la superficie, transparente y azul. La miro, confiando en que tenga los ojos abiertos, y los tiene. Con la mano que tengo libre, señalo hacia abajo y ella asiente, el cabello se abre a su alrededor como un ramillete de algas. Nadamos juntos, cogidos todavía, como una persona con tres brazos.

Descendemos hacia el fondo, si es que lo hubiera. Cuanta más profundidad alcanzamos, más oscuro se vuelve el azul. El agua también se vuelve más oscura, como si su peso se hubiera asentado. No es hasta que noto que está tirándome de la mano que me dejo arrastrar hacia la superficie, donde emergemos del agua y llenamos los pulmones.

—Dios mío —dice—. Aguantas mucho la respiración.

—Practico —respondo, deseando de pronto no haberlo hecho, porque es una de esas cosas que, como lo de «soy una fantasía», suenan mejor dentro de mi cabeza que fuera.

Se limita a sonreír y a salpicarme con el agua, yo también la salpico. Seguimos así un rato y la persigo por la superficie, me sumerjo, la agarro por las piernas. Se escabulle y da unas brazadas, limpias y potentes. Me recuerdo que es una chica de California y que lo más probable es que se haya criado nadando en el océano. De pronto siento celos de todos los años que ha vivido antes de conocerme y echo a nadar tras ella. Nadamos, mirándonos, y de repente no hay agua suficiente en el mundo como para limpiar mis pensamientos.

—Me alegro de haber venido —dice.

Flotamos de espalda, otra vez de la mano, de cara al sol. Tengo los ojos cerrados y susurro:

—Marco.

—Polo —replica ella, y su voz suena perezosa y remota.

Al cabo de un rato, digo:

—¿Quieres que bajemos otra vez a buscar el fondo?

—No. Me gusta estar aquí, así. —Y entonces pregunta—: ¿Cuándo fue lo del divorcio?

—Hará cosa de un año, por esta época.

—¿Lo viste venir?

—Sí y no.

—¿Te gusta tu madrastra?

—No está mal. Tiene un hijo de siete años que no sé si es de mi padre, ya que estoy seguro de que estuvo engañando a mi madre durante mucho tiempo. Una vez ya nos había dejado, cuando yo tenía doce años, dijo que ya no nos aguantaba más. Creo que por entonces ya estaba con ella. Volvió, pero luego, cuando se marchó para siempre, dejó muy claro que era por nuestra culpa. Que regresó por nuestra culpa y que por nuestra culpa había tenido que marcharse. Que no podía tener una familia.

—Y luego se casó con una mujer con un hijo. ¿Cómo es él?

«El hijo que yo nunca seré.»

—No es más que un niño. —No me apetece hablar sobre Josh Raymond—. Me voy a buscar el fondo. ¿Estás bien aquí? ¿Te importa?

—Estoy bien. Ve. Estaré por aquí.

Sigue flotando.

Inspiro hondo y me sumerjo, agradezco la oscuridad del agua y el calor en la piel. Nado para alejarme de Josh Raymond y de un padre que engaña, y de los padres tan implicados de Violet que son también sus amigos, y de mi triste y solitaria madre, y de mis huesos. Cierro los ojos y me imagino que Violet me envuelve, y entonces abro los ojos y me impulso hacia el fondo, con un brazo extendido, como Superman.

Siento la tensión de los pulmones deseosos de aire, pero continúo. Es muy parecido a la tensión de intentar mantenerme despierto cuando noto que la oscuridad se adentra en mi piel, cuando percibo que pretende llevarse prestado mi cuerpo sin pedir permiso, cuando intenta que mis manos se conviertan en sus manos, mis piernas en sus piernas.

Me sumerjo, noto los pulmones tensos y ardientes. Experimento una remota punzada de pánico, pero paralizo mi mente antes de propulsar el cuerpo más hacia el fondo. Quiero ver hasta dónde puedo llegar. «Está fuera esperándome.» La idea me llena, pero aún noto que la oscuridad se adentra, a través de los dedos, e intenta apoderarse de mí.

«Menos del dos por ciento de la gente que se suicida en Estados Unidos lo hace ahogándose, tal vez porque el cuerpo humano fue construido para flotar. El país número uno del mundo en ahogamientos, por accidente o intencionados, es Rusia, que presenta el doble de fallecidos que el país que le sigue, Japón. Las islas Caimán, rodeadas por el mar Caribe, son las que presentan menos ahogamientos.»

Me gusta la profundidad, allí donde más se percibe el peso del agua. El agua es mejor que correr porque lo bloquea todo. El agua es mi poder especial, mi forma de engañar al Sueño e impedir que llegue.

Quiero sumergirme aún más, porque cuanto más profundo, mejor. Quiero continuar. Pero alguna cosa me hace parar. Pensar en Violet. La sensación ardiente de los pulmones. Miro con anhelo el negro, ahí donde el fondo debería estar pero no está, y luego vuelvo a mirar la luz, muy débil, pero todavía ahí, y entonces me impulso hacia la superficie. Vamos, pienso. Por favor, vamos. Mi cuerpo quiere subir, pero está cansado. Lo siento. Lo siento, Violet. No volveré a abandonarte. No sé en qué estaba pensando. Ya llego.

Cuando por fin cojo aire, ella está sentada en la orilla, llorando.

—Cabrón —dice.

Noto que mi sonrisa desaparece y nado hacia ella, la cabeza fuera del agua, con miedo a volver a sumergirla, ni que sea por un segundo, temeroso de que se espante.

—Cabrón —repite, más alto esta vez, y se levanta. Sigue en ropa interior, y se envuelve con los brazos, intentando entrar en calor, intentando taparse, intentando apartarse de mí—. ¿Qué demonios hacías? ¿Sabes el susto que me has dado? He buscado por todas partes. Me he sumergido todo lo que he podido antes de salir a por aire y he vuelto a sumergirme, no sé, creo que tres veces.

Quiero que pronuncie mi nombre porque entonces sabré que todo está bien, que no he ido demasiado lejos y que no acabo de perderla para siempre. Pero no lo hace, y noto una sensación fría y oscura que crece en la boca del estómago, tan fría y oscura como el agua. Encuentro el borde del Blue Hole, donde de repente hay un fondo, y salgo para acercarme a ella, empapando la orilla.

Me da un empujón para apartarme, y luego otro, me tambaleo pero no pierdo el equilibrio. Permanezco inmóvil mientras me pega, y luego rompe a llorar y veo que está temblando.

Quiero besarla, pero nunca la he visto así y no sé qué hará si intento tocarla. Me digo: «Por una vez, no tiene que ver contigo, Finch». De modo que me mantengo a una distancia segura y le digo:

—Suéltalo, todo eso que llevas dentro. Estás cabreada conmigo, con tus padres, con la vida, con Eleanor. Vamos. Suéltamelo. No desaparezcas ahí.

Me refiero a que no se sumerja en su interior, donde jamás podré alcanzarla.

—Que te jodan, Finch.

—Mejor. Continúa. Ahora no pares. No seas una persona que espera. Viviste. Sobreviviste a un accidente horroroso. Pero estás... aquí. Existes, como todos los demás. Levántate. Haz esto. Haz lo otro. Enjabona. Aclara. Repítelo. Una y otra vez para lavarlo y no tener que pensar nunca más en ello.

Me empuja sin parar.

—Deja de comportarte como si supieras cómo me siento.

Me aporrea con los puños, pero yo sigo sin moverme.

—Sé que hay más, seguramente muchos años de mierda que has estado disimulando con una sonrisa y ocultando.

Me pega, me pega y, de repente, se tapa la cara.

—No sabes lo que es. Es como si tuviera en mi interior una personita rabiosa y noto que intenta salir. Se ha quedado sin espacio porque cada vez es más grande, y más grande. Y por eso empieza a ocuparme, los pulmones, el pecho, la garganta, y yo la empujo hacia abajo para que no salga. No quiero que salga. No puedo permitir que salga.

—¿Por qué no?

—Porque la odio, porque esa persona no soy yo, pero está aquí y no me deja en paz, y lo único que pienso es que quiero estallar contra alguien, contra quien sea, y enviarlo a la mierda porque estoy enfadada con todo.

—No me lo cuentes. Rompe alguna cosa. Destroza alguna cosa. Arroja alguna cosa. O grita. Sácalo de tu interior.

Grito. Grito y grito. Entonces cojo una piedra y la lanzo contra el muro que rodea la laguna.

Le doy una piedra y se queda paralizada, con la palma de la mano hacia arriba, como si no supiese qué hacer. Le cojo la piedra y la lanzo contra el muro. Le doy otra. La arroja contra el muro y grita, y patalea, y parece una loca. Saltamos por el terraplén y empezamos a lanzar y destrozar cosas, y entonces se vuelve hacia mí, de repente, y dice:

—¿Qué somos, de todos modos? ¿Qué está pasando aquí, exactamente?

Es en ese momento cuando ya no puedo contenerme más, por mucho que esté furiosa, por mucho que tal vez me odie. La atraigo hacia mí y la beso como siempre he querido besarla, más tirando a una película de mayores de dieciocho años que a una apta para todos los públicos. Al principio la noto tensa, percibo que no quiere devolverme el beso y se me parte el corazón. Pero antes de que me dé tiempo a retirarme noto que se comba y se funde conmigo a la vez que yo me fundo con ella bajo el cálido sol de Indiana. Y sigue aquí, y no se marcha, y todo irá bien. «Me dejo llevar. Nos unimos a la lenta marea. Entramos y salimos, nos vemos arrastrados... no podemos salir de esos sinuosos, dubitativos, abruptos, perfectamente circulares muros que nos rodean.»

Y entonces la separo de mí.

—¿Qué demonios?

Está empapada, enfadada, y me mira con esos enormes ojos de color gris verdoso.

—Te mereces algo mejor. No puedo prometerte que vaya a seguir siempre aquí, y no porque no quiera. Es difícil de explicar. Soy un tarado. Estoy roto y nadie puede repararme. Lo he intentado. Lo sigo intentando. No puedo amar a nadie porque no sería justo para quien me amara. Nunca te haré daño, no del mismo modo que sí quiero hacerle daño a Roamer. Pero no puedo prometerte que no acabe destrozándote, pedacito a pedacito, hasta dejarte reducida a mil pedazos, como yo. Deberías saber dónde te metes antes de implicarte sentimentalmente

—Por si no te has dado cuenta, ya estamos implicados sentimentalmente, Finch. Y por si no te has dado cuenta, yo también estoy rota. —Y dice a continuación—: ¿Cómo te hiciste la cicatriz? Pero ahora cuéntame lo que pasó de verdad.

—Lo que pasó de verdad es aburrido. Mi padre tiene momentos de estados de ánimo negrísimos. Del más negro de los negros. Negro como cuando no hay luna ni estrellas y se acerca una tormenta. Yo era pequeño que ahora. Y no sabía cómo esquivarlo. —Hay cosas que no me gustaría tener que contarle nunca—. Me gustaría poder prometerte días perfectos y sol, pero nunca seré un Ryan Cross.

—Si una cosa sé, es que nadie puede prometer nada. Y no quiero a Ryan Cross. Deja que sea yo la que se preocupe de qué quiero.

Y entonces me besa. Es de esos besos que te hacen perder el mundo de vista, y cuando nos separamos no sé si han pasado horas o minutos.

—Por cierto —dice—. Ryan Cross es cleptómano. Roba cosas para divertirse. Y ni siquiera son cosas que le gustan, sino de todo. Su habitación parece una de esas habitaciones que salen en la serie «Hoarders». Por si acaso pensabas que era perfecto.

—Ultravioleta Marcada, me parece que te quiero.

Para que no se sienta con la obligación de replicar con

algo parecido, vuelvo a besarla, y me pregunto si me atreveré a hacer algo más, a ir más lejos, porque no quiero echar a perder este momento. Y entonces, puesto que ahora soy yo el que piensa demasiado, y porque ella es distinta a todas las demás chicas y porque de verdad, de verdad, no quiero joder esto, me concentro en besarla en la orilla del Blue Hole, bajo el sol, y en que esto sea suficiente.

violet

El día D

Vamos a su casa para ducharnos y entrar en calor porque hacia las tres vuelve a refrescar. La casa está vacía, porque aquí todo el mundo entra y sale cuando le viene en gana. Coge agua de la nevera, unas galletas saladas y guacamole y lo sigo hacia la planta de arriba. Sigo húmeda y tiritando.

La habitación ahora es azul —paredes, techo, suelo— y ha trasladado todos los muebles a una esquina de tal modo que el espacio queda dividido en dos. Hay menos desorden y la pared con las palabras y las notas ya no existe. Con tanto azul me siento como en una piscina, estoy de nuevo en el Blue Hole.

Me ducho yo primero e intento entrar en calor bajo el chorro de agua caliente. Cuando salgo del cuarto de baño, envuelta en una toalla, Finch ha puesto música en un viejo tocadiscos.

A diferencia del baño en el Blue Hole, la ducha de Finch no se prolonga más allá de un minuto. Cuando reaparece, dice:

—Nunca me has preguntado qué hacía allá arriba, en aquella cornisa.

Se queda delante de mí, medio desnudo, sincero, dispuesto a explicarme lo que sea, pero, por algún motivo que desconozco, no estoy muy segura de querer saberlo.

—¿Qué hacías allá arriba, en aquella cornisa? —pregunto en un susurro.

—Lo mismo que tú. Quería ver qué se sentía. Quería imaginarme saltando desde allí. Quería dejar atrás toda la mierda. Pero cuando empecé a imaginármelo, no me gustó. Y entonces te vi a ti.

Me da la mano, tira de mí para que dé la vuelta y me quede delante de él, e iniciamos un movimiento de vaivén, un pequeño balanceo, pero sin apenas movernos, presionados el uno contra el otro, mi corazón latiendo con fuerza porque si echo la cabeza hacia atrás, así, me besará como está haciendo ahora. Noto sus labios alzándose en las comisuras, sonriendo. Abro los ojos en el momento en que él los abre también, y sus ojos azules, azulísimos, brillan con tanta intensidad que son casi negros. El pelo mojado le cae sobre la frente y entonces apoya la cabeza contra la mía.

—¿Estás bien?

Y entonces me doy cuenta de que la toalla ha caído al suelo y está desnudo.

—Estoy bien.

Acerco la punta de los dedos a su cuello, para notarle el pulso, que está igual que el mío: acelerado y enfebrecido.

—No tenemos por qué hacerlo.

—Lo sé.

Y entonces cierro los ojos, mi toalla cae al suelo y la canción termina. Y sigo oyéndola después, cuando estamos en la cama, bajo las sábanas, y mientras suenan otras canciones.

Violet es oxígeno, carbono, hidrógeno, nitrógeno, calcio y fósforo. Los seis elementos de los que todos estamos compuestos, aunque no puedo evitar pensar que es algo más que eso, que posee otros elementos de los que nadie ha oído hablar y que la diferencian de todos los demás. Experimento un breve momento de pánico cuando pienso: «¿Qué pasaría si uno de esos elementos funcionara mal o dejara de funcionar por completo?». Intento ignorar esas ideas y concentrarme en el olor del champú y la sensación de su piel hasta que dejo de ver moléculas y veo a Violet.

Mientras la canción suena en el tocadiscos, escucho también una de mi invención que va tomando forma:

Haces que te ame...

La frase se repite en mi cabeza una y otra vez hasta que nos acostamos.

Haces que te ame...
Haces que te ame...
Haces que te ame...

Deseo levantarme, escribirla y pegar la nota en la pared. Pero no lo hago.

Después, enmarañados en la cama, jadeantes, sin acabar de creer lo que acaba de pasar, digo:

—Sir Patrick Moore era un astrónomo británico muy famoso. Tenía un programa en la BBC llamado «Sky at Night» que se mantuvo en antena más de cincuenta años. Pues resulta que el 1 de abril de 1976, sir Patrick Moore anunció en el programa que en el cielo estaba a punto de suceder algo grande. Que exactamente a las 9.47 de la mañana, Plutón pasaría justo por detrás de Júpiter, en relación con la Tierra. Explicó que era una alineación excepcional que significaba que la combinación de la fuerza gravitatoria de esos dos planetas contrarrestaría temporalmente la gravedad de la Tierra, razón por la cual todo el mundo pesaría menos. Lo denominó «efecto gravitacional de Júpiter-Plutón».

Violet está apoyada sobre mi brazo, despierta pero adormilada.

—Patrick Moore explicó a los espectadores que podían experimentar el fenómeno saltando justo en el preciso instante en que se produjera la alineación. Si saltaban, se sentirían livianos, como si estuvieran flotando.

Se mueve, algo más despierta.

—A las 9.47 dijo a todo el mundo: «¡Saltad!». Y esperó. Transcurrió un minuto y la centralita de la BBC se colapsó con cientos de llamadas de gente diciendo que lo había notado. Una mujer llamó desde Holanda para decir que su marido y ella habían flotado incluso por su habitación. Un hombre llamó desde Italia para decir que sus amigos y él estaban sentados alrededor de una mesa y que todos, mesa incluida, se habían levantado del suelo. Otro llamó desde Estados Unidos para explicar que sus hijos y él habían volado como cometas por el jardín de su casa.

Violet se ha incorporado y está apoyada sobre el codo, mirándome.

—Pero ¿sucedió de verdad?

—Pues claro que no. Fue una inocentada.

Me da una palmada en el brazo y se recuesta de nuevo.

—Has hecho que me lo creyera.

—Pero lo comentaba para que sepas que así es como me siento en estos momentos. Como si Plutón y Júpiter estuvieran alineados con la Tierra y yo estuviera flotando.

Transcurrido un minuto, dice:

—Eres un bicho raro, Finch. Pero es lo más bonito que me han dicho en la vida.

Por la mañana, me despierto antes que él y permanezco un rato más acostada, disfrutando de la sensación del brazo que me envuelve y del sonido de su respiración. Está tan quieto y callado que apenas lo reconozco. Observo que sus párpados se mueven en sueños y me pregunto si estará soñando conmigo.

Cuando abre los ojos, estoy apoyada en un codo, mirándolo.

—Eres de verdad —dice.

—Soy yo.

—No eres un efecto gravitacional de Júpiter-Plutón.

—No.

—En este caso —esboza una sonrisa maliciosa—, he oído decir que Plutón, Júpiter y la Tierra están a punto de alinearse. Me pregunto si te apetecería acompañarme en un experimento de flotación —dice, atrayéndome hacia él.

Y entonces caigo.

Es de día.

Y está saliendo el sol.

Y el sol se ha puesto en algún momento y yo no he vuelto a casa ni he llamado a mis padres para decirles dónde estaba.

—Es de día —murmuro, y creo que voy a vomitar.

Finch se sienta. Se ha quedado blanco.

—Mierda.

—OhDiosmíoDiosmíoDiosmío.

—Mierda, mierda y mierda.

Nos vestimos y salimos en un abrir y cerrar de ojos, y llamo a mis padres mientras Finch fulmina récords de velocidad para seguirme.

—¿Mamá? Soy yo.

Al otro lado de la línea, rompe a llorar, y entonces se pone mi padre y dice:

—¿Estás bien? ¿Estás sana y salva?

—Sí, sí. Lo siento. Ya voy. Ya casi he llegado.

En cuanto doblamos la esquina de mi calle veo un coche de policía estacionado delante de la casa.

—Dios mío —exclamo, tapándome la boca con las manos.

Finch no ha dicho ni una palabra, tal vez porque está concentrado en la conducción. Frena en seco y salimos del coche dando un portazo. Corremos por el camino de acceso. La puerta de casa está abierta de par en par y oigo voces dentro, subiendo de volumen y bajando a continuación.

—Será mejor que te vayas —le digo—. Deja que hable yo con ellos.

Pero en ese momento aparece mi padre y parece que haya envejecido veinte años de la noche a la mañana. Me examina la cara con la mirada, para ver si estoy bien. Me atrae hacia él y me abraza con fuerza, asfixiándome casi. Entonces dice:

—Entra en casa, Violet. Despídete de Finch.

Lo dice como si fuese definitivo, como si quisiera decir «Despídete de Finch porque nunca más volverás a verlo».

Oigo que Finch, detrás de mí, dice:

—Hemos perdido la noción del tiempo. No es culpa de Violet, sino mía. No le eche a ella la culpa, por favor.

Ha aparecido también mi madre, y un policía uniformado, y luego otro. Le digo a mi padre:

—Él no tiene la culpa.

Pero mi padre no escucha. Sigue mirando a Finch por encima de mi cabeza.

—Yo me largaría de aquí de estar en tu lugar, hijo.

Viendo que Finch no se mueve, mi padre hace el gesto de ir hacia él y tengo que impedirle el paso.

—¡James!

Mi madre le tira del brazo para que no pueda superar el obstáculo que yo le interpongo y abalanzarse contra Finch. Los policías ocupan la escalera y todo el mundo empuja a mi padre para meterlo en casa, y entonces mi madre, casi estrangulándome de lo fuerte que me abraza, rompe a llorar. No puedo ver nada porque estoy asfixiada una vez más, y al final oigo que el coche de Finch se pone en marcha y se va.

Dentro, después de que los policías se hayan ido y mi padre y yo hayamos conseguido, de un modo u otro, calmarnos un poco, me siento delante de ellos. Mi padre es el único que habla mientras mi madre mira al suelo después de haber dejado caer las manos muertas sobre el regazo.

—Ese chico es problemático, Violet. Es impredecible.

Ha presentado cuadros de violencia desde pequeño. No es el tipo de persona con quien deberías compartir tu tiempo.

—¿Quién te ha dicho todo esto?

—Su padre.

—¿Cómo...? —Pero entonces recuerdo la conversación que mantuvieron Finch y mi padre mientras compartían un plato de gofres—. ¿Has llamado a los Almacenes Finch?

En vez de responder, dice:

—¿Por qué no nos contaste que era el chico del campanario?

—¿Cómo...? ¿También te ha contado eso su padre?

—Llamamos a Amanda para ver si estabas en su casa, o si te había visto. Nos dijo que lo más seguro era que estuvieras con Theodore Finch, el chico al que le salvaste la vida.

Mi madre tiene la cara empapada de lágrimas, los ojos rojos.

—Violet, no pretendemos ser los malos de la película. Solo intentamos hacer lo mejor.

«¿Lo mejor para quién?», me gustaría decir.

—No confiáis en mí.

—Sabes que eso no es cierto. —Mi madre está herida y enfadada—. Creemos que, teniendo en cuenta la situación, hemos sido más que comprensivos. Pero tienes que pararte un momento a pensar el porqué de nuestra postura. No pretendemos ser sobreprotectores y tampoco pretendemos ahogarte. Lo único que queremos es que estés bien y a salvo.

—Y que no me pase nada como lo que le pasó a Eleanor. ¿Por qué no me encerráis dentro de casa para siempre para no tener que preocuparos nunca más?

Mi madre mueve la cabeza en un gesto de preocupación. Entonces mi padre insiste:

—No lo verás más. Se acabó lo de pasarse el día dando vueltas por ahí en coche. Hablaré con tu profesor el lunes si es necesario. Puedes hacer una redacción o lo que sea para compensar lo que falte de trabajo. ¿Me he explicado bien?

—Circunstancias atenuantes.

Ya estamos otra vez en lo mismo.

—¿Perdón?

—Sí. Te has explicado bien.

Desde la ventana de mi habitación veo que los policías suben al coche patrulla. Permanecen sentados allí un buen rato y me pregunto si es que están obligados a hacerlo, tal vez para asegurarse de que no nos matemos entre nosotros. Me quedo mirando hasta que el coche se pone en marcha y se van. Las voces de mis padres continúan rugiendo abajo y sé que nunca jamás volverán a confiar en mí.

finch

Lo que sigue

Veo el monovolumen antes de verlo a él. Estoy a punto de pasar de largo de mi casa y continuar hacia quién sabe dónde, pero alguna cosa me obliga a detener el coche y entrar.

—Ya estoy aquí —grito—. Ven a por mí.

Mi padre sale del salón en estampida, como un ariete, mi madre y Rosemarie corriendo detrás de él. No me dice ni palabra, sino que se limita a mandarme volando por la cocina y a estamparme contra la puerta. Me levanto, me sacudo, y cuando vuelve a levantar el brazo, me echo a reír. Mi respuesta lo sorprende de tal modo que su brazo se detiene en el aire y entiendo lo que piensa: «Está más loco de lo que me imaginaba».

—Ahí está la gracia —digo—. Por mucho que dediques las cinco próximas horas, o los cinco próximos días, a pegarme una paliza, no siento nada. Ya no. —Dejo que haga una última tentativa, pero cuando la mano avanza hacia mí, lo agarro por la muñeca—. Y solo para que lo sepas, esto no volverás a hacerlo nunca más.

No espero que funcione, pero algo debe de tener mi tono de voz puesto que, de pronto, deja caer el brazo.

—Siento haber preocupado a todo el mundo —le digo a mi madre—. Violet está en su casa sana y salva y yo subo a mi habitación.

Espero a que mi padre venga a por mí. Pero en vez de cerrar la puerta con llave y colocar la cómoda delante, la dejo abierta. Espero que mi madre venga a ver cómo estoy. Pero no sube nadie porque, al fin y al cabo, estoy en mi casa, lo que significa que no hay que hacer grandes esfuerzos para acceder a mí.

Escribo a Violet disculpándome: «Espero que estés bien. Espero que no sean demasiado duros contigo. Ojalá no hubiera acabado así, pero no me arrepiento de nada de lo que sucedió antes».

Me responde: «Estoy bien. ¿Y tú? ¿Estás bien? ¿Has visto a tu padre? Yo tampoco me arrepiento de nada, aunque me gustaría poder volver atrás y haber llegado a casa antes. Mis padres no quieren que vuelva a verte».

Escribo: «Tendremos que convencerlos de que cambien de idea. Por cierto, por si te sirve de algo, que sepas que me has enseñado una cosa, Ultravioleta: el día perfecto existe».

A la mañana siguiente me presento en casa de Violet y llamo al timbre. Me abre la puerta la señora Markey, pero en vez de invitarme a pasar, se planta en el umbral y entorna la puerta detrás de ella. Me sonríe, como queriendo disculparse.

—Lo siento, Theodore.

Mueve la cabeza en sentido negativo y con ese simple gesto lo dice todo. «Lo siento pero nunca más volverás a acercarte a nuestra hija porque eres diferente y raro, una persona en quien no podemos confiar».

Oigo al señor Markey en el interior.

—¿Es él? ¿Qué quiere?

Ella no le responde. Pero me observa con detenimiento la cara, como si hubiera recibido instrucciones de comprobar si tengo magulladuras de algún tipo o alguna cosa más grave, incluso algo roto. Es un gesto bondadoso, pero que me hace sentir como si no estuviera realmente aquí.

—¿Estás bien?

—Sí. Estoy bien. No me pasa nada. Pero estaría mejor si pudiera hablar con ustedes para explicarme y decirles que lo siento, y si pudiera ver a Violet. Solo un par de minutos, no más. Tal vez, si pudiera pasar...

Necesito simplemente que me den la oportunidad de sentarme con ellos y hablar y decirles que no soy tan malo como se imaginan, que nunca más volverá a suceder y que se equivocan por no confiar en mí.

El señor Markey aparece detrás de su esposa y me mira con muy mala cara.

—Tienes que irte, hijo.

Y así, sin más, me cierran la puerta, y me quedo plantado en la escalera, completamente solo.

En casa, entro en HerSister.com y me aparece un mensaje: «Servidor no encontrado». Vuelvo a teclear la página, una y otra vez, pero siempre me sale lo mismo: «Se ha ido, ido, ido».

Entro en Facebook y escribo: «¿Estás ahí?».

Violet: «Estoy aquí».

Yo: «He venido a verte».

Violet: «Lo sé. Están muy enfadados conmigo».

Yo: «Ya te dije que siempre acababa rompiéndolo todo».

Violet: «No has sido tú... hemos sido nosotros. Pero la culpa es mía. Por no pensar».

Yo: «Estoy aquí y solo deseo poder regresar a ayer por la mañana. Quiero que los planetas vuelvan a alinearse».

Violet: «Dales tiempo».

Escribo: «Eso es lo único que no tengo».

Lo borro.

Cómo sobrevivir a las arenas movedizas

Por la noche entro en mi vestidor, que es cálido y acogedor, como una cueva. Empujo hacia un rincón toda la ropa de las perchas y extiendo la colcha de la cama en el suelo. Deposito en el suelo, a mis pies, la jarra con el agua milagrosa de Mudlavia y apoyo en la pared una fotografía de Violet —una que le hice en el Blue Flash— junto con la matrícula que me llevé del lugar del accidente. Luego apago la luz. Acomodo el ordenador portátil sobre mis rodillas y me llevo un cigarrillo a la boca, apagado, porque de lo contrario el ambiente estaría muy cargado.

Estoy en el campamento de supervivencia de Finch. No es la primera vez que lo utilizo y conozco el proceso como la palma de mi enorme mano. Me quedaré aquí todo el tiempo que necesite, sea el que sea.

«Dicen los destructores de mitos que es imposible hundirse en las arenas movedizas, pero que se lo cuenten a la joven madre que fue a Antigua para asistir a la boda de su padre (con su esposa número dos) y fue tragada por la playa mientras contemplaba la puesta de sol. O a los adolescentes que fueron engullidos por completo en una fosa artificial de arenas movedizas en unos terrenos propiedad de un hombre de negocios de Illinois.»

Por lo visto, para sobrevivir a las arenas movedizas tienes que mantenerte completamente inmóvil. Es el pánico lo que acaba tirando de ti y hundiéndote. De modo que, tal vez, si me mantengo inmóvil y sigo los «Ocho pasos para sobrevivir a las arenas movedizas», consiga superarlo.

1) *Evitar las arenas movedizas.* Bueno. Demasiado tarde. Continúo.

2) *Siempre que te adentres en un territorio con arenas movedizas, lleva contigo un palo.* Dice la teoría que el palo te servirá para ir comprobando con antelación el terreno donde pisas e incluso para sacarte de allí si ves que te hundes. El problema de esta teoría es que, muchas veces, no sabes que te has adentrado en un territorio con arenas movedizas hasta que ya es demasiado tarde. Pero me gusta el concepto de la preparación. Supongo que me he saltado este paso y he ido directamente a:

3) *Si te encuentras en un terreno de arenas movedizas, despréndete de todo.* Si vas cargado con un peso grande, las posibilidades de hundirte con rapidez aumentarán. Tienes que descalzarte y desprenderte de todo lo que lleves encima. Siempre es mejor hacerlo si sabes con antelación que vas a encontrarte en este terreno (véase número dos), de modo que, de hecho, si vas a adentrarte en cualquier lado donde existe la posibilidad de que encuentres arenas movedizas, hazlo desnudo. Mi retirada al ropero forma parte del ejercicio de desprenderme de todo.

4) *Relájate.* Esto tiene que ver con el antiguo dicho de: «Mantente completamente inmóvil y así no te hundirás». Hecho adicional: si te relajas, la flotabilidad del cuerpo te

mantendrá en la superficie. Es decir, es momento de mantener la calma y dejar que el efecto gravitacional de Júpiter-Plutón surta efecto.

5) *Respira hondo.* Esto va de la mano del número cuatro. El truco, por lo visto, consiste en llenar al máximo de aire los pulmones; cuanto más respires, más flotas.

6) *Túmbate de espaldas.* Si empiezas a hundirte, déjate caer y extiende el cuerpo todo lo posible mientras intentas liberar las piernas. En cuanto te hayas despegado del fondo, podrás avanzar centímetro a centímetro hacia la seguridad de tierra firme.

7) *Tómate tu tiempo.* Los movimientos bruscos no hacen más que perjudicar la causa; por lo tanto, muévete muy lentamente y con cuidado hasta quedar libre.

8) *Descansa muy a menudo.* Salir de las arenas movedizas puede llevar mucho tiempo. Por lo tanto, descansa siempre que notes que te quedas sin aire o que tu cuerpo empieza a cansarse. Mantén la cabeza elevada durante los descansos.

Vuelvo al instituto imaginando que todo el mundo estará al corriente. Recorro los pasillos, abro la taquilla, me siento en el aula y espero que profesores y compañeros me lancen miradas de estar al corriente de todo o digan «Otra que ya no es virgen». La verdad es que es casi una decepción que no lo hagan.

La única que lo adivina es Brenda. El día de mi regreso, nos sentamos juntas en la cafetería y, mientras picoteamos los burritos que un cocinero de Indiana ha intentado componer, me pregunta qué he hecho el fin de semana. Tengo la boca llena de burrito e intento decidir si tragármelo o escupirlo, razón por la cual no respondo al instante.

—Dios mío, te has acostado con él —dice entonces.

Lara y las tres Brianas dejan de comer. Quince o veinte cabezas se vuelven hacia nosotras, porque cuando Brenda quiere, tiene una voz potente de verdad.

—Sabes perfectamente bien que Finch no dirá ni una palabra a nadie. Es un caballero. Por si acaso estuvieras preguntándotelo.

Abre la lata de refresco y bebe la mitad de un solo trago.

Bien, la verdad es que había estado preguntándomelo. Al fin y al cabo, ha sido mi primera vez pero no la primera de él. Pero se trata de Finch y confío en él, aunque nunca se sabe —los chicos hablan—, y a pesar de que el Día D no fue nada sucio, me siento un poco sucia, y también más adulta.

Al salir de la cafetería, y básicamente para cambiar de tema, le cuento a Brenda lo de *Germ* y le pregunto si le gustaría colaborar.

Entorna los ojos, como si intentara discernir si le estoy tomando o no el pelo.

—Lo digo en serio. Aún quedan muchas cosas por definir, pero lo que tengo claro es que quiero que *Germ* sea original.

Bren echa la cabeza hacia atrás y rompe a reír, diabólicamente casi.

—De acuerdo —dice, recuperando el aliento—. Me apunto.

Cuando veo a Finch en clase de geografía, parece cansado, como si no hubiera dormido nada. Me siento a su lado, justo al otro extremo de donde se sientan Amanda, Roamer y Ryan, y al salir tira de mí hacia debajo de la escalera y me besa como si le diera miedo que yo pudiera desaparecer. Lo prohibido de la situación hace que la corriente eléctrica me recorra con más fuerza si cabe, y deseo que el instituto termine ya de una vez por todas para no tener que volver aquí nunca más. Me digo que podríamos subir en el *Pequeño Cabrón* y poner rumbo hacia el oeste o el este, hacia el norte o el sur, hasta dejar muy atrás Indiana. Recorreríamos el país, luego el mundo, solo Theodore Finch y yo.

Pero por ahora, por lo que queda de semana, solo nos

vemos en el instituto y nos besamos debajo de la escalera o en rincones oscuros. Por las tardes, cada uno va por su lado. Por las noches, hablamos a través del ordenador.

Finch: «¿Algún cambio?».

Yo: «Si te refieres a mis padres, no».

Finch: «¿Qué probabilidades hay de que perdonen y olviden?».

La verdad es que las probabilidades no pintan muy bien. Pero no quiero decírselo porque está muy preocupado, y desde aquella noche hay, además, algo que lo envuelve, como si estuviera detrás de una cortina.

Yo: «Solo necesitan tiempo».

Finch: «Odio esto de parecernos a Romeo y Julieta, pero quiero verte a solas. Sin estar rodeados por la población entera de Bartlett High».

Yo: «Si vinieras y yo me largara a escondidas, o te dejara entrar a hurtadillas, me encerrarían en casa para toda la vida a cal y canto».

Pasamos una hora pensando en escenarios descabellados para poder vernos, entre los que destacan una falsa abducción alienígena, disparar la alarma de tornado de la ciudad y excavar un túnel subterráneo desde su zona de la ciudad a la mía.

Es la una cuando le digo que tengo que irme a dormir, pero acabo tumbada en la cama con los ojos abiertos. Mi cerebro sigue despierto y no para de pensar, tal y como era habitual antes de la pasada primavera. Enciendo la luz y anoto ideas para *Germ*: preguntarle al padre, listados de libros, bandas sonoras diarias, listas de lugares donde chicas como yo podrían colaborar. Una de las cosas que quiero crear es una sección de Excursiones, donde los lectores puedan enviar fotografías o vídeos de sus lugares favoritos, sean grandiosos, pequeños, estrambóticos, poéticos o normales y corrientes.

Le envío un mensaje de correo electrónico a Brenda y una nota a Finch, por si acaso está todavía despierto. Y entonces, aunque tal vez sea anticiparme en exceso, escribo a Jordan Gripenwaldt, Shelby Padgett, Ashley Dunston, las tres Briana y la periodista Leticia Lopez, invitándolos a todos a contribuir. También a Lara, la amiga de Brenda, y a otras chicas que sé que son buenas escritoras o artistas o que tienen alguna cosa original que decir: «Queridas Chameli, Olivia, Lizzy, Priscilla, Alyx, Laila, Sa'iyda...». Eleanor y yo éramos *HerSister*, pero por lo que a mí se refiere, cuantas más voces, mejor.

Pienso en pedírselo también a Amanda. Le escribo una carta y la dejo en la carpeta de borradores.

A la mañana siguiente, cuando me levanto, la elimino.

El sábado desayuno con mis padres y luego les digo que voy a ir en bici a casa de Amanda. No me preguntan por qué quiero relacionarme con una persona que me gusta tan poco, ni qué pensamos hacer, tampoco cuándo pienso volver. Por algún motivo, confían en Amanda Monk.

Paso de largo su casa y cruzo la ciudad rumbo a casa de Finch, y todo resulta muy fácil, a pesar de que siento una extraña punzada en el pecho por haberles mentido a mis padres. Cuando llego allí, Finch me hace trepar por la salida de incendios y entrar por la ventana para que no me cruce con su madre o sus hermanas.

—¿Crees que me habrán visto? —pregunto, sacudiéndome los vaqueros.

—Lo dudo. Ni siquiera están en casa.

Ríe cuando le pellizco el brazo, y entonces me coge la cara entre las manos y me besa. La punzada se esfuma.

Como la cama está llena de ropa y de libros, saca una colcha del vestidor y nos acostamos en el suelo, cubiertos con la manta. Nos desnudamos y entramos en calor, y después charlamos como niños, tapados hasta la cabeza. Hablamos en un susurro, por si alguien nos oye, y por primera vez le comento lo de *Germ*.

—Me parece que podría acabar convirtiéndose en algo, y todo gracias a ti —digo—. Cuando te conocí, lo había abandonado por completo. No le daba ninguna importancia.

—Uno, te preocupa que todo esto sea un relleno, pero ten en cuenta que las palabras que escribas seguirán aquí cuando tú te hayas ido. Y dos, habías abandonado muchas cosas, pero las habrías recuperado independientemente de que me hubieras conocido o no.

Por alguna razón, no me gusta cómo suena lo que dice, como si pudiera existir un universo donde no conociese a Finch. Pero luego volvemos a sumergirnos bajo la manta y hablamos sobre todos los lugares del mundo que queremos recorrer, que al final se convierten en todos los lugares del mundo donde queremos Hacerlo.

—Nos pondremos en marcha —dice Finch, trazándome círculos en el hombro, en el brazo, en la cadera—. Viajaremos por todos los estados y, cuando los hayamos visto todos, cruzaremos el océano y viajaremos por el resto del mundo. Será como un maratón, el Viajerón.

—Viajemanía.

—Viajerama.

Sin consultar el ordenador, vamos enumerando por turnos todos los lugares donde podríamos ir. Y luego, de pronto, tengo de nuevo esa sensación, como si se hubiera escondido detrás de una cortina. Y después vuelve aquella punzada y no puedo evitar pensar en todo lo que he hecho para venir aquí: escaparme sin que lo sepan mis padres, para empezar, y además mentirles.

En un momento dado, digo:

—Tendría que irme.

Me da un beso.

—O podrías quedarte un poco más.

Y eso hago.

violet

Vacaciones de primavera

Mediodía. Campus de la NYU, Nueva York, Nueva York.

—Tu padre y yo nos alegramos de poder disfrutar de estos días contigo, cariño. Una escapada así es buena para todos —dice mi madre.

Se refiere a una escapada lejos de casa, aunque creo que, por encima de todo, se refiere a una escapada lejos de Finch.

Me he llevado el cuaderno para poder tomar notas sobre los edificios, la historia y cualquier cosa interesante que pueda compartir con él. Mis padres están hablando sobre cómo matricularme en primavera del año que viene y realizar el traslado desde la universidad que haya escogido yo previamente.

Pero lo que a mí me preocupa es que Finch no me haya respondido a los tres últimos mensajes de texto. Me pregunto si será esta la pauta el año próximo si estudio en Nueva York o donde sea: yo intentando concentrarme en la universidad, en la vida, cuando lo único que hago es pensar en él. Me pregunto si vendrá conmigo o si el final incorporado de nuestra relación estará en el instituto.

—Llegará sin que nos demos ni cuenta, y no estoy preparada —dice mi madre—. No sé si llegaré a estar preparada algún día.

—No te pongas a llorar, mamá. Lo prometiste. Tenemos aún mucho tiempo por delante y no sabemos tampoco dónde terminaré.

—Será una excusa para venir a verla y pasar unos días en la ciudad —apunta entonces mi padre.

Pero veo que, detrás de las gafas, también tiene los ojos húmedos.

Aunque no lo dicen, percibo la expectación y el peso que se cierne sobre nosotros. Y que tiene su origen en el hecho de que nunca llegaron a poder hacer esto con su hija mayor. Nunca llegaron a llevarla a la universidad, ni a desearle un buen primer año de estancia, ni a decirle que fuera con cuidado, que volviera a casa a vernos de vez en cuando, que nunca olvidara que solo estábamos a una llamada telefónica de distancia. Es un momento más que se les ha robado, y un momento más en que yo tengo que compensarlos porque soy lo único que les queda.

Antes de que los tres acabemos derrumbándonos en medio del campus, digo:

—Papá, ¿por qué no nos cuentas la historia de la NYU?

En el hotel tengo una habitación para mí sola. Es estrecha, con dos ventanas, un tocador y un armario para la televisión gigante, que da la impresión de que se caerá con gran estrépito mientras esté durmiendo.

En la calle se oyen los sonidos de la ciudad, que no tienen nada que ver con los que se oyen en Bartlett: sirenas, conversaciones, gritos, música, camiones de la basura traqueteando arriba y abajo.

—¿Así que tienes un chico especial allí donde vives? —me ha preguntado la agente de mi madre en el transcurso de la cena.

—No tengo a nadie en particular —le he respondido, y mis padres han intercambiado una mirada de alivio y de convicción de que sí, de que han hecho lo correcto ahuyentando a Finch.

La única luz en mi habitación es la del portátil. Leo por encima nuestro cuaderno de notas, lleno a rebosar de palabras, y luego nuestros mensajes de Facebook —muchísimos, a estas alturas—, y al final decido escribir otro citando a Virginia Woolf: «Vayamos vagando sin rumbo a las doradas sillas. ¿Somos aceptables, luna? ¿No te parecemos hermosos, sentados el uno al lado del otro, aquí?».

finch

Día 64 despierto

El último domingo de las vacaciones de primavera vuelve a nevar y, durante una hora, todo se queda blanco. Paso la mañana con mi madre. Luego ayudo a Decca a construir en el jardín una cosa intermedia entre muñeco de nieve y hombre de barro, y después caminamos las seis manzanas que nos separan de la colina que se alza detrás de la escuela de secundaria para tirarnos en trineo. Hacemos carreras y Decca gana siempre porque así es feliz.

De camino de vuelta a casa, dice:

—Espero que no me hayas dejado ganar.

—Eso nunca.

La rodeo por los hombros con el brazo y no se aparta.

—No quiero ir a casa de papá.

—Yo tampoco. Pero ya sabes que, en el fondo, para él es muy importante, por mucho que no lo demuestre.

Es una frase que me ha dicho mi madre en más de una ocasión. No sé si me la creo, pero siempre existe la posibilidad de que Decca sí lo haga. Por muy dura que sea, desea creer en algo.

Por la tarde vamos a casa de mi padre. Nos sentamos

repartidos por el salón mientras en la pantalla plana gigante que ha colgado en la pared dan un partido de hockey.

Mi padre alterna entre gritarle a la pantalla y escuchar lo que Kate cuenta sobre Colorado. Josh Raymond está sentado en las rodillas de mi padre, mirando el partido y masticando cada bocado cuarenta y cinco veces. Lo sé porque estoy tan aburrido que me he puesto a contar.

Cansado, me levanto y voy al baño con el objetivo de despejarme un poco la cabeza y enviarle un mensaje de texto a Violet, que hoy vuelve a casa. Me siento a la espera de que me responda y me entretengo abriendo y cerrando los grifos. Luego me levanto y me lavo las manos, la cara, husmeo el interior de los armarios. Tengo la mirada fija en el estante de la ducha cuando suena el teléfono.

«¡En casa! ¿Me escapo y vengo?».

Escribo: «Todavía no. Estoy en el infierno, pero saldré de aquí en cuanto pueda».

Intercambiamos mensajes un rato y luego salgo al pasillo. Me encamino hacia el ruido y la gente y paso por delante de la habitación de Josh Raymond. Tiene la puerta entornada y está dentro. Lo llamo y gira la cabeza como una lechuza. Sus gigantescas gafas destellan en mi dirección y grazna:

—Pasa.

Entro en la que debe de ser la habitación más grande del planeta para un niño de siete años. Es tan cavernosa que me pregunto si necesitará un mapa para orientarse en ella, y está repleta de todos los juguetes imaginables, la mayoría de ellos a pilas.

—Vaya habitación tienes, Josh Raymond —digo.

Intento que no me moleste, puesto que los celos son una sensación malvada y desagradable que no hace más que corroerte por dentro y yo no tengo ninguna necesidad de estar aquí, siendo como soy un chico de dieciocho años con una novia de lo más sexy —por mucho que no la dejen verme más—, preocupándome porque mi hermanastro sea propietario de todos los Lego del mercado.

—Está bien.

Se pone a remover el contenido de un baúl que almacena —por mucho que cueste de creer— aún más juguetes, y entonces los veo: dos anticuados caballitos de juguete, de esos con un palo, uno negro y el otro gris, olvidados en un rincón. Son mis caballos de palo, los que yo cabalgaba durante horas interminables cuando era más pequeño que Josh Raymond imaginándome ser Clint Eastwood en una de esas películas antiguas que veía mi padre en el televisor pequeño y sin pantalla plana que teníamos en casa. El mismo que, casualmente, seguimos teniendo y viendo.

—Son chulos esos caballos —digo.

Se llaman *Medianoche* y *Explorador*.

Gira la cabeza, parpadea dos veces y dice:

—Están bien.

—¿Cómo se llaman?

—No tienen nombre.

De pronto me entran ganas de coger los caballos, entrar en el salón y aporrear a mi padre en la cabeza con ellos. Luego deseo llevármelos a casa. Les prestaré atención a diario. Cabalgaré con ellos por toda la ciudad.

—¿De dónde los has sacado? —pregunto.

—Me los trajo mi padre.

«No tu padre —me gustaría decirle—. Mi padre. Dejemos las cosas claras a partir de ahora. Tu ya tienes un padre en alguna parte, y por mucho que el mío no sea estupendo, es el único que tengo.»

Pero entonces miro al niño, miro su cara delgada, su cuello delgado y sus hombros huesudos, tiene siete años y es muy pequeño para su edad, y recuerdo qué se sentía. Y recuerdo también cómo era crecer al lado de mi padre.

—¿Sabes? —le digo—, yo también tuve un par de caballos, no tan chulos como estos, pero que no estaban mal. Les puse de nombre *Medianoche* y *Explorador*.

—¿*Medianoche* y *Explorador*? —Mira de reojo los caballos—. Son nombres que están bien.

—Si quieres, te los presto.

—¿De verdad? —dice, mirándome con ojos de lechuza.

—Pues claro.

Josh Raymond encuentra el juguete que estaba buscando —una especie de coche-robot— y cruzamos la puerta cogidos de la mano.

En el salón, mi padre nos regala su sonrisa para la cámara y mueve la cabeza hacia mí como si fuésemos colegas.

—Tendrías que traer un día a tu novia.

Lo dice como si no hubiera pasado nada y él y yo fuéramos los mejores amigos del mundo.

—Sí, claro. Pero los domingos los tiene ocupados.

Me imagino la conversación entre mi padre y el señor Markey.

«Su hijo delincuente tiene a mi hija. Lo más probable es que en estos momentos esté tirada en una cuneta gracias a él.»

«¿Qué creía usted que iba a pasar? Maldita sea, es un delincuente, y un criminal, y un tarado emocional, y una decepción-descomunal-y-bicho-raro. Siéntase agradecido de tener la hija que tiene, señor, porque, créame, un hijo como el mío no querría ni verlo. Nadie quiere.»

Veo que mi padre está buscando qué decir.

—Bueno, cualquier día va bien, ¿verdad, Rosemarie? Tráela por aquí cuando puedas. —Está en uno de sus mejores estados de ánimo y veo que Rosemarie asiente y sonríe de oreja a oreja. Mi padre da un palmetazo al brazo del sillón—. Tráela y asaremos unos buenos filetes en la barbacoa con unas judías y cualquier otra cosa verde para ti.

Intento no explotar y llenar con ello toda la estancia. Intento mantenerme pequeñito y contenido. Cuento a toda la velocidad que me es posible.

Por suerte, continúa el partido y se distrae. Permanezco sentado unos minutos más y le doy las gracias a Rosemarie por la comida, le pregunto a Kate si puede llevar a Decca en su coche a casa y les digo que ya nos veremos.

En vez de regresar directamente a casa, conduzco. Sin mapa, sin objetivo. Conduzco durante horas, pasando por campos y campos de blanco. Pongo rumbo al norte, luego al oeste, luego al sur y luego al este, apretando al *Pequeño Cabrón* hasta ciento cincuenta. Cuando anochece, emprendo camino de regreso a Bartlett, avanzo por el corazón de Indianápolis, fumando mi cuarto pitillo seguido de American Indian. Conduzco rápido, pero no me parece lo suficiente. De pronto, odio al *Pequeño Cabrón* por obligarme a ir a tan poca velocidad cuando lo que necesito es correr, correr, correr.

La nicotina me provoca escozor en la garganta, que ya está irritada, y tengo ganas de vomitar, de modo que paro en la cuneta y salgo del coche. Me inclino con las manos en las rodillas. Espero. Viendo que no vomito, miro la carretera que se extiende por delante de mí y empiezo a correr.

Corro como un demonio, dejando atrás al *Pequeño Ca-brón*. Corro con tanta fuerza y a tal velocidad que creo que los pulmones me acabarán explotando, y corro con más intensidad y más rápido si cabe. Desafío a pulmones y piernas a derrotarme. No recuerdo si he cerrado bien el coche, y odio entonces mi cerebro por recordar, porque ahora solo soy capaz de pensar en el coche y en si la puerta está bien cerrada, así que corro más rápido. No recuerdo dónde he dejado la chaqueta, ni siquiera si la he cogido.

«Todo irá bien.

»Todo irá bien.

»No se vendrá abajo.

»Todo irá bien.

»Saldrá bien.

»Estoy bien. Bien. Bien.»

Aparezco en el otro extremo de la ciudad y vuelvo a estar rodeado de granjas. Paso también por delante de los invernaderos y viveros de un centro de jardinería. El domingo no están abiertos, pero corro por el camino de acceso de uno que parece un negocio familiar. Al fondo veo una granja, un edificio blanco de dos pisos.

El camino de acceso está abarrotado de camiones y coches y oigo las risas en el interior. Me pregunto qué pasaría si entrara, tomara asiento y me comportara como si estuviera en casa. Me acerco a la puerta y llamo. Estoy jadeando y debería haber esperado a recuperar el aliento para llamar, pero no, pienso, estoy demasiado apurado. Vuelvo a llamar, con más fuerza esta vez.

Abre una mujer de cabello blanco y con la cara redonda como una albóndiga, riendo aún por la conversación que acaba de abandonar. Me mira a través de la mosquitera entornando los ojos y abre, porque estamos en el campo, porque esto es Indiana y porque no hay nada que temer de los vecinos. Es una de las cosas que me gusta de vivir aquí, y deseo abrazarla por la cálida pero confusa sonrisa que esboza cuando intenta recordar si me tiene visto de algo.

—Hola —digo.

—Hola —dice.

Me imagino la pinta que llevo: la cara colorada, sin abrigo, sudoroso, jadeante, falto de aire. Intento recomponerme lo más rápidamente posible.

—Siento molestarla, pero iba hacia mi casa y he pasado por delante de su centro de jardinería. Sé que está cerrado y que tiene visitas, pero me pregunto si me permitiría coger unas flores para mi novia. Podría decirse que se trata de una urgencia.

Arruga la cara en una expresión de preocupación.

—¿Una urgencia? Pobrecito.

—A lo mejor es una palabra muy fuerte y siento haberla alarmado. Pero estamos en invierno y no sé dónde estaré en primavera. Y ella lleva el nombre de una flor y su padre me odia, y quiero que sepa que pienso en ella y que esta estación no es para morir, sino para vivir.

Aparece un hombre detrás de la mujer y se queda mirándome, la servilleta colgada aún de la camisa.

—Ah, estás aquí —le dice a la mujer—. Me preguntaba dónde te habías metido.

Me señala mediante un gesto con la cabeza.

—Este joven tiene una urgencia —dice la mujer.

Le repito a él mi explicación. La mujer lo mira y él me mira, y entonces llama a alguien de dentro para decirle que vaya removiendo la sidra y sale de la casa, con la servilleta todavía colgada y agitándose bajo el viento invernal, y yo lo sigo, las manos hundidas en los bolsillos, hasta que llegamos a la puerta del centro de jardinería y el hombre coge un llavero que cuelga de su cinturón.

Hablo a mil por minuto, dándole las gracias y diciéndole que le pagaré el doble del precio normal, me ofrezco incluso a enviarle una fotografía de Violet con las flores —tal vez violetas— en cuanto se las haya regalado.

El hombre me pone una mano en el hombro y me dice:

—No te preocupes por eso, hijo. Coge lo que necesites.

Entramos e inspiro el dulce y vivo aroma de las flores. Deseo quedarme aquí, donde todo es cálido y luminoso, donde podría estar rodeado de cosas vivas y no muertas. Deseo venirme a vivir con esta bondadosa pareja y que me llamen «hijo», y que Violet pueda vivir también aquí porque hay espacio suficiente para los dos.

Me ayuda a elegir las mejores flores, no solo violetas, sino también margaritas, rosas, lirios y otras de las que no recuerdo el nombre. Entonces, con la ayuda de su esposa, que se llama Margaret Ann, las colocan en un cubo refrigerado que mantendrá las flores hidratadas. Intento pagarles, pero rechazan el dinero y les prometo que les devolveré el cubo en cuanto pueda.

Cuando salimos, los invitados se han congregado en el exterior de la casa para ver al chico que necesitaba flores para regalar a la chica que ama.

El hombre, que se llama Henry, me acompaña en coche hasta donde he dejado el mío. Tardamos veinte minutos, lo que significa que debo de haber corrido unos cincuenta kilómetros. Cuando realizamos el cambio de sentido para situarnos junto al *Pequeño Cabrón*, abandonado y esperándome con paciencia, dice:

—¿Has ido corriendo toda esta distancia, hijo?

—Sí, señor. Supongo que sí. Siento mucho haberle interrumpido la cena, y siento haberlo hecho conducir hasta tan lejos.

—No te preocupes por esto, jovencito. No te preocupes en absoluto. ¿Le pasa algo al coche?

—No, señor. Solo que no corría lo suficiente.

Asiente con la cabeza, como si mis palabras tuvieran todo el sentido del mundo, aunque seguramente no sea así, y dice:

—Saluda a tu chica de nuestra parte. Pero vuelve en coche a casa, ¿entendido?

Cuando llego a su casa son más de las nueve y permanezco un rato sentado en el interior del *Pequeño Cabrón*, las ventanillas bajadas, el motor apagado, fumando mi último cigarrillo, porque ahora que estoy aquí no quiero molestarla. Hay luz en las ventanas de la casa y sé que está ahí dentro con sus padres, que la quieren pero me odian, y no quiero interrumpir.

Pero entonces me envía un mensaje de texto, como si supiera dónde estoy, y dice: «Me alegro de estar de vuelta. ¿Cuándo te veré?».

Le escribo: «Sal».

Aparece en un minuto, con el pijama de monos y las zapatillas de Freud, envuelta en una bata larga de color morado y el cabello recogido en una cola de caballo. Recorro el camino de acceso cargado con el cubo refrigerado y dice:

—Finch, ¿qué demonios? ¿Por qué hueles a humo?

Vuelve la cabeza, como si tuviera miedo de que pudieran vernos.

La noche es muy fría y empiezan a caer copitos de nieve. Pero yo tengo calor.

—Estás temblando —dice.

—¿Yo?

No lo noto, porque no noto nada.

—¿Cuánto rato llevas aquí fuera?

—No lo sé.

Y de repente, no puedo recordar nada.

—Hoy ha nevado. Está nevando otra vez.

Tiene los ojos rojos. Parece que ha estado llorando, y debe de ser porque odia de verdad el invierno o, más probablemente, porque nos acercamos al aniversario del accidente.

Le entrego el cubo y digo:

—Razón por la cual he querido traerte esto.

—¿Qué es?

—Ábrelo y lo verás.

Deja el cubo en el suelo y abre el cierre. Durante unos segundos se limita a aspirar el aroma de las flores, y entonces se vuelve hacia mí y, sin mediar palabra, me besa. Cuando se aparta, dice:

—Se acabó el invierno. Finch, me has traído la primavera.

Durante un buen rato, permanezco sentado en el coche delante de la casa, con miedo a romper el hechizo. Aquí dentro, el ambiente es cerrado y Violet está cerca. Me siento arropado por esta jornada. Amo: el brillo de sus ojos cuando hablamos o cuando me cuenta cualquier cosa que quiere que yo sepa, cómo mueve los labios cuando lee para sí misma tan concentrada, cómo me mira como si solo existiese yo, como si pudiese traspasar mi piel y mis huesos y llegar directamente al yo que hay aquí dentro, el yo que ni siquiera yo mismo soy capaz de ver.

finch

Días 65 y 66

En el instituto, me sorprendo mirando por la ventana y pienso: «¿Cuánto rato llevaré así?». Echo un vistazo a mi alrededor para ver si alguien se ha dado cuenta, casi esperando que todo el mundo esté mirándome, pero no. Me pasa en todas las clases, incluso en educación física.

En clase de inglés, abro el libro porque la profesora está leyendo y porque todos los demás leen con ella. A pesar de que oigo las palabras, las olvido en cuanto son pronunciadas. Oigo fragmentos de cosas, pero nada entero.

«Relájate.

»Respira hondo.

»Cuenta.»

Al salir de clase, me encamino hacia el campanario y me da igual que me vean. La puerta que da acceso a la escalera se abre sin problemas y me pregunto si Violet estará ahí. En cuanto llego arriba y estoy al aire libre, vuelvo a abrir el libro. Leo el párrafo una y otra vez, pensando en que tal vez si estoy solo podré centrarme mejor, pero en el instante en que termino una frase y paso a la siguiente, he olvidado la que acabo de leer. Hojeo otro libro, pensando que tal vez con este será distinto, pero me sucede lo mismo.

A la hora de comer me siento con Charlie. Estoy rodeado de gente, pero solo. Me hablan, hablan a mi alrededor, pero no los oigo. Finjo estar concentrado en un libro, pero las palabras bailan en la página, de modo que le digo a mi cara que sonría para que nadie lo note, y sonrío y asiento, y lo hago bastante bien hasta que Charlie dice:

—Tío, ¿qué te pasa? No me jodas.

En geografía, el señor Black se planta delante de la pizarra y nos recuerda una vez más que, precisamente porque somos alumnos de último curso y este es nuestro semestre final, no debemos aflojar en los estudios. Mientras habla, yo escribo, pero vuelve a pasarme lo mismo que cuando intentaba leer: las palabras están ahí y al minuto se esfuman. Violet está sentada a mi lado y la sorprendo mirando de reojo mi papel, razón por la cual lo tapo con la mano.

Es difícil describirlo, pero imagino que lo que siento en este momento debe de ser muy similar a verse absorbido por un vórtice. Todo está oscuro y gira como un remolino, pero como un remolino lento, no rápido, y hay además un peso enorme que tira de ti, como si lo tuvieras sujeto a los pies aunque no lo veas. Pienso: «Es lo que se debe de sentir cuando te quedas atrapado en arenas movedizas».

Parte de lo que escribo es un inventario de mi vida, como si estuviera verificando los puntos de una lista de comprobación: Novia estupenda, visto. Buenos amigos, visto. Un tejado sobre la cabeza, visto. Comida en la boca, visto.

Nunca seré bajito, y tampoco creo que me quede calvo, si mi padre y mis abuelos sirven de referencia. Cuando tengo un día bueno, supero en inteligencia a la mayoría. Toco aceptablemente la guitarra y tengo buena voz. Compongo canciones. Canciones que cambiarán el mundo.

Todo parece estar en orden, pero repaso la lista una y otra vez por si me olvido alguna cosa, obligándome a pensar más allá de los hechos importantes por si acaso los pequeños detalles escondiesen algo más. En el lado de lo importante, mi familia podría ser mejor, pero no soy el único chico que se encuentra en esta situación. Al menos no me han echado a la calle. El instituto no está mal. Podría estudiar más, pero la verdad es que no lo necesito. El futuro es incierto, aunque eso puede que sea positivo.

En el lado de las pequeñas cosas, me gustan mis ojos pero odio mi nariz, aunque no creo que sea la nariz lo que me hace sentir así. La dentadura está bien. En general, mi boca me gusta, sobre todo cuando está unida a la de Violet. Tengo los pies muy grandes, pero mejor esto que tenerlos demasiado pequeños. Si así fuera, estaría cayéndome cada dos por tres. Me gustan mi guitarra, mi cama y mis libros, sobre todo los recortados.

Pienso en todo, pero al final el peso puede conmigo, como si estuviera extendiéndose por el resto de mi cuerpo y succionándome.

Suena la campana y salto, y todo el mundo se echa a reír excepto Violet, que me observa con atención. Tengo hora para ver a Embrión y temo que se dé cuenta de que me pasa algo. Acompaño a Violet a clase, le doy la mano y un beso, y le ofrezco la mejor sonrisa de la que soy capaz para que no me mire como me está mirando. Y entonces, como su aula está justo en el lado contrario de donde se encuentra el despacho de tutoría y no voy precisamente corriendo, llego a la cita con cinco minutos de retraso.

Cuando Embrión me pregunta qué pasa y por qué voy con esta cara, y si tiene que ver con lo de cumplir dieciocho años, recuerdo por vez primera que mi dieciocho cumpleaños está casi ahí.

Le digo que no es eso. Al fin y al cabo, ¿a quién no le gustaría tener dieciocho años? Qué se lo pregunte a mi madre, que daría cualquier cosa por no tener cuarenta y uno.

—Entonces ¿qué es? ¿Qué le pasa, Finch?

Necesito ofrecerle algo, de modo que le digo que es por mi padre, lo cual no es mentira del todo, aunque es una verdad a medias porque no es más que una parte de una imagen global.

—No quiere ser mi padre —digo, y Embrión me escucha tan serio y con tanta atención, con los gruesos brazos cruzados sobre la gruesa mesa, que me siento mal. De modo que decido contarle más verdades—: No estaba feliz con la familia que tenía, y por eso decidió cambiarnos por otra que le gustara más. Y esta le gusta más. Su nueva esposa es agradable y siempre sonríe, y su nuevo hijo, que es posible que esté emparentado con él, es menudo y fácil de llevar y no ocupa mucho espacio. Incluso a mí me gustan más.

Pienso que ya he dicho demasiado, pero en vez de decirme que me levante y me largue, Embrión dice:

—Tenía entendido que su padre había muerto como consecuencia de un accidente de caza.

Durante un segundo no recuerdo de qué me habla. Pero entonces, ya demasiado tarde, me pongo a asentir.

—Así es. Murió. Me refería a antes de que muriese.

Me mira con el entrecejo fruncido, pero en vez de tacharme de mentiroso, dice:

—Siento que haya tenido que lidiar con esto toda la vida.

Me gustaría llorar a lágrima viva, pero me digo: «Disimula el dolor. No llames la atención. Pasa desapercibido». De manera que con mi último gramo de energía, energía que tardaré en recuperar una semana o incluso más tiempo, digo:

—Hace todo lo que puede. Me refiero a que lo hacía. Cuando estaba vivo. Pero, a fin de cuentas, tiene más que ver con él que conmigo. Y lo digo en serio, la cosa jode, seamos realistas, ¿quién podría no quererme?

Sentado delante de él, y mientras le ordena a mi cara que siga sonriendo, mi cerebro recita la nota de suicidio de Vladímir Mayakovski, el poeta de la revolución rusa, que se mató de un disparo a los treinta y seis años de edad:

> Mi amado barco
> quedó varado en lo cotidiano.
> He saldado mis deudas
> y ya no tengo necesidad de contar
> los dolores sufridos en manos de los demás,
> las desgracias
> y los insultos.
> Buena suerte a los que sobreviven.

Y de pronto, Embrión está encorvado sobre la mesa y me mira con una expresión que solo puede calificarse de alarma. Lo que significa que debo de haberlo dicho en voz alta sin pretenderlo.

Su voz adquiere el tono lento y lleno de intención de quien le habla a alguien que está a punto de saltar al vacío desde una cornisa.

—¿Ha estado otra vez hoy en lo alto del campanario?

—Dios mío, ¿acaso tienen cámaras de seguridad instaladas allá arriba?

—Respóndame.

—Sí, señor. Pero estaba leyendo. O intentándolo. Necesitaba despejar la cabeza y no podía hacerlo abajo, con tanto ruido.

—Theodore, confío en que sepa que soy su amigo, y eso significa que quiero ayudarlo. Pero se trata también de un asunto legal y tengo una obligación que cumplir.

—Estoy bien. Créame, si decido suicidarme, será el primero en saberlo. Le reservaré un asiento en primera fila, o al menos esperaré hasta que tenga más dinero para el juicio.

Nota para mí mismo: el suicidio no es cuestión de broma, sobre todo para las figuras de autoridad que, de un modo u otro, son responsables de ti.

Intento controlarme.

—Lo siento. Ha sido de mal gusto. Pero estoy bien. De verdad.

—¿Qué sabe acerca del trastorno bipolar?

Estoy a punto de decirle «¿Y qué sabe usted?». Pero me obligo a respirar hondo y sonreír.

—¿Es lo de Jekyll y Hyde?

Mi voz suena plana y tranquila. Tal vez un poco aburrida, aunque tengo cuerpo y mente en estado de alerta.

—Hay quien lo llama psicosis maníaco-depresiva. Es un trastorno cerebral que provoca cambios extremos en el estado de humor y la energía. Puede ser genético, pero existe tratamiento.

Sigo respirando hondo, aunque ya no hay sonrisas, y lo que me pasa es lo siguiente: el cerebro y el corazón laten a ritmos distintos; las manos se me están quedando frías y me arde la nuca; tengo la garganta completamente seca. Lo que sé sobre el trastorno bipolar es que es una etiqueta. Una etiqueta que se pone a los locos. Lo sé porque hice un curso de psicología, porque he visto películas y porque he visto a mi padre en acción durante casi dieciocho años, aunque a él jamás podrías ponerle una etiqueta porque te mataría. Etiquetas como «bipolar» sirven para decir: «Es por esto que eres como eres. Esto es lo que eres». Justifican a las personas por tener una enfermedad.

Cuando suena la campana, Embrión está hablando sobre síntomas, hipomanía y episodios psicóticos. Me levanto más bruscamente de lo que pretendía y con el movimiento mando la silla al suelo. Si estuviera en suspenso por encima de la estancia, mirando hacia abajo, lo que sucede podría confundirse con un acto de violencia, sobre todo teniendo en cuenta lo grande que soy. Pero antes de que me dé tiempo a decirle que ha sido un accidente, Embrión se ha puesto en pie.

Levanto las manos en un gesto de rendición y luego le tiendo una, el equivalente a una rama de olivo. Tarda un par de minutos, pero al final me la estrecha. Y en vez de soltarla, tira de ella y nos quedamos prácticamente pegados nariz contra nariz —o, mejor dicho, dada la diferencia de altura, nariz contra pecho— y dice:

—No estás solo. —Y antes de que pueda decirle «De hecho lo estoy, lo cual forma parte del problema. Todos estamos solos, atrapados en el interior del cuerpo y de la mente, y sea cual sea la compañía que podamos tener en esta vida, no es más que pasajera y superficial», me presiona con más fuerza hasta que temo que acabe partiéndome el brazo—. Y seguiremos hablando.

A la mañana siguiente, después de educación física, Roamer se me acerca y me dice en voz baja:

—Friki.

Hay aún muchos chicos por allí, pero me da igual. Para ser más exactos, ni lo pienso. Sucede, simplemente.

En un abrir y cerrar de ojos, lo tengo contra la taquilla, lo agarro por el cuello y presiono hasta que se queda morado. Charlie está detrás de mí, intentando separarme, y entonces aparece Kappel con su bate. Continúo, porque me fascina ver la pulsación de las venas de Roamer, su cabeza encendida como una bombilla con brillo excesivo.

No consiguen separarme hasta que son cuatro, puesto que mi puño parece de hierro. Pienso: «Tú me has metido en esto. Lo has hecho tú. Es culpa tuya, tuya, tuya».

Roamer cae al suelo y me apartan de allí. Lo miro a los ojos y digo:

—Nunca jamás vuelvas a llamarme eso.

violet

Finch me llama después de tercera hora y me dice que me espera fuera, junto al río. Quiere que cojamos el coche y pongamos rumbo sur hacia Evansville para visitar las casas nido, esas cabañas montadas en las copas de árboles jóvenes creadas por un artista de Indiana. Son, literalmente, como nidos de pájaro para humanos, con puertas y ventanas. Finch quiere ver si queda algo de ellas. Cuando estemos allí, dice que podemos cruzar la frontera de Kentucky y hacernos fotos con un pie en Kentucky y otro en Indiana. De hecho, dice que podríamos hacerlo también con Illinois, Michigan y Ohio.

—¿Por qué no estás de camino a tu clase? —le pregunto.

Me he puesto en el pelo una de sus flores.

—Me han expulsado. Sal y ven.

—¿Expulsado?

—Vámonos. Estamos desperdiciando gasolina y luz de día.

—Hasta Evansville hay cuatro horas, Finch. Cuando lleguemos ya será de noche.

—No si salimos ahora. Vamos, vamos, salgamos de aquí. Podríamos dormir allí.

Habla muy rápido, como si todo dependiera de visitar las casas nido. Cuando le pregunto qué ha pasado, se limita a decirme que ya me lo contará después, pero que ahora tiene que irse, lo antes posible.

—Es martes y estamos en pleno invierno. No vamos a dormir en una casa nido. Podemos ir el sábado. Si me esperas a la salida de clase, podríamos ir a cualquier lugar más cercano que la frontera entre Indiana y Kentucky.

—¿Sabes qué? ¿Por qué no olvidamos el tema? ¿Por qué no voy yo solo? Creo, de todos modos, que prefiero ir solo.

Su voz suena hueca a través del auricular, y cuelga.

Estoy todavía mirando el teléfono cuando Ryan pasa por mi lado cogido de la mano de Suze Haines.

—¿Va todo bien? —me pregunta.

—Todo bien —le respondo, preguntándome qué demonios acaba de pasar.

Las casas nido no están. Ya es de noche cuando llego al centro de New Harmony, con sus edificios pintados en vivos colores, y pregunto a todo el mundo con quien me cruzo qué ha pasado con las casas. Un par de personas no han oído hablar en su vida de ellas, pero un anciano me dice:

—Es una lástima que hayas venido hasta aquí. Me temo que se las llevaron la climatología y los elementos.

«Como a todos nosotros», pienso. Las casas nido han alcanzado su esperanza de vida. Pienso en el nido de barro que le hicimos al cardenal, hace ya muchos años, y me pregunto si seguirá allí. Me imagino sus huesecillos en la tumba, y me parece el pensamiento más triste del mundo.

En casa, todo el mundo duerme. Subo y paso un montón de tiempo mirándome en el espejo del cuarto de baño hasta que mi imagen desaparece ante mis propios ojos.

«Estoy desapareciendo. A lo mejor ya no estoy.»

Pero en vez de caer presa del pánico, estoy fascinado,

291

como un mono en un laboratorio. ¿Por qué se vuelve invisible el mono? Y si no puedes verlo, ¿puedes todavía tocarlo si hurgas con la mano en el lugar donde tendría que estar? Acerco la mano al pecho, al corazón, y noto la piel, los huesos y el brusco y errático latido del órgano que me mantiene con vida.

Entro en el vestidor y cierro la puerta. Intento no ocupar mucho espacio ni hacer ningún ruido, porque si lo hago despertaré a la oscuridad, y quiero que la oscuridad duerma. Respiro con cuidado para no emitir ningún sonido. Si respiro demasiado fuerte, vete a saber lo que la oscuridad podría hacerme, o hacerle a Violet, o a cualquiera de mis seres queridos.

A la mañana siguiente verifico los mensajes en el contestador de casa, la línea de teléfono fijo que compartimos mi madre, mis hermanas y yo. Hay uno de Embrión para mi madre, dejado ayer por la tarde. «Señora Finch, soy Robert Embry, de Bartlett High. Como sabe, soy el psicólogo escolar de su hijo. Tengo que hablar con usted sobre Theodore. Me temo que es de suma importancia. Llámeme, por favor.» Y deja el número.

Escucho dos veces más el mensaje y lo borro a continuación.

En vez de ir al instituto, subo a mi habitación y me meto en el vestidor, porque si voy moriré. Y entonces recuerdo que me han expulsado y que, por lo tanto, no puedo ir al instituto.

Lo mejor del vestidor: que no es un espacio amplio ni abierto. Me siento, muy callado y muy quieto, y presto atención a la respiración.

Me pasa por la cabeza una sucesión de pensamientos, como una canción de la que no puedo librarme, una y otra vez en el mismo orden: «Estoy roto. Soy un farsante. Soy imposible de amar». Es solo cuestión de tiempo que Violet se dé cuenta. «La avisaste. ¿Qué quiere de ti? Ya le dijiste cómo sería.»

«Trastorno bipolar —dice mi cerebro, etiquetándose—. Bipolar, bipolar, bipolar.»

Y vuelta a empezar: «Estoy roto. Soy un farsante. Soy imposible de amar...».

Busco los somníferos en el botiquín de mi madre. Cojo el frasco entero, me lo llevo a la habitación y me meto en la boca la mitad de su contenido y luego, en el baño, me inclino sobre el lavabo para beber y lo trago. «Veamos qué sintió Cesare Pavese. Veamos si todo esto conlleva valentía y clamor.» Me tiendo en el suelo del vestidor, el frasco de pastillas en la mano. Intento imaginarme mi cuerpo apagándose, poco a poco, hasta quedar completamente entumecido. Ya casi siento la pesadez apoderándose de mí, aunque sé que es demasiado pronto.

Apenas puedo levantar la cabeza y es como si tuviera los pies a muchos kilómetros de mí. «Quédate aquí —dicen las pastillas—. No te muevas. Deja que hagamos nuestro trabajo.»

Se apodera de mí una bruma de negrura, una neblina, aunque más oscura. El negro y la niebla presionan mi cuerpo contra el suelo. No hay clamor alguno. Es como lo que se siente cuando estás Dormido.

Me obligo a incorporarme y me arrastro hasta el cuarto de baño, donde me meto los dedos en la boca hasta el fondo y vomito. No sale mucha cosa y no recuerdo cuánto hace que he comido. Lo intento una y otra vez y luego me calzo las zapatillas y corro. Noto las piernas pesadas, como si corriera por arenas movedizas, pero respiro y tengo energía.

Realizo el recorrido nocturno habitual, por la carretera nacional hasta el hospital, pero en vez de pasarlo de largo, entro en el aparcamiento. Empujo con fuerza la puerta de urgencias y digo a la primera persona que me cruzo:

—He tomado somníferos y no puedo expulsarlos. Sáquenmelos.

Me posa una mano en el brazo y le dice algo a un hombre que está detrás de mí. Su voz es fría y serena, como si estuviese acostumbrada a que la gente entre corriendo y pida que le vacíen el estómago, y luego el hombre y otra mujer me llevan a una habitación.

Todo se vuelve negro. Me despierto un rato después y me siento vacío pero Despierto, y entra una mujer que, como si me leyera los pensamientos, dice:

—Estás despierto, bien. Tendrás que cumplimentar el papeleo. Hemos buscado a ver si llevabas alguna identificación pero no hemos encontrado nada.

Me entrega un portapapeles y lo cojo con mano temblorosa.

El formulario está en blanco excepto mi nombre y la edad. «Josh Raymond, diecisiete años.» Tiemblo con más fuerza y entonces me doy cuenta de que estoy riendo. Muy buena, Finch. Aún no estás muerto.

«Hecho: la mayoría de suicidios se produce entre el mediodía y las seis de la tarde.

»Los chicos con tatuajes presentan más probabilidades de suicidarse con armas de fuego.

»La gente con ojos marrones presenta más probabilidades de elegir el ahorcamiento y el envenenamiento.

»Las personas que beben café presentan menos probabilidades de suicidarse que los que no lo beben.»

Espero a que la enfermera se haya marchado, me visto, y salgo corriendo de la habitación, bajo la escalera y cruzo la puerta. No necesito quedarme más rato. Lo siguiente que habrían hecho habría sido enviar a alguien para que empezara a formularme preguntas. Localizarían a mis padres y, de no hacerlo, sacarían una pila de formularios y harían llamadas y, sin que me diese ni cuenta, no me dejarían marchar. Casi lo consiguen, pero he sido más rápido que ellos.

Estoy demasiado débil para correr, de modo que vuelvo a casa caminando.

Día 71

Vida es Vida se reúne en los terrenos del Arboretum de una ciudad próxima a Ohio, cuyo nombre se mantendrá en el anonimato. No es una clase de ciencias naturales, sino un grupo de apoyo para adolescentes que se plantean, han intentado o han sobrevivido al suicidio. Lo encontré en internet.

Subo en el *Pequeño Cabrón* y pongo rumbo a Ohio. Estoy cansado. Evito ver a Violet. Resulta agotador tratar de mantenerme estable e ir con cuidado cuando estoy con ella, con tanto cuidado que es como si estuviera atravesando un campo de minas con soldados enemigos acechando por todos lados. «No debes dejar que ella lo vea.» Le he dicho que he pillado un virus y que no quiero contagiarla.

La reunión de Vida es Vida tiene lugar en un cuarto alargado con paneles de madera y radiadores que sobresalen de las paredes. Nos sentamos alrededor de dos mesas unidas, como si fuéramos a hacer deberes o a examinarnos. En cada extremo de las mesas hay jarras de agua y vasos de plástico de colores. Hay cuatro platos con galletas.

El psicólogo es un tipo llamado Demetrius, un mulato con ojos verdes. Para los que no hemos estado nunca en una de estas reuniones, nos explica que está cursando el doctorado en la universidad y que Vida es Vida tiene doce años de existencia, aunque él solo lleva once meses. Me gustaría preguntarle qué ha pasado con su predecesor, pero no lo hago por si acaso la historia no es agradable.

Entran los chicos, y me parecen iguales a los de Bartlett. No reconozco a ninguno, y esta es la razón por la que me he desplazado hasta aquí. Antes de tomar asiento, una de las chicas me aborda y me dice:

—Eres muy alto.

—Soy mayor de lo que parezco.

Esboza una sonrisa que probablemente considera seductora y yo añado:

—En mi familia hay gigantismo. Cuando termine el instituto, no me quedará otro remedio que trabajar en un circo, porque los médicos han predicho que a los veinte mediré más de dos metros diez.

Quiero que se vaya porque no estoy aquí para hacer amigos, y lo hace. Me siento, espero y pienso que ojalá no hubiera venido. Todo el mundo está cogiendo galletas, que yo no toco porque sé que cualquiera de esas marcas podría contener una cosa asquerosa llamada carbón animal, que se hace a partir de huesos de animales, y no quiero ni siquiera mirar las galletas ni la gente que se las come. Miro entonces por la ventana, pero los árboles del Arboretum son delgados, marrones, muertos, de manera que fijo finalmente la vista en Demetrius, que ha tomado asiento en el medio para que todos podamos verlo bien.

Recita hechos que ya conozco sobre el suicidio y los adolescentes y luego vamos diciendo cómo nos llamamos, cuántos años tenemos, qué nos han diagnosticado y si hemos tenido alguna experiencia directa de intento de suicidio. Luego tenemos que decir la frase «... es vida», como si cualquier cosa que se nos pasara por la cabeza en este momento fuera algo que celebrar, como «El baloncesto es vida», «La escuela es vida», «Los amigos son vida», «Hacérmelo con mi novia es vida». Cualquier cosa que nos recuerde lo bueno que es estar vivo.

Varios de los chicos tienen la mirada ligeramente apagada y perdida de la gente drogada y me pregunto qué estarán tomándose para seguir aquí y respirar. Una chica dice:

—*Crónicas vampíricas* es vida.

Y un par de chicas ríen con la ocurrencia. Otro dice:

—Mi perra es vida, aunque se me coma los zapatos.

Cuando llega mi turno, me presento como Josh Raymond, diecisiete años, sin experiencia más allá de mi reciente y poco entusiasta experimento con somníferos. «El efecto gravitacional de Júpiter-Plutón es vida», añado, aunque nadie sabe a qué me refiero.

En ese momento se abre la puerta y entra una persona acompañada por una bocanada de aire fresco. Va cubierta con gorro, bufanda y guantes, y va liberándose de todo ello como una momia mientras busca dónde sentarse. Todos nos volvemos y Demetrius nos sonríe tranquilizándonos.

—Pasa, no te preocupes, acabamos de empezar.

La momia se sienta, continúa deshaciéndose de gorro, bufanda y guantes. Me da la espalda, la cola de caballo de pelo rubio se balancea delante de mí, cuelga el bolso en la silla. Se acomoda, aparta los mechones que le cubren las mejillas, sonrosadas del frío, y no se quita el abrigo.

«Lo siento», le dice con los labios Amanda Monk a Demetrius.

Cuando su mirada se fija en mí, se queda de inmediato completamente blanca.

Demetrius mueve la cabeza hacia ella.

—Taylor, ¿por qué no sigues tú?

Amanda, o Taylor, evita mirarme. Con voz forzada, recita:

—Me llamo Taylor, tengo diecisiete años, soy bulímica, he intentado suicidarme dos veces, las dos veces con pastillas. Me escondo con sonrisas y chismorreos. No soy nada feliz. Mi madre me obliga a venir aquí. El secretismo es vida.

Pronuncia la última frase mirándome y enseguida aparta la vista.

Los otros continúan y, cuando se ha completado el círculo, tengo claro que soy el único de los presentes que no ha intentado en serio matarse. Me hace sentir superior, aunque no debería ser así, y miro a mi alrededor pensando: «Cuando de verdad lo intente, no voy a fallar». Incluso Demetrius tiene su propia historia. Esta gente está aquí, intenta conseguir ayuda y está viva, al fin y al cabo.

Pero resulta desgarrador. Entre el carbón animal, los relatos sobre cortarse las venas y ahorcamientos, y la maliciosa Amanda Monk con su barbillita levantada, completamente desenmascarada y asustada, lo único que deseo es poner la cabeza sobre la mesa y dejar que llegue la Caída Larga. Deseo alejarme de estos chicos que no han hecho nada malo excepto nacer con un cerebro distinto y un cableado distinto, y pienso en los que no están aquí para comer galletas con carbón animal y compartir sus historias, en los que no salieron de ello y nunca tuvieron una oportunidad. Deseo alejarme del estigma que todos sienten por el simple hecho de padecer una enfermedad mental y no una enfermedad de los pulmones o de la sangre, por ejemplo. Deseo alejarme de las etiquetas. «Tengo trastorno obsesivo-compulsivo», «Estoy deprimido», «Mi afición es cortarme las venas», dicen, como si fueran las cosas que los definen. Hay un pobre desgraciado que sufre trastorno de déficit de atención con hiperactividad, trastorno obsesivo-compulsivo, trastorno límite de personalidad y, además de todo eso, un problema de ansiedad. Ni siquiera sé qué quiere decir todo esto. Soy el único que es, simplemente, Theodore Finch.

Una chica con una gruesa trenza negra y gafas dice:

—Mi hermana murió de leucemia y deberíais haber visto las flores y las muestras de compasión. —Levanta las muñecas y veo las cicatrices incluso desde el otro extremo de la mesa—. Pero cuando yo casi me muero, nadie envió flores, ni hubo comida especial. Fui egoísta y loca por querer desperdiciar mi vida cuando mi hermana perdió, sin quererlo, la suya.

Eso me hace pensar en Eleanor Markey, y entonces Demetrius habla sobre los fármacos que tenemos a nuestra disposición y que pueden sernos útiles, y todo el mundo da los nombres de los fármacos que están ayudándolos a superarlo. Un chico sentado a la otra punta de la mesa dice que lo único que aborrece es sentirse igual que todos los demás.

—No me malentendáis, prefiero estar aquí que muerto, pero a veces tengo la sensación de que todo lo que hacía de mí quien soy ha desaparecido.

Dejo de escuchar después de esto.

Terminada la sesión, Demetrius me pregunta qué me ha parecido y le digo que ha servido para abrirme los ojos, que ha sido todo muy esclarecedor y más cosas de este estilo para que se sienta bien por el trabajo que realiza. Luego salgo en persecución de Amanda, reconvertida en Taylor, y la localizo en el aparcamiento antes de que pueda escaparse.

—No voy a decir nada a nadie.

—Mejor que sea así. Lo digo muy en serio.

Me mira con intensidad; está sofocada.

—Si lo hago, siempre puedes decir que soy un friki. Te creerán. Pensarán que lo he dicho para echarte mierda encima. Además, me han expulsado, por si no lo recuerdas.

—Aparta la vista—. ¿Aún piensas en ello?

—Si no lo hiciera no estaría aquí. —Levanta la vista—. ¿Y tú? ¿De verdad ibas a saltar desde lo alto del campanario antes de que Violet te convenciera de no hacerlo?

—Sí y no.

—¿Por qué lo haces? ¿No te cansa que la gente hable constantemente de ti?

—¿Incluida tú?

Se queda callada.

—Lo hago porque me recuerda que estoy aquí, que sigo aquí y que tengo algo que decir.

Empieza a entrar en el coche y dice:

—Supongo que a partir de ahora sabrás que no eres el único friki.

Es lo más agradable que me ha dicho en toda su vida.

violet

18 de marzo

No tengo noticias de Finch desde hace un día, luego dos días, luego tres días. Cuando el miércoles llego a casa después de salir del instituto, está nevando. Las calles están cubiertas de blanco y he tenido que parar a limpiar a *Leroy* media docena de veces. Mi madre está en su despacho y le pregunto si me presta el coche.

Le cuesta un momento encontrar la voz necesaria para responderme.

—¿Adónde quieres ir?

—A casa de Shelby.

Shelby Padgett vive al otro lado de la ciudad. Me sorprende la facilidad con que me brotan las palabras de la boca. Me comporto como si el hecho de preguntarle si me deja el coche, cuando llevo un año sin conducir, no fuera nada excepcional, pero mi madre se ha quedado mirándome fijamente. Y sigue mirándome fijamente cuando me entrega las llaves y me acompaña hasta la puerta y me sigue por la acera. Y entonces veo que no solo me mira fijamente, sino que además está llorando.

—Lo siento —dice, secándose los ojos—. No estábamos

seguros... No sabíamos si algún día volveríamos a verte conducir. El accidente cambió muchas cosas y se llevó muchas otras. No es que conducir, dentro de la imagen global, sea tan importante, aunque es algo que a tu edad deberías hacer sin pensártelo dos veces, pero ve con cuidado...

Balbucea, pero se la ve feliz, lo que solo sirve para que me sienta peor por estar mintiéndole. La abrazo antes de subir al coche y sentarme al volante. Le digo adiós con la mano, sonrío, pongo el motor en marcha y digo en voz alta:

—Todo bien.

Arranco lentamente, sin dejar de decir adiós ni de sonreír, pero preguntándome qué demonios pienso que estoy haciendo.

Al principio me noto temblorosa, puesto que hace mucho tiempo que no conduzco y no estaba segura de ser capaz de volver a hacerlo. Avanzo a sacudidas porque no paro de tocar el freno. Pero entonces recuerdo a Eleanor a mi lado, cuando me dejó conducir hasta casa después de que me sacara el carnet. «Ahora ya puedes llevarme a cualquier sitio, hermanita. Serás mi chófer. Yo me sentaré atrás, me pondré cómoda y disfrutaré del paisaje.»

Vuelvo la cabeza hacia el asiento del acompañante y casi puedo verla, sonriéndome, sin siquiera mirar la carretera, como si no necesitara hacerlo porque confía en que yo sé lo que me hago sin su ayuda. La veo apoyada contra la puerta, las piernas recogidas y las rodillas bajo la barbilla, riendo de alguna cosa, o cantando al ritmo de la música. Casi puedo oírla.

Cuando llego al barrio de Finch, conduzco ya sin contratiempos, como si llevara años haciéndolo. Me abre la puerta una mujer, que debe de ser su madre porque tiene los ojos del mismo color azul cielo que los de Finch. Resulta extraño pensar que, después de todo este tiempo, no la conozco hasta ahora.

Le tiendo la mano y digo:

—Soy Violet. Encantada de conocerla. Vengo a ver a Finch. —Se me ocurre que es posible que no haya oído hablar de mí, de manera que añado—: Violet Markey.

Me estrecha la mano y dice:

—Por supuesto. Violet. Sí. Debería haber vuelto ya del instituto. —«No sabe que está expulsado.» Va vestida con traje de chaqueta y medias, pero va descalza. Tiene una belleza descolorida, gastada—. Pasa. Justo acabo de llegar a casa.

Su bolso está encima de la mesa del desayuno junto con las llaves del coche, los zapatos descansan en el suelo. Oigo la televisión en otra habitación y la señora Finch grita:

—¿Decca?

Al momento se oye un remoto «¿Qué?».

—Nada, solo para ver si estabas aquí.

La señora Finch sonríe y me ofrece algo de beber —agua, zumo, refresco— mientras ella se sirve una copa de vino de una botella ya abierta que saca de la nevera. Le digo que agua está bien y me pregunta si quiero hielo o no. Le digo que sin hielo, por mucho que la prefiera fría.

Entra Kate y saluda.

—Hola.

—Hola. Venía a ver a Finch.

Charlan conmigo como si todo fuera normal, como si Finch no hubiera sido expulsado, y Kate saca alguna cosa de la nevera y pone en marcha el horno, a temperatura alta. Le dice a su madre que se acuerde de prestar atención a la alarma del horno y se pone el abrigo.

—Seguramente está arriba. Puedes subir.

Llamo a la puerta de su habitación, pero no obtengo respuesta. Vuelvo a llamar.

—¿Finch? Soy yo.

Oigo algo que se mueve y, a continuación, se abre la puerta. Finch lleva pantalón de pijama, sin parte de arriba, y gafas. Su pelo se dispara en todas direcciones, y pienso: «Finch *el Gilipollas*». Me regala una sonrisa ladeada y dice:

—La única persona que quiero ver. Mi efecto gravitacional de Júpiter-Plutón.

Se aparta para dejarme pasar.

La habitación está completamente desnuda, ni siquiera están las sábanas de la cama. Parece una habitación de hospital de color azul vacía y a la espera de la llegada del próximo paciente. Veo dos cajas de tamaño mediano y de color marrón apiladas junto a la puerta.

El corazón me da un vuelco extraño.

—Parece como si... te mudaras.

—No, simplemente he hecho un poco de limpieza. Voy a dar algunas cosas a beneficencia.

—¿Te encuentras bien?

Me esfuerzo por no parecer la novia que le echa la culpa: «¿Por qué no pasas más tiempo conmigo? ¿Por qué no respondes a mis llamadas? ¿Acaso ya no te gusto?».

—Lo siento, Ultravioleta. Estoy aún en horas bajas. Lo cual, si lo piensas bien, es una expresión curiosa. Y que tiene su origen en el mar, puesto que decían que cuando había temporal, lo mejor era ponerse bajo cubierta hasta dejarlo pasar.

—Pero ¿te encuentras mejor?

—He estado un poco fastidiado, pero sí. —Sonríe y se pone una camiseta—. ¿Quieres ver mi fuerte?

—¿Es una pregunta con trampa?

—Todo hombre necesita un fuerte, Ultravioleta. Un lugar donde dejar correr la imaginación. Un espacio tipo «Prohibido pasar/No se permiten chicas».

—Si no se permiten chicas, ¿por qué me dejas verlo?

—Porque tú no eres una chica cualquiera.

Abre la puerta del vestidor y la verdad es que no está nada mal. Se ha construido una especie de cueva, con la guitarra, el ordenador y cuadernos de pentagramas, junto con bolígrafos y notas adhesivas. Veo mi fotografía clavada con una chincheta en la pared azul junto con una matrícula.

—Otros lo llamarían «oficina», pero a mí me gusta más «fuerte».

Me invita a tomar asiento sobre la colcha azul y nos sentamos el uno al lado del otro, los hombros rozándose, la espalda apoyada en la pared. Mueve la cabeza para señalar la pared de enfrente, y es entonces cuando veo las pegatinas, como en su Muro de ideas, solo que no hay tantas ni están tan apretujadas.

—He descubierto que pienso mejor aquí dentro. Ahí fuera a veces hay mucho jaleo, entre la música de Decca y los gritos de mi madre a mi padre por teléfono. Tienes suerte de vivir en una casa sin gritos. —Escribe «Casa sin gritos» y lo pega a la pared. Me pasa un bolígrafo y un taco de notas adhesivas—. ¿Quieres probarlo?

—¿Cualquier cosa?

—Lo que sea. Los pensamientos positivos van a la pared, los negativos al suelo, allí. —Señala un montón de papeles arrugados—. Es importante anotarlos, aunque no es necesario exponerlos una vez ya lo has hecho. Las palabras pueden llegar a convertirse en verdaderas acosadoras. ¿Te acuerdas de Paula Cleary? —Niego con la cabeza—. Era una chica de quince años cuando llegó a

Estados Unidos procedente de Irlanda y se puso a salir con un idiota que gustaba a todas las chicas. Enseguida empezaron a llamarla guarra, puta y otras cosas mucho peores, y no la dejaron en paz hasta que se ahorcó en el hueco de una escalera.

Escribo «Acosador» y se lo paso a Finch, que rasga el papel en mil pedazos y lo tira al montón. Escribo «Chicas malas» y lo hago pedazos. Escribo «Accidentes», «Invierno», «Hielo», «Puente» y los hago pedazos hasta convertirlos en polvo.

Finch escribe algo y lo pega a la pared: «Bienvenido». Escribe algo más: «Friki». Me lo enseña antes de destruirlo. Escribe «Pertenecer», que va a la pared, y «Etiqueta», que no va allí. «Calor», «Sábado», «Excursión», «Tú» y «Mejor amiga» van arriba, mientras que «Frío», «Domingo», «Quedarse quieto» y «Todos los demás» van al montón.

«Necesario», «Amado», «Comprendido» y «Perdonado» van a la pared, y luego escribo «Tú», «Finch», «Theodore», «Theo», «Theodore Finch» y los pego también.

Seguimos mucho rato con esto, y luego me enseña a componer una canción a partir de las palabras. Primero las coloca en un orden que casi tiene sentido. Coge la guitarra y extrae una melodía y así, sin más, empieza a cantar. Consigue incorporar todas las palabras, después yo aplaudo y él saluda solo con la parte superior del cuerpo, puesto que sigue sentado en el suelo, y digo:

—Tienes que anotarla. No la pierdas.

—Nunca anoto las canciones.

—¿Y qué son esos pentagramas?

—Ideas para canciones. Anotaciones sueltas. Cosas que se convertirán en canciones. Cosas que tal vez componga algún día o que empecé y no terminé porque no me llenaban lo suficiente. Cuando una canción acaba siéndolo, la llevas dentro de ti, en lo más profundo.

Escribe: «Yo, quiero, sexo, con, Ultravioleta, Marcada».

Yo escribo: «Tal vez», y él lo hace pedacitos de inmediato.

Y entonces escribo: «De acuerdo».

También lo rompe.

«¡Sí!»

Lo pega a la pared y me besa, su brazo envolviéndome por la cintura. Sin darme ni cuenta, estoy tendida en el suelo y él encima de mí, mirándome. Le arranco la camiseta. Siento su piel pegada a la mía, y me coloco sobre él, y durante un rato olvido que estamos en el suelo de un vestidor porque en lo único que soy capaz de pensar es en él, en nosotros, en él y yo, en Finch y Violet, en Violet y Finch, y todo vuelve a estar bien.

Después me quedo mirando el techo, y cuando lo miro a él, tiene esa expresión extraña.

—¿Finch? —Mira fijamente algún punto por encima de nosotros. Lo aguijoneo en las costillas—. ¡Finch!

Me mira por fin y dice:

—Hola.

Lo dice como si acabara de recordar que estoy aquí. Se sienta, se frota la cara con las manos y coge una nota adhesiva. Escribe «Relájate». Luego, «Respira hondo». Luego, «Violet es vida».

Lo pega todo a la pared y coge de nuevo la guitarra. Recuesto la cabeza contra la suya cuando se pone a tocar, obligándolo a cambiar un poco los acordes, pero no puedo quitarme de encima la sensación de que ha pasado alguna cosa, de que se ha marchado durante un minuto y solo ha regresado una parte de él.

—¿No le contarás a nadie lo de mi fuerte, verdad, Violet?

—¿Igual que tú no le has contado a tu familia que te han expulsado?

Escribe «Culpable» y lo sostiene en alto antes de hacerlo pedacitos.

—De acuerdo.

Escribo entonces «Confianza», «Promesa», «Secreto», «Seguro» y lo pego a la pared.

—Aaaah, ahora tengo que volver a empezar.

Cierra los ojos y vuelve a tocar la canción, sumándole esas palabras. La segunda vez suena triste, como si hubiera cambiado a un tono menor.

—Me gusta tu fuerte secreto, Theodore Finch.

Esta vez reposo la cabeza en su hombro y miro las palabras que hemos escrito y la canción que hemos creado. Luego miro otra vez la matrícula. Tengo la extraña sensación de acercarme más a él, como si pudiera escapárseme. Poso la mano en su pierna.

Transcurrido un minuto, dice:

—A veces me pongo así, con estos estados de ánimo, y no puedo evitarlo. —Sigue tocando la guitarra, sin dejar de sonreír, pero su tono de voz se ha vuelto serio—. Estados de ánimo negros, bajos. Me imagino cómo debe de ser estar en el ojo de un tornado, en calma y cegador a la vez. Los odio.

Entrelazo los dedos con los de él y tiene que dejar de tocar.

—Yo también me pongo malhumorada a veces. Es normal. Es lo que toca. Me refiero a que somos adolescentes.

Y como para demostrarlo, escribo «Mal humor» y lo hago pedazos.

—Cuando era pequeño, más pequeño de lo que ahora

es Decca, teníamos un cardenal en el jardín que no paraba de darse golpes contra el cristal de la puerta de casa, una y otra vez, hasta que acabó matándose. Siempre pensaba que estaba muerto, pero se levantaba y alzaba el vuelo de nuevo. La hembra lo observaba desde uno de los árboles del jardín y siempre pensé que era su esposa. Les supliqué a mis padres que impidieran que se diera más golpes contra los cristales. Quería que lo dejasen entrar para que viviera con nosotros. Kate llamó a la Audubon Society y el responsable le dijo que, a su entender, el cardenal estaba simplemente intentando regresar a su árbol, el que debía de haber allí antes de que llegáramos nosotros, lo taláramos y construyéramos la casa encima.

Me cuenta lo del día que murió el cardenal, cuando encontró el cuerpo en el porche de atrás, cuando lo enterró en un nido de barro. «No había nada que pudiera haberlo hecho durar más tiempo», les dijo después Finch a sus padres. Siempre les echó la culpa porque sabía que podrían haber hecho que el cardenal viviera más tiempo si lo hubieran dejado entrar en casa, como él les había pedido.

—Fue mi primer estado de ánimo negro, negrísimo. No recuerdo muy bien qué pasó después, o que pasó durante un tiempo.

La sensación de preocupación reaparece.

—¿Lo has hablado alguna vez con alguien? ¿Lo saben tus padres, o Kate, o tal vez algún psicólogo...?

—Mis padres, no. Kate, la verdad es que tampoco. He estado hablando con un psicólogo del instituto.

Miro a mi alrededor, el interior del vestidor, la colcha donde estamos sentados, la jarra de agua, las barritas energéticas, y es entonces cuando caigo.

—¿Estás viviendo aquí, Finch?

—Ya lo he hecho otras veces. Al final, funciona. Me despierto una mañana y me apetece salir. —Me sonríe, pero la sonrisa me parece vacía—. Yo te guardaré el secreto, pero tú guarda el mío.

Cuando llego a casa, abro la puerta de mi vestidor y entro. Es más grande que el de Finch, pero está lleno a rebosar de ropa, zapatos, bolsos, chaquetas. Intento imaginar cómo sería vivir aquí y sentir que no puedo salir. Me tumbo y miro al techo. El suelo está duro y frío. Escribo mentalmente: «Había un chico que vivía en un vestidor...». Pero no llego a más.

No sufro claustrofobia, pero cuando abro la puerta y vuelvo a mi habitación, tengo la sensación de poder respirar de nuevo.

A la hora de la cena, mi madre dice:

—¿Te lo has pasado bien con Shelby? —Mira a mi padre enarcando una ceja—. Al salir del instituto, Violet ha ido en coche a casa de Shelby. Ha conducido.

Mi padre levanta el vaso y lo hace chocar contra el mío.

—Me siento orgulloso de ti, V. Tal vez haya llegado la hora de que empecemos a hablar de que tengas tu propio coche.

Están tan emocionados que me siento más culpable, si cabe, por haberles mentido. Me pregunto qué harían si les dijera dónde he estado en realidad: acostándome con un chico con el que no quieren ni verme en el vestidor donde ha decidido vivir.

finch

Día 75

«La cadencia del sufrimiento ha empezado.»
Cesare Pavese

Estoy

hecho

trizas.

violet

Dos días después

A la salida de clase de geografía, Amanda le dice a Roamer que se adelante y que ya se reunirá con él más tarde. No he cruzado una palabra con él desde que expulsaron a Finch.

—Tengo que contarte una cosa —me dice.

—¿Qué?

Tampoco he hablado mucho con ella.

—Pero no puedes contárselo a nadie.

—Amanda, voy a llegar tarde a clase.

—Antes que nada, promételo.

—De acuerdo, te lo prometo.

Habla tan bajito que casi ni la oigo.

—Vi a Finch en un grupo al que acudo. Llevo un tiempo yendo, aunque en realidad no lo necesito, pero mi madre... digamos que me obliga a ir.

Suspira.

—¿Qué grupo?

—Se llama Vida es Vida. Es... es un grupo de apoyo para adolescentes que han pensado en el suicidio o lo han intentado.

313

—¿Y viste a Finch allí? ¿Cuándo?

—El domingo. Dijo que estaba allí porque se había metido un buen puñado de pastillas y tuvo que ir al hospital. Pensaba que lo sabías.

violet

Llamo a la puerta de su habitación, pero no obtengo respuesta. Vuelvo a llamar.

—¿Finch?

Llamo otra vez, y otra, hasta que al final oigo movimiento, el golpe de alguna cosa que se cae, un «Me cago en la...» y se abre la puerta. Finch va vestido con traje. Se ha cortado el pelo, prácticamente al uno, y entre eso y la barba de varios días tiene un aspecto distinto, se lo ve más mayor y, sí, está más bueno.

Me ofrece una sonrisa ladeada y dice:

—Ultravioleta. La única persona a la que deseo ver.

Se aparta para que pueda entrar.

La habitación sigue desnuda como la de un hospital, y me vengo un poco abajo ya que, por lo visto, ha estado en un hospital y no me lo ha dicho. Y tanto azul, no sé por qué, me produce sensación de ahogo.

—Tengo que hablar contigo —digo.

Finch me da un beso de bienvenida y veo que tiene los ojos más brillantes que la otra noche, o tal vez sea porque no lleva gafas. Cada vez que cambia cuesta acostumbrarse. Vuelve a besarme y se apoya contra la puerta adoptando una postura sexy, como si supiera lo guapo que está.

—Vayamos por partes. Ante todo tengo que saber qué opinas sobre los viajes espaciales y sobre la comida china.

—¿En ese orden?

—No necesariamente.

—Opino que son interesantes y que es realmente estupenda.

—Bien. Descálzate.

Me descalzo y desciendo cuatro o cinco centímetros.

—Ropa fuera, enana.

Le doy un manotazo.

—Luego, vale, pero no se me olvidará. De acuerdo. Ahora cierra los ojos, por favor.

Cierro los ojos. Reflexiono sobre la mejor manera de sacar a relucir Vida es Vida. Pero vuelve a ser tan él, por mucho que su aspecto sea distinto, que me digo que cuando vuelva a abrir los ojos las paredes de la habitación volverán a ser rojas, los muebles habrán regresado a su lugar y la cama estará hecha porque Finch duerme de nuevo en ella.

Oigo que abre la puerta del vestidor y tira un poco de mí.

—Mantenlos cerrados.

Extiendo los brazos por instinto, pero Finch me los hace bajar. Suena Slow Club, un grupo que me gusta, valiente, agridulce, poco convencional. Como Finch, pienso. Como nosotros.

Me ayuda a sentarme y noto que estoy sobre un montón de cojines. Escucho y percibo que se mueve a mi alrededor después de cerrar la puerta, luego noto sus rodillas presionando las mías. Vuelvo a tener diez años, vuelvo a la época en que construía fuertes.

—Ábrelos.

Los abro.

Y estoy en el espacio, todo reluce como en Ciudad Esmeralda. Hay planetas y estrellas pintados en paredes y techo. Las notas adhesivas siguen en la pared. La colcha azul está a nuestros pies y es como si el suelo brillara. Veo platos, cubiertos y servilletas junto a recipientes con comida. Una botella de vodka en un cubo con hielo.

—Por si no te has dado cuenta —dice Finch, levantando una mano hacia el cielo—, Júpiter y Plutón están perfectamente alineados en relación con la Tierra. Es la cámara del efecto gravitacional de Júpiter-Plutón. Donde todo flota indefinidamente.

Lo único que sale de mi boca es «Oh, Dios mío». Me ha tenido tan preocupada, el chico al que amo, tan preocupada que no lo he sabido hasta este momento, contemplando el sistema solar. Es la cosa más encantadora que alguien ha hecho en toda mi vida por mí. Es tan encantador que parece de película. Es tan épico y tan frágil que deseo que la noche dure eternamente, y saber que eso es imposible me entristece.

La comida es de Familia Feliz. No le pregunto cómo la ha conseguido, si ha ido en coche a buscarla o le ha pedido a Kate que la fuera a buscar, pero me digo que habrá sido él quien ha ido hasta allí porque no tiene por qué quedarse siempre encerrado en el vestidor si no quiere.

Abre el vodka y nos pasamos la botella. Sabe seco y amargo, como hojas de otoño. Me gusta el calor que produce en la nariz y la garganta.

—¿De dónde has sacado esto? —pregunto, botella en mano.

—Tengo mis sistemas.

—Es perfecto. No solo esto, sino todo. Pero es tu cumpleaños, no el mío. Soy yo la que tendría que haber preparado algo así para ti.

Me besa.

Lo beso.

El ambiente está lleno a rebosar de cosas que no decimos y me pregunto si él también lo percibe. Se lo ve tan cómodo y tan Finch que me digo que será mejor dejarlo correr, mejor no pensar tanto. A lo mejor Amanda se equivoca. A lo mejor solo me ha contado lo de ese grupo para fastidiarme. A lo mejor se lo ha inventado todo.

Finch sirve la comida y, mientras comemos, hablamos de todo excepto de cómo se siente. Le explico lo que se ha perdido de geografía y hablamos sobre los lugares que nos quedan por recorrer. Le doy mi regalo de cumpleaños, una primera edición de *Las olas* que encontré en una pequeña librería de Nueva York. Le he escrito una dedicatoria: «Haces que me sienta oro, flotando. Te quiero. Ultravioleta Marcada».

—Es el libro que estuve buscando en Bookmarks, en el parque de la biblioteca móvil. Siempre que entro en una tienda —dice.

Me besa.

Lo beso.

Noto que las preocupaciones se esfuman. Me siento relajada y feliz, más feliz que en bastante tiempo. Vivo el momento. Estoy aquí.

Cuando terminamos de comer, Finch se quita la chaqueta y nos tumbamos en el suelo, uno junto al otro. Mientras examina el libro y me lee algunos párrafos en voz alta, yo sigo mirando el cielo. Al final, deja descansar el libro sobre su pecho y dice:

—¿Te acuerdas de sir Patrick Moore?

—Sí, el astrónomo británico que tenía un programa en televisión. —Levanto los brazos hacia el techo—. El hombre a quien tenemos que agradecer el efecto gravitacional de Júpiter-Plutón.

—Desde un punto de vista técnico, tenemos que agradecérnoslo a nosotros, pero sí, ese. Pues resulta que en uno de sus programas explicó el concepto de un gigantesco agujero negro que hay en el centro de nuestra galaxia. Comprenderlo es complicado. Él fue la primera persona que explicó la existencia de un agujero negro de tal modo que una persona normal y corriente pudiera llegar a entenderlo. Lo explicó de tal manera que incluso Roamer conseguiría captarlo.

Me sonríe. Le sonrío.

—Mierda —dice—, ¿por dónde iba?

—Por sir Patrick Moore.

—Eso es. Sir Patrick Moore mandó dibujar un mapa de la Vía Láctea en el suelo del estudio de televisión. Con las cámaras siguiéndolo, fue acercándose poco a poco al centro del dibujo mientras iba explicando la teoría general de la relatividad de Einstein y ofreciendo algunos hechos: los agujeros negros son los vestigios de antiguas estrellas; son tan densos que ni siquiera la luz puede escapar de su interior; acechan en el interior de todas las galaxias; son la fuerza más destructiva del cosmos; cuando un agujero negro atraviesa el espacio, engulle todo lo que tiene a su alrededor, estrellas, cometas, planetas. Y cuando digo todo, quiero decir todo. Cuando, los planetas, la luz, las estrellas, lo que sea, superan ese punto de no retorno, tenemos lo que se conoce como el horizonte de sucesos, el punto del que ya es imposible escapar.

—Es un poco como un agujero azul.

—Sí, supongo que sí. De modo que, mientras iba explicando todo esto, sir Patrick Moore realizó la mayor proeza nunca vista: se colocó en el corazón del agujero negro y desapareció.

—Efectos especiales.

—No. Fue la rehostia. El cámara y todos los demás presentes en el estudio dicen que desapareció.

Me coge la mano.

—¿Y cómo?

—Magia.

Me sonríe.

Le sonrío.

—Ser absorbido por un agujero negro —dice— debe de ser la forma más fantástica de morir. Aunque nadie ha tenido todavía esa experiencia y los científicos no logran ponerse de acuerdo en si te pasarías semanas flotando más allá del horizonte de sucesos hasta quedar hecho pedazos o si te sumergirías en una especie de torbellino de partículas y te quemarías vivo. Me gusta pensar en lo que sentiríamos si fuéramos absorbidos, así de pronto. De repente, nada de todo esto tendría importancia. Se acabarían las preocupaciones sobre de dónde venimos o qué será de nosotros, o sobre si volveremos a decepcionar alguna vez a otra persona. Todo eso... desaparecería.

—Y no quedaría nada.

—Tal vez. O tal vez hubiera un nuevo mundo, un mundo que ni siquiera podemos imaginarnos.

Noto el encaje de su mano, caliente y firme, en la mía. Por mucho que él vaya cambiando, eso no lo hace nunca.

—Eres el mejor amigo que he tenido nunca, Theodore Finch.

Y lo es de una forma distinta a como lo era Eleanor. Tal vez incluso más.

Y de pronto, rompo a llorar. Me siento como una idiota porque odio llorar, pero no puedo evitarlo. Todas mis preocupaciones salen a flote y se derraman por el suelo del vestidor.

Finch se vuelve y me acuna.

—Tranquila. ¿Qué pasa?

—Amanda me lo ha contado.

—¿Que te ha contado qué?

—Lo del hospital y las pastillas. Lo de Vida es Vida.

No me suelta, pero su cuerpo se pone rígido.

—¿Te lo ha contado?

—Estoy preocupada por ti, y quiero que estés bien, pero no sé qué hacer para ayudarte.

—No necesitas hacer nada.

Entonces me suelta. Se aparta, se sienta y mira la pared.

—Pero tengo que hacer algo porque es posible que necesites ayuda. No conozco a nadie que se meta en el vestidor y se instale allí. Necesitas hablar con tu psicólogo, o a lo mejor con Kate. Puedes hablar con mis padres si quieres.

—Sí, esto no está sucediendo.

Sus dientes y sus ojos destellan bajo la luz ultravioleta.

—Estoy intentando ayudarte.

—Yo no necesito ayuda. Yo no soy Eleanor. Solo porque no pudiste salvarla no tienes por qué intentar salvarme a mí.

Empiezo a enfadarme.

—Eso no es justo.

—Solo quería decir que estoy bien.

—¿De verdad?

Levanto las manos para abarcar el vestidor.

Me mira con aquella sonrisa rígida, atroz.

—¿Sabes?, daría cualquier cosa por ser tú durante un día. Viviría y viviría y jamás me preocuparía y estaría agradecido por tener lo que tengo.

—¿Porque no tengo nada de qué preocuparme? —Se limita a mirarme—. Porque ¿de qué tendría que preocuparse Violet? Al fin y al cabo, la que murió fue Eleanor. Violet sigue aquí. Se libró. Y es afortunada porque tiene toda una vida por delante. Violet la afortunada.

—Escucha, durante una gran parte de mi vida me he visto etiquetado. Soy el friki. Soy el bicho raro. Soy el problemático. Inicio peleas. Decepciono a la gente. No hagas enfadar a Finch, hagas lo que hagas. Oh, ahí va ese de nuevo, con uno de sus raros estados de humor. Finch *el Melancólico*. Finch *el Cabreado*. Finch *el Impredecible*. Finch *el Loco*. Pero yo no soy una compilación de síntomas. No soy la víctima de unos padres de mierda y de una combinación química de más mierda si cabe. No soy un problema. No soy un diagnóstico. No soy una enfermedad. No soy alguien a quien haya que rescatar. Soy una persona. —Esboza de nuevo esa sonrisa atroz—. Apuesto lo que quieras a que ahora sientes mucho haberte encaramado a aquella dichosa cornisa aquel dichoso día.

—No hagas esto. No seas así.

La sonrisa desaparece de pronto.

—No puedo evitarlo. Soy lo que soy. Ya te avisé de que esto pasaría. —Su voz se vuelve fría en lugar de enojada, y eso es peor, puesto que es como si hubiese dejado de tener sentimientos—. ¿Sabes?, en estos momentos el vestidor se me queda pequeño, es como si no hubiera tanto espacio como creía.

Me levanto.

—Pues resulta que en eso sí que puedo ayudarte.

Y cierro de un portazo sabiendo perfectamente bien que no puede seguirme, aunque a pesar de ello me digo: «Si de verdad me quiere, encontrará la manera».

Después de cenar, y antes de lavar los platos, les digo a mis padres:

—Necesito explicaros una cosa. —Mi madre vuelve a sentarse, puesto que por mi voz adivina que no será nada bueno—. El primer día de clase subí a la cornisa del campanario del instituto. Fue allí donde conocí a Finch. Él también estaba allá arriba y fue quien me convenció de que bajara, porque cuando me di cuenta de dónde estaba, me asusté tanto que no podía ni moverme. Podría haber caído de no haber estado él allí. Pero no caí, y fue gracias a él. Ahora es él el que está en esa cornisa. Aunque no literalmente hablando —le digo a mi padre antes de que salte a coger el teléfono—. Y tenemos que ayudarlo.

—¿De modo que has seguido viéndolo? —dice mi madre.

—Sí. Y lo siento, y sé que estáis enfadados y decepcionados, pero lo quiero. Y me salvó. Luego ya me diréis lo descontentos que estáis de mí y lo mucho que os he decepcionado, pero en estos momentos necesito hacer todo lo posible para asegurarme de que sigue bien.

Se lo cuento todo, y después mi madre llama por teléfono a la madre de Finch. Le deja un mensaje y, cuando cuelga, dice:

—Tu padre y yo ya pensaremos qué hacer. En la universidad hay un psiquiatra, un amigo de tu padre. Está hablando con él ahora. Sí, estamos decepcionados contigo, pero me alegro de que nos lo hayas contado. Has hecho lo correcto contándonoslo.

Sigo despierta en mi habitación durante al menos una hora, tan inquieta que no puedo conciliar el sueño. Cuando me adormilo, me muevo sin cesar de un lado para otro y mis sueños son una mezcolanza de infelicidad. Acabo despertándome. Me doy la vuelta y vuelvo a dormirme, y en sueños lo oigo, el sonido débil y remoto de las piedrecillas golpeando la ventana.

No salgo de la cama porque hace frío y estoy medio dormida y, de todos modos, el sonido no es real. «Ahora no, Finch —digo en sueños—. Vete.»

Y entonces me despierto de golpe y pienso si es posible que haya sido de verdad. Si es posible que haya salido del vestidor, haya cogido el coche y haya venido a verme. Pero cuando miro por la ventana, la calle está vacía.

Paso el día con mis padres, mirando obsesivamente Facebook para ver si aparece un mensaje en los momentos en que no finjo estar concentrada en los deberes y en *Germ*. Todas las chicas han respondido a mis propuestas de colaboración: «sí, sí, sí». Sus mensajes continúan en mi bandeja de entrada sin que los haya respondido.

Mi madre llama cada poco rato a la señora Finch para

ver si consigue localizarla. A mediodía, cuando seguimos sin tener noticias de ella, mi madre y mi padre se personan en casa de Finch. Parece que no hay nadie y se ven obligados a dejar una nota. El psiquiatra tiene (por algún motivo) mejor suerte que ellos. Consigue hablar con Decca, que deja al médico a la espera mientras va a ver si Finch está en su habitación o en el vestidor, pero dice que no. Me pregunto si se habrá escondido en alguna parte. Le envío un mensaje de texto diciéndole que lo siento. A medianoche aún no me ha respondido.

El lunes me tropiezo con Ryan por los pasillos y me acompaña a clase de literatura rusa.

—¿Has tenido ya noticias de las universidades? —quiere saber.

—Solo de un par.

—¿Y Finch? ¿Crees que acabareis estudiando en la misma?

Intenta ser amable, pero hay algo más, tal vez la esperanza de que le diga que no, que Finch y yo hemos roto.

—No sé muy bien qué piensa hacer. No creo que ni él lo sepa.

Asiente y se cambia los libros de mano, de modo que la mano libre queda ahora colgando junto a la mía. Noto de vez en cuando el roce de su piel. A cada paso que damos, unas cinco personas lo saludan o le preguntan qué tal va todo. Después de mirarlo a él, me miran a mí, y me pregunto qué deben ver.

—Eli Cross va a montar una fiesta. Deberías venir conmigo.

Me pregunto ahora si recuerda que Eleanor y yo sufrimos el accidente a la salida de una fiesta de su hermano. Luego, por un momento, me pregunto cómo me sentiría si estuviese de nuevo con él, si sería capaz de volver con alguien como el bueno y estable Ryan después de haber estado con Theodore Finch. Nadie, nunca, llamaría friki a Ryan Cross, ni diría cosas feas de él a sus espaldas. Siempre va vestido correctamente, habla correctamente e irá a la universidad correcta cuando todo esto haya acabado.

Finch no está en el aula de geografía, naturalmente, puesto que lo han expulsado del instituto. No puedo concentrarme en lo que dice el señor Black. Charlie y Brenda llevan un par de días sin tener noticias de Finch, pero no parecen preocupados porque dicen que él es así, que son cosas que suele hacer, que siempre ha sido así.

El señor Black nos pide, uno a uno, fila a fila, un informe sobre el estado del trabajo que nos encargó. Cuando me llega el turno, le digo:

—Finch no está.

—Lo sé muy bien... no está aquí y no... volverá al instituto. ¿Cómo lleva usted... el trabajo..., señorita Markey?

Pienso en todas las cosas que podría decir: «Theodore Finch está viviendo en el vestidor de su habitación. Creo que le pasa algo grave. Últimamente no hemos podido ir de excursión, y aún nos quedan cuatro o cinco lugares pendientes de todos los que señalamos en el mapa».

Pero digo:

—Estamos aprendiendo muchas cosas sobre nuestro

estado. No conocía mucho Indiana antes de empezar el trabajo, pero ahora lo conozco muy bien.

El señor Black parece contentarse con mi respuesta y pasa al siguiente. Por debajo de la mesa, aprovecho para enviarle un mensaje a Finch: «Por favor, dime que estás bien».

El martes sigo sin tener noticias y voy en bicicleta hasta su casa. Esta vez me abre la puerta una niña. Lleva el cabello oscuro cortado a lo chico y comparte el azul de los ojos con Finch y Kate.

—Debes de ser Decca —digo, empleando ese tono de persona adulta que tanto odio.

—¿Y tú quién eres?

—Violet. Soy amiga de tu hermano. ¿Está en casa?

Abre del todo la puerta y se aparta para dejarme entrar.

Subo a la planta de arriba, paso por delante de la pared con fotografías de los Finch y llamo, pero no espero respuesta. Abro la puerta, entro y enseguida lo noto. No hay nadie. Y no es solo que la habitación esté vacía, sino que el ambiente está impregnado por una calma extraña y letal, como si el cuarto fuera un cascarón vacío abandonado por un animal.

—¿Finch?

El corazón empieza a latirme con fuerza. Llamo a la puerta del vestidor, entro y no está. La colcha ha desaparecido, junto con la guitarra y el amplificador, los cuadernos con pentagramas impresos, los tacos de notas adhesivas en blanco, la jarra de agua, el ordenador portátil, el libro que le regalé, la matrícula y mi fotografía. Las palabras que escribimos en las paredes, los planetas y las estrellas siguen aquí, pero están muertos, inmóviles, y ya no destellan.

No puedo hacer más que dar vueltas sobre mí misma, buscando alguna cosa, cualquier detalle que pueda haber dejado para darme una pista de adónde ha ido. Cojo el teléfono y lo llamo, pero salta directamente el contestador. «Finch, soy yo. Estoy en el vestidor, pero no estás. Llámame, por favor. Estoy preocupada. Lo siento. Te quiero. Pero no siento lo de quererte, de esto jamás me arrepentiría.»

Empiezo a abrir cajones en la habitación. Empiezo a abrir armarios en el cuarto de baño. Ha dejado algunas cosas, pero no sé si esto significa que va a volver o si son solo cosas que ya no quiere.

Salgo al pasillo, paso por delante de las fotografías del colegio, sus ojos me siguen mientras bajo la escalera a tal velocidad que casi me caigo. El corazón me late con tanta fuerza que no oigo nada excepto su retumbar, que me llena los oídos. Decca está mirando la tele en el salón.

—¿Está tu mamá en casa? —le pregunto.

—No ha llegado todavía.

—¿Sabes si ha escuchado los mensajes que le dejó mi madre?

—No mira mucho el contestador. Seguramente los habrá escuchado Kate.

—¿Está Kate?

—No ha llegado todavía. ¿Has encontrado a Theo?

—No. No está.

—A veces lo hace.

—¿Lo de irse?

—Volverá. Siempre vuelve.

«Es lo suyo. Son cosas que hace.»

Me gustaría preguntarles a ella, a Charlie y a Brenda, a Kate y a su madre: «¿Acaso a nadie le importa por qué viene y va de esta manera? ¿Os habéis parado alguna vez a pensar que tal vez sea porque algo va mal?».

Entro en la cocina, donde inspecciono la nevera por si acaso ha dejado por allí alguna nota, puesto que son lugares donde nadie dejaría una nota, y luego abro la puerta del garaje, que está vacío. El *Pequeño Cabrón* también ha desaparecido.

Me reúno de nuevo con Decca y le digo que me avise si tiene noticias de su hermano. Le doy mi número. En la calle, miro a ver si está su coche, pero tampoco está.

Cojo el teléfono. Salta de nuevo el contestador.

—Finch, ¿dónde estás?

Día 80
(un jod#@* récord del mundo)

En un poema titulado «Epílogo», Robert Lowell se preguntaba: «Pero ¿por qué no contar lo que ha ocurrido?».

Respondiendo a su pregunta, señor Lowell, le diré que no estoy del todo seguro. Y que es posible que nadie conozca la respuesta. Yo solo sé que me pregunto: «¿Cuál de mis sentimientos es el real?». «¿Cuál de mis distintos yos soy yo?» En toda mi vida solo ha habido un yo que me ha gustado de verdad, un yo que era bueno y que se mantuvo despierto todo el tiempo que pudo.

No pude evitar la muerte del cardenal, y me siento responsable. En cierto sentido, fui el responsable de su muerte —lo fuimos mi familia y yo—, porque la casa que se construyó donde estaba antes su árbol era la nuestra, un árbol al que intentaba constantemente volver. Aunque es posible que nadie hubiera podido evitarlo.

«Has sido en todos los sentidos todo lo que alguien puede ser. Si alguien hubiese podido salvarme, habrías sido tú.»

Antes de morir, Cesare Pavese, creyente del Gran Manifiesto, escribió: «Recordamos instantes, no días».

Recuerdo correr por una carretera y llegar a un vivero de flores.

Recuerdo su sonrisa y su risa cuando yo era mi mejor yo y ella me miraba como si fuera una persona sin nada malo y entera. Recuerdo cómo me miraba de la misma manera incluso cuando ya no lo era.

Recuerdo su mano en la mía, la sensación que me producía, como si fuera alguien y algo que me pertenecía.

violet

El resto del mes de marzo

El primer mensaje de texto me llega el viernes. «La verdad es que todos fueron días perfectos.»

En cuanto lo leo, llamo a Finch, pero ya ha desconectado el teléfono y salta el contestador. En vez de dejar un mensaje, le escribo: «Estamos todos muy preocupados. Estoy preocupada. Mi novio es una persona desaparecida. Llámame, por favor».

Horas más tarde, vuelvo a tener noticias de él: «No estoy desaparecido. Me has encontrado».

Escribo de inmediato: «¿Dónde estás?». Pero esta vez no responde.

Mi padre apenas me dirige la palabra, pero mi madre habla con la señora Finch, que le asegura que Finch se ha puesto en contacto con ella para decirle que está bien, que no se preocupe, y que le ha prometido llamarla cada semana, lo que implica que piensa estar fuera una buena temporada. Le dice que no hay necesidad de llamar a psiquiatras (pero que muchas gracias por preocuparse). Que no es necesario llamar a la policía. Al fin y al cabo, lo hace a veces. Por lo visto, mi novio no está desaparecido.

Pero sí que lo está.

—¿Ha dicho adónde ha ido?

Mientras se lo pregunto, veo de repente que mi madre parece muy preocupada y cansada, e intento imaginarme qué estaría pasando ahora de haber sido yo, y no Finch, quien hubiera desaparecido. Mis padres tendrían a todos los policías de cinco estados buscándome. Después de todo lo que han pasado, me cuesta creer que ahora esto esté haciéndolos sufrir.

—Si se lo ha dicho, no me lo ha comentado. No sé qué más podemos hacer. Si los padres ni siquiera están preocupados... la verdad... Imagino que debemos confiar en que Finch hable en serio y esté realmente bien.

Pero detrás de sus palabras oigo todo lo que no dice: «De tratarse de un hijo mío, ya habría salido a buscarlo para traerlo de vuelta a casa».

En el instituto, Brenda, Charlie y yo somos los únicos que parecemos darnos cuenta de que Finch no está. Al fin y al cabo, no es más que otro chico problemático que ha acabado expulsado. Los profesores y los compañeros ya se han olvidado de él.

Todo el mundo se comporta como si no hubiera pasado nada y todo fuera perfecto. Voy a clase y toco en un concierto de la orquesta. Celebro la primera reunión de *Germ* y somos veintidós, todo chicas, excepto el novio de Briana, Adam, y el hermano de Lizzy Meade, Max. Recibo noticias de dos universidades más: Stanford, un no, y UCLA, un sí. Cojo el teléfono para contárselo a Finch, pero tiene el buzón de voz lleno. No me tomo ni la molestia de enviarle un mensaje de texto. Siempre que le escribo tarda un montón en contestar y, cuando lo hace, nunca es para responder a lo que yo le digo.

Empiezo a estar cabreada.

Dos días más tarde, Finch escribe: «Estoy en la rama más alta».

La noche siguiente: «Nuestros nombres están pintados».

Días más tarde: «Creo en los carteles».

Al día siguiente: «El resplandor de Ultravioleta».

Diez días después: «Un lago. Una oración. Es tan encantador ser encantador en Privado».

Y luego, el más completo silencio.

violet

Abril

El 13 de abril, mis padres y yo vamos hasta el puente de la calle A y bajamos hasta el lecho seco del río que pasa por debajo para depositar unas flores en el lugar donde murió Eleanor. Clavada en el suelo veo una matrícula, un objeto que de pronto me resulta familiar, y a su alrededor hay un pequeño jardín donde alguien ha plantado flores. Finch.

De repente, estoy helada, y no solo por la humedad del ambiente. Ha pasado un año y, a pesar de que mis padres apenas dicen nada mientras permanecemos aquí, hemos sobrevivido.

De camino de vuelta a casa, me pregunto por las veces que Finch ha estado allí, cuándo encontró la matrícula, cuándo regresó. Espero a que mis padres me pregunten acerca del jardín o hablen sobre Eleanor, que mencionen precisamente hoy su nombre. Pero viendo que no lo hacen, digo:

—La idea de ir a ver a Boy Parade aprovechando las vacaciones de primavera fue idea mía. La verdad es que a Eleanor no la volvían loca, pero dijo: «Si quieres ver a Boy

Parade, vayamos a verlos de verdad. Sigámoslos por todo el estado». Era estupenda en este sentido, siempre iba un paso por delante de las cosas y las convertía en algo más grande y más excitante de lo que en realidad eran.

«Como todo el mundo que conozco.»

Me pongo a cantar mi canción favorita de Boy Parade, la que más me recuerda a mi hermana. Mi madre mira a mi padre, que tiene los ojos clavados en la carretera, y empieza también a cantar.

Ya en casa, me siento detrás de mi escritorio y reflexiono sobre la pregunta de mi madre: «¿Por qué te gustaría poner en marcha otra revista?».

Miro el corcho clavado en el muro. Las notas se extienden incluso por la pared y llegan hasta donde está el armario. Abro el cuaderno de excursiones y lo hojeo. Escribo: «Germen: nombre, principio u origen de una cosa material o moral; esbozo que da principio al desarrollo y crecimiento».

Lo leo y añado: «*Germ* es para todo aquel que...».

Lo tacho.

Vuelvo a intentarlo: «*Germ* pretende entretenerte, informarte y hacerte sentir seguro...».

Lo tacho también.

Pienso en Finch y en Amanda y miro la puerta del armario, donde aún pueden verse las marcas de las chinchetas que sujetaban el calendario. Pienso en aquellas X, negras y grandes, con las que tachaba cada día porque lo único que deseaba era ir dejándolos atrás.

Busco una hoja en blanco y escribo: «Revista *Germ*. Empiezas aquí». La arranco y la incorporo a la pared.

No tengo noticias de Finch desde marzo. Ya no estoy preocupada. Estoy enfadada. Enfadada con él por no decir ni palabra, enfadada conmigo misma porque abandonarme parece que es facilísimo y por no haber sido suficiente como para mantenerlo aquí. Hago las cosas que se hacen normalmente después de una ruptura: comer helado directamente del bote, escuchar música que insinúa que estoy mucho mejor sin él, elegir una nueva fotografía para mi perfil de Facebook. Por fin me crece el flequillo y empiezo a parecerme a mi antiguo yo, aunque veo que no me gusta mucho. Una noche, cojo todo lo que tengo de él, lo meto en una caja y lo guardo en el fondo del armario. Se acabó Ultravioleta Marcada. Vuelvo a ser Violet Markey.

Dondequiera que esté Finch, se ha ido con nuestro mapa. He comprado otro para poder terminar el trabajo, una tarea que tengo que hacer con independencia de que él esté aquí o no. En estos momentos solo dispongo de los recuerdos de los lugares. Nada que me sirva para enseñarlos, excepto un par de fotos y nuestro cuaderno. No sé cómo expresar todas las cosas que hemos visto y hecho juntos de un modo exhaustivo y que tenga sentido para todo el mundo, además de para mí. De hecho, todo lo que hicimos y fuimos, no tiene sentido ni siquiera para mí.

Le cojo prestado el coche a mi madre. No me pregunta adónde voy, pero cuando me da las llaves, dice:

—Llámame cuando llegues y cuando vayas a volver a casa.

Me dirijo a Crawfordsville, donde llevo a cabo un poco entusiasta intento de visitar las siete cárceles giratorias, pero me siento como una turista. Llamo a mi madre para decirle que estoy bien y después me pongo al volante. Es un sábado muy cálido. Brilla el sol. La sensación es casi de primavera y entonces recuerdo que, técnicamente, ya estamos en ella. Mientras voy conduciendo, controlo la aparición de cualquier monovolumen Saturn, y cada vez que diviso uno siento un nudo en el estómago, aunque me digo: «Se ha terminado. He acabado con él. Tengo que seguir adelante».

Recuerdo cuando me comentó lo que le gustaba de conducir: el movimiento, la propulsión, la sensación de que podrías ir a cualquier parte. Me imagino cuál sería su expresión si me viera ahora sentada al volante. «Ultravioleta —diría—, siempre supe que lo llevabas dentro.»

Cuando Ryan y Suze rompen, él me pide para salir. Le digo que sí, pero solo como amigos. Cenamos en Gaslight, uno de los restaurantes más elegantes de Bartlett.

Elijo de la carta y me esfuerzo por concentrarme en Ryan. Hablamos sobre nuestros planes en la universidad, sobre lo de cumplir dieciocho años (él los cumple este mes y yo en mayo), y aunque no es la conversación más emocionante de mi vida, es una cita normal y agradable con un chico normal y agradable, y eso ya es mucho en estos momentos. Pienso en cómo he etiquetado a Ryan igual que todo el mundo etiquetaba a Finch. De pronto me gusta su solidez y su sensación de permanencia, saber que lo que ves es lo que hay, y que siempre será y hará exactamente lo que esperas que sea y haga. Excepto en lo de robar, claro está.

Cuando me acompaña hasta la puerta de casa, le dejo que me bese, y cuando a la noche siguiente me llama, le respondo.

Unos días más tarde, Amanda se presenta en mi casa a

la salida del instituto para ver si me apetece ir a dar una vuelta con ella. Acabamos jugando al tenis en la calle, como hacíamos cuando me vine a vivir aquí, y después vamos caminando hasta Dairy Queen y pedimos unos helados Blizzard. Luego, por la noche, vamos al Quarry, solo Amanda y yo, y envío un mensaje a Brenda, Shelby, Lara y las tres Brianas y nos reunimos todas allí. Una hora más tarde se nos han sumado también Jordan Gripenwaldt y otras de las chicas de *Germ*. Bailamos hasta que es hora de volver a casa.

El fin de semana voy al cine con Brenda, y cuando me proponer venir a dormir a mi casa, me parece bien. Quiere hablar sobre Finch, pero le digo que estoy intentando olvidarlo. Tampoco tiene noticias de él, de modo que me deja tranquila, aunque no sin antes decir:

—Solo para que lo sepas, no tiene nada que ver contigo. Sea cual sea el motivo por el que se ha marchado, tiene que haber sido importante.

Nos quedamos despiertas hasta las cuatro de la mañana, trabajando en la revista, yo sentada al escritorio y Brenda tendida en el suelo boca arriba y con las piernas en alto apoyadas en la pared.

—Podríamos guiar a nuestras lectoras hacia la vida adulta como si fuéramos sherpas en el Everest —dice—. Explicarles la verdad sobre las tarjetas de crédito, la verdad sobre los préstamos universitarios, la verdad sobre el amor. —Suspira—. O, como mínimo, la verdad sobre qué hacer cuando los chicos son unos imbéciles redomados.

—¿Tú crees que nosotras sabemos qué hacer cuando nos encontramos en estas situaciones?

—En absoluto.

Tengo quince mensajes de correo de chicas del instituto

que quieren ser colaboradoras porque «Violet Markey, heroína del campanario y creadora de *HerSister* (el blog favorito de Gemma Sterling), ha puesto en marcha otra revista». Los leo en voz alta y Brenda dice:

—Esto es lo que se llama ser popular.

A mediados de abril, podría decirse que se ha convertido en mi mejor amiga.

violet

26 de abril

El domingo, hacia las diez y media de la mañana, Kate Finch se presenta en la puerta de casa. Parece que lleve semanas sin dormir. Cuando la invito a pasar, niega con la cabeza.

—¿Tienes idea de dónde podría estar Theo?

—No he tenido más noticias de él.

Empieza a asentir.

—Vale. —Asiente y vuelve a asentir—. Vale. Vale. Es solo que se ha ido poniendo en contacto cada sábado con mi madre o conmigo, bien por correo electrónico, bien dejando un mensaje en el contestador cuando no nos ha encontrado. Todos los sábados. Ayer no supimos nada de él, y esta mañana hemos recibido un mensaje de correo electrónico muy extraño.

Intento no ponerme celosa al descubrir que ha estado en contacto con ellas pero no conmigo. Al fin y al cabo, son su familia. Yo soy solo yo, la persona más importante de su vida, o al menos lo he sido durante un tiempo. Pero de acuerdo. Lo entiendo. Ha seguido adelante con su vida. También lo he hecho yo.

Me entrega una copia impresa del mensaje. Lo ha enviado a las 9.43 de la mañana.

«Recuerdo cuando fuimos a Indianápolis a comer a aquella pizzería, aquella que tiene un órgano en su interior. Kate debía de tener once años, yo diez, Decca era un bebé. Estaba mamá. También papá. Cuando el órgano empezó a sonar —tan fuerte que hasta las mesas temblaban—, empezó también el espectáculo con las luces. ¿Os acordáis? Eran como auroras boreales. Pero lo que más recuerdo es a todos vosotros. Éramos felices. Éramos buenos. Todos y cada uno de nosotros. Los momentos felices desaparecieron por un tiempo, pero regresan. Mamá, tener cuarenta años no significa ser vieja. Decca, a veces las palabras más feas esconden belleza; el secreto está en cómo las lees. Kate, cuida ese corazón y recuerda que eres mejor que muchos tíos. Eres una de las mejores. Todas lo sois.»

—He pensado que tal vez sabrías por qué ha escrito esto, o que tal vez hubieras tenido noticias.

—No, y no las he tenido. Lo siento.

Le devuelvo el papel y le prometo que se lo diré enseguida si, por obra de algún milagro, Finch decide ponerse en contacto conmigo, y entonces se va y yo cierro la puerta. Me apoyo en ella porque, no sé por qué motivo, necesito recuperar el aliento.

Aparece mi madre. Tiene el entrecejo fruncido.

—¿Te encuentras bien?

Estoy a punto de decirle que por supuesto que sí, que me encuentro estupendamente, pero me siento como si de un momento a otro fuera a doblarme por la mitad y la abrazo, reposo la cabeza en su hombro y dejo que su maternidad me envuelva durante unos minutos. Luego subo a mi habitación, pongo el ordenador en marcha y entro en Facebook.

Hay un mensaje nuevo, de las 9.47, cuatro minutos después de que enviara el correo a su familia.

«Las palabras están escritas en *Las olas*: "Si este azul estuviera ahí siempre; si este vacío se conservara siempre; si este momento durara siempre. Siento que brillo en la oscuridad. Estoy adornada. Estoy preparada. Es la pausa pasajera; el momento oscuro. Los violinistas ya han levantado sus arcos. Es mi llamada. Es mi mundo. Todo está decidido y presto. Tengo raíces, pero floto. 'Ven' digo, 'ven'".»

Escribo lo único que se me ocurre: «"Quédate", digo, "quédate"».

Miro cada cinco minutos, pero no responde. Lo vuelvo a llamar y el contestador sigue lleno. Cuelgo y llamo a Brenda. Responde como si estuviera pendiente de mi llamada.

—Hola, justo ahora iba a llamarte. He recibido un mensaje de correo electrónico de Finch de lo más extraño.

El de Brenda es de las 9.41 y dice simplemente: «Sin duda habrá un chico que te amará por ser quien eres. No te rindas».

El de Charlie lo ha enviado a las 9.45 y dice: «Paz, capullo».

Algo va mal.

Me digo que es solo la congoja por haberse marchado, por haber desaparecido sin despedirse.

Cojo el teléfono para llamar a Kate y entonces caigo en la cuenta de que no tengo el número, de modo que le digo a mi madre que enseguida vuelvo, cojo el coche y voy a casa de Finch.

Están Kate, Decca y la señora Finch. Cuando me ve, la

señora Finch rompe a llorar y, sin que pueda impedirlo, me abraza con fuerza y dice:

—Violet, nos alegramos mucho de que hayas venido. A lo mejor tú puedes solucionarlo. Ya le dije a Kate que tal vez tú sabrías dónde está.

Miro a Kate entre la mata de pelo de la señora Finch: «Ayúdame, por favor».

—Mamá —dice Kate, y la toca en el hombro una sola vez.

La señora Finch se aparta, se seca los ojos y se disculpa por haberse mostrado tan emotiva.

Le pregunto a Kate si puedo hablar con ella a solas. Cruzamos juntas las puertas de cristal que dan al jardín y enciende un cigarrillo. Me pregunto si será el mismo jardín donde Finch encontró el cardenal.

Me mira con mala cara.

—¿Qué pasa?

—Acaba de escribirme. Minutos después de que os enviara ese correo. Ha enviado también mensajes a Brenda Shank-Kravitz y Charlie Donahue.

No me apetece compartir con ella el contenido del mensaje, pero sé que debo hacerlo. Saco el teléfono, nos situamos bajo la sombra de un árbol y le enseño lo que me ha escrito.

—Ni siquiera sabía que tuviera cuenta en Facebook —dice, y se queda en silencio mientras lee. Cuando termina, me mira confusa—. ¿Y? ¿Qué quiere decir todo esto?

—Es de un libro que descubrimos juntos. De Virginia Woolf. Nos habíamos estado citando frases, pero es la primera vez que veo este párrafo en concreto.

—¿Tienes un ejemplar de ese libro? A lo mejor encontramos una pista en la parte que viene antes o después de esto.

—Lo he traído conmigo.

Lo saco del bolso. Ya he subrayado las palabras y le enseño de dónde las ha sacado Finch. Son frases sueltas de distintas páginas que ha ido eligiendo y uniendo a su manera. Como las canciones que compone a partir de ideas capturadas en notas adhesivas.

Kate se ha olvidado por completo del cigarrillo y la ceniza cuelga del mismo, larga como una uña.

—No logro entender lo que está haciendo esta gente —dice, señalando el libro—, y mucho menos cómo relacionarlo con el lugar donde quiera que se encuentre mi hermano. —De pronto se acuerda del cigarrillo y le da una buena calada. Sacando el humo, dice—: Tenía que ir a la NYU, ¿lo sabías?

—¿Quién?

—Theo. Presentó la solicitud durante el primer curso y lo aceptaron. Pero decidió quedarse por aquí un año más. Lo hicimos los dos. Él podría haberse graduado en el instituto el verano pasado, pero... —Tira el cigarrillo al suelo y lo aplasta con el zapato—. Se puso enfermo.

«NYU. Claro. Qué casualidad que ambos tuviéramos que ir allí y que ahora no vaya ni uno ni otro.»

—El verano pasado fue duro para él. También el invierno. Tiene cambios de humor y se deprime. Supongo que ya lo sabes. Es una característica de la familia Finch, como los ojos azules y los pies grandes.

—No lo sabía... nunca me contó lo de la universidad.

—Tampoco me lo contó a mí, ni a mi madre. Solo lo descubrimos cuando el verano pasado llamaron de la NYU para hablar con él y yo recibí el mensaje. —Se obliga a sonreír—. Vete a saber si ahora mismo está en Nueva York.

—¿Sabes si tu madre recibió los mensajes? ¿Los que le dejaron mi madre y el psiquiatra?

—Decca mencionó lo del médico, pero mi madre nunca mira el teléfono. Yo habría escuchado los mensajes, de haberlos habido.

—Pero no los había.

—No.

«Porque él los borró.»

Volvemos a entrar. La señora Finch está estirada en el sofá con los ojos cerrados, mientras que Decca está sentada en el suelo entretenida con unos trocitos de papel. No puedo evitar observarla, porque me recuerda mucho a Finch con sus notas adhesivas. Kate se da cuenta y dice:

—No me preguntes qué está haciendo. Supongo que otro de sus trabajos de clase de plástica.

—¿Te importa si echo un vistazo a su habitación aprovechando que estoy aquí?

—Sube tú misma. Lo hemos dejado todo igual, para cuando vuelva.

«Si es que vuelve.»

Subo, cierro la puerta de la habitación a mi espalda y me quedo un instante inmóvil. La habitación huele todavía a él, una combinación de jabón, tabaco y ese aroma amaderado y embriagador que es tan Theodore Finch. Abro las ventanas para que corra un poco el aire porque el ambiente está muy cargado, pero las cierro enseguida por miedo a que el olor a jabón, a tabaco y a Finch se evapore. Me pregunto si sus hermanas o su madre habrán entrado en la habitación desde que él se marchó. Parece como si nadie hubiera tocado nada, incluso los cajones están todavía abiertos, tal y como yo los dejé.

Vuelvo a inspeccionar la cajonera y el escritorio, después el cuarto de baño, pero no encuentro nada que me dé una pista. Suena el teléfono y doy un brinco. Es Ryan. Ignoro la llamada. Entro en el vestidor. Repaso las estanterías y la ropa que queda, la ropa que no se ha llevado. Descuelgo su camiseta negra y huelo a Finch. La guardo en el bolso. Me siento, cierro la puerta y digo en voz alta:

—De acuerdo, Finch. Ayúdame a salir de esta. Tienes que haber dejado alguna cosa por aquí.

Me dejo llevar por la presión que ejerce sobre mí la pequeñez y la estrechez del vestidor y pienso en el truco de sir Patrick Moore y el agujero negro, cuando desapareció en el estudio de televisión. Pienso que el vestidor de Finch es exactamente eso: un agujero negro. Entró en él y desapareció.

Observo entonces el techo. Estudio el cielo nocturno que dibujó, pero me parece simplemente un cielo nocturno, nada más. Observo nuestra pared repleta de notas adhesivas, las leo absolutamente todas hasta convencerme de que no hay nada nuevo, ninguna incorporación. En la pared más estrecha, la opuesta a la puerta, hay una estantería para zapatos que utilizaba para colgar la guitarra. Me incorporo, me doy la vuelta y examino la pared en la que he estado apoyándome. Aquí también hay notas pegadas en las que, por alguna razón, no me fijé la última vez.

Solo dos frases, las palabras escritas en distintas notas. En la primera se lee: «más, durar, nada, tiempo, hecho, que, no, había, pudiera, haberlo».

En la segunda: «agua, si, recibido, o, al, allí, bien, es».

Cojo la palabra «nada». Me siento con las piernas cruzadas y me encorvo, reflexiono sobre estas palabras. Me suenan, aunque no en este orden.

Despego de la pared todas las palabras de la primera línea y empiezo a combinarlas.

«Nada pudiera más haberlo hecho durar tiempo que no había.»

«Tiempo no había que pudiera hecho nada más haberlo durar.»

«No había nada que pudiera haberlo hecho durar más tiempo.»

Voy ahora a por la segunda. Despego «O» y la coloco en primer lugar. A continuación «al», y continúo hasta que formo la frase: «O al agua si allí es bien recibido».

Cuando vuelvo a bajar, solo están la señora Finch y Decca, que me dice que Kate ha salido a buscar a Theo y que no tiene ni idea de cuándo volverá. No me queda más remedio que hablar con la madre de Finch. Le pregunto si le importaría venir un momento. Sube la escalera como una persona mucho más mayor de lo que es y espero arriba a que llegue.

En el descansillo, duda un momento.

—¿Qué sucede, Violet? No creo que pueda ya con más sorpresas.

—Es una pista sobre dónde puede estar.

Me sigue hacia la habitación y se queda inmóvil, mirando a su alrededor como si estuviera viendo la estancia por primera vez.

—¿Cuándo fue que lo pintó todo de color azul?

En vez de responder, señalo el vestidor.

—Ahí dentro.

Entramos las dos y se tapa la boca al ver lo poco que hay, lo mucho que se ha llevado. Me agacho delante de la pared y le enseño las notas adhesivas.

—Esta primera frase. Es lo que dijo cuando murió el cardenal —dice.

—Creo que ha vuelto a uno de los lugares que visitamos en nuestras excursiones, uno de los lugares con agua.

—«Las palabras están escritas en *Las olas*», ponía en el mensaje de Facebook. Enviado a las 9.47 de la mañana. La misma hora de la patraña del efecto gravitacional de Júpiter-Plutón. El agua podría ser en la cantera Bloomington Empire, en los Siete Pilares, en el río que pasa por delante del instituto o en cien lugares más. La señora Finch observa la pared con la mirada perdida y es complicado saber si está escuchándome—. Puedo darle indicaciones y decirle dónde buscarlo. Podría haber ido a un par de lugares, pero creo saber muy bien dónde puede estar.

Entonces se vuelve hacia mí, me posa la mano en el brazo y me lo presiona con tanta fuerza que casi noto que me sale un morado.

—No me gusta nada tener que pedirte esto, pero ¿podrías ir tú? Yo estoy demasiado preocupada y..., y no creo que pudiera... Me refiero en caso de que hubiera pasado... o hubiera... —Rompe de nuevo a llorar, con auténtica desesperación, y estoy dispuesta a prometerle lo que sea con tal de que pare—. Lo único que te pido es que me lo devuelvas a casa.

No voy por ella, ni por su padre, ni por Kate, ni por Decca. Voy por mí. Tal vez porque de algún modo sé lo que voy a encontrarme. Y tal vez porque, sea lo que sea lo que encuentre, será por mi culpa. Al fin y al cabo, fue por mí que se vio obligado a abandonar el vestidor. Fui yo quien, hablando con mis padres y traicionando su confianza, lo empujó a salir de allí. Jamás lo habría hecho de no haber sido por mí. Además, me digo, Finch habría querido que fuese yo quien lo encontrase.

Recuerdo el camino a Prairieton sin necesidad de mirar el mapa. Llamo a mis padres y les digo que volveré a casa un poco más tarde, que tengo algo que hacer, y le cuelgo el teléfono a mi padre, dejándolo con la palabra en la boca cuando empieza a preguntarme algo. Subo al coche. Conduzco a más velocidad de la que es habitual en mí y estoy espeluznante y misteriosamente serena, como cualquier persona que pudiera estar dirigiéndose a Prairieton. No pongo música. Estoy concentrada en llegar a mi destino.

«Si este azul estuviera ahí siempre; si este vacío se conservara siempre.»

No había nada que pudiera haberlo hecho durar más tiempo.

Lo primero que veo es el *Pequeño Cabrón*, aparcado junto a la carretera, las ruedas del lado derecho, delantera y trasera, en la cuneta. Aparco detrás y apago el motor. Permanezco sentada.

Podría irme ahora mismo. Si me fuera, Theodore Finch seguiría en el mundo, viviéndolo y recorriéndolo, aunque fuera sin mí. Acerco la mano a la llave del contacto.

«Irme.»

Salgo del coche. El sol quema en exceso para estar en abril y en Indiana. El cielo está azul después de haber lucido absolutamente gris durante los últimos meses, con la excepción de aquel primer día de calor. Dejo la chaqueta.

Paso de largo los carteles de PROHIBIDO EL PASO y la casa que hay junto a la carretera y empiezo a subir un camino. Trepo por el terraplén y cruzo las vías del tren. Desciendo la colina en dirección al estanque circular de agua azul flanqueado por árboles. No sé cómo no me di cuenta la primera vez: el agua es tan azul como sus ojos.

El lugar está desierto y tranquilo. Tan desierto y tan tranquilo que casi doy media vuelta y regreso al coche.

Pero entonces la veo.

Su ropa, en la orilla, perfectamente doblada y apilada, una camisa encima del pantalón vaquero encima de la cazadora de cuero encima de las botas negras de cuero. Es algo así como los grandes éxitos de su armario. Solo que aquí. En la orilla.

No me muevo durante mucho rato. Porque si me quedo así, Finch sigue en alguna parte.

Luego: me arrodillo junto al montón de ropa y poso la mano encima, como si con ello pudiera saber dónde está y cuánto hace que vino. La ropa está caliente por el sol. Encuentro el teléfono en el interior de una bota, muerto. En la otra, sus gafas de intelectual y las llaves del coche. En el interior de la cazadora, el mapa, tan bien doblado como la ropa. Sin pensarlo, lo guardo en el bolso.

—Marco —susurro.

Luego: me levanto.

—Marco —digo más fuerte.

Me descalzo, dejo el jersey, las llaves y el teléfono al lado de la pila ordenada de la ropa de Finch. Me encaramo a lo alto de la roca y me lanzo al agua, y el impacto me corta la respiración porque está fría, no caliente. Nado en círculos hasta que soy capaz de volver a respirar. Entonces cojo aire y me impulso hacia abajo, donde el agua está extrañamente transparente.

Me sumerjo todo lo que puedo, buscando el fondo. El agua es más oscura cuanto más me adentro, y no tardo mucho en verme obligada a emerger a la superficie para llenar los pulmones. Me sumerjo una y otra vez, intentando alcanzar la máxima profundidad posible antes de quedarme sin aire. Nado desde un extremo del agujero al otro, de un lado a otro. Salgo y vuelvo a sumergirme. Cada vez consigo permanecer más tiempo, pero no tanto como Finch, que es capaz de contener la respiración durante minutos.

Que era capaz.

Porque llega un momento en que lo sé: se ha ido. No está en alguna parte. Está en ninguna parte.

Pero incluso después de saberlo, me sumerjo y nado, me sumerjo y nado, arriba y abajo, y de un lado a otro hasta que al final, cuando ya no puedo más, nado hasta la orilla, agotada, los pulmones pesados, las manos temblorosas.

Mientras marco el teléfono de emergencias, pienso. No está en ninguna parte. No está muerto. Simplemente ha encontrado ese otro mundo.

El *sheriff* de Vigo County llega con los bomberos y una ambulancia. Permanezco sentada en la orilla envuelta en una manta que alguien debe de haberme dado y pienso en Finch y en sir Patrick Moore, y en agujeros negros y agujeros azules, y en superficies de agua sin fondo, en estrellas que explotan, en horizontes de sucesos y en un lugar tan oscuro que ni siquiera la luz puede salir cuando logra entrar en él.

Aparecen unos desconocidos que empiezan a dar vueltas por aquí e imagino que deben de ser los propietarios del terreno y de la casa. Tienen niños, y la mujer les tapa los ojos y los ahuyenta, diciéndoles que vuelvan a entrar en casa y no salgan pase lo que pase, hasta que ella les dé permiso. «Malditos niños», dice el marido, y no se refiere a los suyos, sino a los niños en general, a niños como Finch y como yo.

Hay hombres sumergiéndose continuamente, tres o cuatro, todos iguales. Me gustaría decirles que no se preocupen, que no encontrarán nada, que no está ahí. Que si alguien es capaz de llegar a otro mundo, ese es Theodore Finch.

Incluso cuando sacan el cuerpo, hinchado, abotagado y azul, pienso: ese no es él. Ese es otro. Esa cosa hinchada, abotagada y azul con la piel muerta y más que muerta no es una persona que conozca o reconozca. Y así se lo digo. Me preguntan si me siento con fuerzas para identificarlo y digo:

—No es él. Eso es una cosa hinchada, abotagada y azul,

muerta y más que muerta y no puedo identificarlo porque no lo he visto nunca.

Vuelvo la cabeza.

El *sheriff* se pone en cuclillas a mi lado.

—Tendremos que llamar a sus padres.

Me pide el número, pero le digo:

—Lo haré yo. Fue su madre la que me pidió que viniera. Quería que fuese yo quien lo encontrara. Llamaré yo.

«Pero ese no es él. ¿No lo ven? La gente como Theodore Finch no muere. Está de excursión, simplemente.»

Llamo al número fijo que su familia nunca utiliza. Su madre responde enseguida, como si estuviera sentada al lado del teléfono, esperando. No sé por qué, pero me da rabia y tengo ganas de coger el teléfono y arrojarlo al agua.

—¿Diga? —dice—. ¿Diga? —Su voz tiene un tono estridente, esperanzado y aterrado a la vez—. Dios mío, ¿diga?

—¿Señora Finch? Soy Violet. Lo he encontrado. Estaba donde pensaba que estaría. Lo siento mucho.

Mi voz suena como si estuviera bajo el agua o en el condado vecino. Estoy pellizcándome la parte interior del brazo, dejándome marcas rojas, porque de pronto soy incapaz de sentir nada.

Su madre emite un sonido que yo no había oído en mi vida, grave, gutural y horroroso. Una vez más, deseo arrojar el teléfono al agua para que pare, pero continúo diciendo «Lo siento». Y lo repito una y otra vez, como una grabación, hasta que el *sheriff* me arranca el teléfono de la mano.

Mientras habla, me tumbo en el suelo de espaldas, envuelta en la manta, y le digo al cielo:

—Que vaya al sol tu vista. Al viento tu soplo vital... Eres todos los colores en uno, con su máxima intensidad.

Me planto delante del espejo y estudio mi cara. Voy vestida de negro. Falda negra, sandalias negras y la camiseta negra de Finch, que ciño con un cinturón. Mi cara parece mi cara, aunque distinta. No es la cara de una adolescente despreocupada que ha sido aceptada en cuatro universidades, tiene unos buenos padres, buenos amigos y toda la vida por delante. Es la cara de una chica triste y solitaria a la que le ha pasado algo malo. Me pregunto si mi cara volverá a ser algún día la misma de antes, o si siempre veré eso cuando me mire en un espejo: Finch, Eleanor, pérdida, congoja, culpabilidad, muerte.

Pero ¿serán los demás capaces de verlo? Me hago un autorretrato con el teléfono, posando con una sonrisa falsa, y cuando la miro, veo a Violet Markey. Podría publicarla en Facebook ahora mismo y nadie sabría que es de Después, no de Antes.

Mis padres quieren acompañarme al funeral pero les digo que no. Están demasiado encima de mí, controlándome. Cada vez que me vuelvo, me encuentro con sus miradas de preocupación, con las miradas que se cruzan entre

357

ellos y con algo más: rabia. Ya no están enfadados conmigo porque están furiosos con la señora Finch, y seguramente también con Finch, aunque no me lo han dicho. Mi padre, como es habitual, es más franco que mi madre, y lo oigo hablar sin querer de «esa mujer» y de que le encantaría cantarle las «malditas cuarenta», hasta que mi madre lo hace callar y le dice: «Baja la voz, que podría oírte Violet».

Su familia ocupa la primera fila. Y está lloviendo. Es la primera vez que veo a su padre, que es alto, ancho de hombros y guapo como una estrella de cine. La mujer sosa que está a su lado debe de ser la madrastra de Finch, que cobija con su brazo a un niño muy menudo y con unas gafas enormes. A su lado está Decca, y a continuación Kate, y después la señora Finch. Todo el mundo llora, incluso el padre.

Golden Acres es el cementerio más grande de la ciudad. Estamos en lo alto de una colina junto al féretro, mi segundo funeral en un año, por mucho que Finch habría preferido que lo incineraran. El sacerdote está citando unos versículos de la Biblia y la familia llora, todo el mundo llora, incluso Amanda Monk y algunas de las animadoras. Están presentes Ryan y Roamer, y unos doscientos chicos más del instituto. Distingo también entre la gente al director Wertz, el señor Black, la señora Kresney y el señor Embry, el psicólogo. Yo me he quedado junto a mis padres —que han insistido en venir—, Brenda y Charlie. También ha venido la madre de Brenda, que reposa la mano en el hombro de su hija.

Charlie está con las manos unidas delante de él, mirando fijamente el féretro. Brenda mira a Roamer y al resto del lloroso rebaño, los ojos secos y la mirada rabiosa. Comprendo sus sentimientos. Todos los que lo llamaban «friki» y que jamás le prestaron atención, excepto para burlarse de él o difundir rumores, están ahora aquí comportándose como plañideras profesionales, de las que puedes contratar en Taiwán o en Oriente Medio para que canten, lloren y se revuelquen por el suelo. Su familia, lo mismo. Cuando el sacerdote termina, todo el mundo se acerca a ellos para estrecharles la mano y darles el pésame. La familia lo acepta como si se lo mereciera. A mí nadie me dice nada.

De modo que permanezco inmóvil, vestida con la camiseta negra de Finch y pensando. El sacerdote ha dicho un montón de cosas y en ningún momento ha mencionado la palabra «suicidio». Su familia califica la muerte de «accidente» porque no han encontrado la nota de rigor y, en consecuencia, el sacerdote habla sobre la tragedia que supone que alguien muera tan joven, que una vida se acabe tan pronto, de las posibilidades que nunca se harán realidad. Yo, mientras, sigo pensando en que no fue un accidente y en lo interesante que resulta el concepto «víctima de un suicidio». Lo de «víctima» implica que el fallecido no tenía otra alternativa. Y tal vez Finch no creyera que tuviera una alternativa, o tal vez no estuviera intentando matarse sino simplemente buscando el fondo. Pero eso nunca lo sabré, ¿verdad?

Y entonces pienso: «No puedes hacerme esto. Tú eras el único que me daba sermones sobre la vida. Eras tú quien decía que tenía que salir y ver lo que tenía delante de mí y aprovecharlo al máximo, y no desperdiciar el tiempo y encontrar la montaña, porque mi montaña estaba esperándome, y que todo eso iba sumando a la vida. Y luego te vas. No puedes hacerme esto. Sobre todo sabiendo lo que he pasado con la pérdida de Eleanor».

Intento recordar las últimas palabras que le dije, pero no lo consigo. Solo que fueron de rabia, normales y en absoluto remarcables. ¿Qué le habría dicho de haber sabido que nunca más volvería a verlo?

Cuando todo el mundo empieza a dispersarse para irse, Ryan se acerca y me dice:

—¿Te llamo luego?

Es una pregunta, de modo que respondo con un gesto de asentimiento. Él lo replica y se marcha.

Charlie murmura:

—Qué puñado de farsantes.

No sé si se refiere a nuestros compañeros de clase, a la familia de Finch o a la totalidad de los allí reunidos.

Entonces dice Brenda, con voz quebradiza:

—Finch está observando todo esto desde algún lugar, todos los «¿Y qué esperabais?». Confío en que no les haga ni caso.

El señor Finch fue el que identificó el cadáver. Identificó a su hijo a partir del historial dental y de la cicatriz en el vientre, la que él mismo le hizo. Según el informe, cuando Finch fue encontrado llevaba ya varias horas muerto.

—¿De verdad piensas que está en alguna parte? —digo. Brenda me mira y pestañea—. ¿En algún lugar? A mí me gusta pensar que, dondequiera que esté, tal vez esté mirándonos, porque está vivo y en otro mundo mejor que este. El tipo de mundo que él habría diseñado de haberlo podido hacer. Me encantaría vivir en un mundo diseñado por Theodore Finch.

Y pienso: «Durante un tiempo, lo hice».

Pero antes de que Brenda pueda responder, aparece la madre de Finch a mi lado, sus ojos enrojecidos mirándome fijamente a la cara. Me estrecha en un abrazo y me retiene como si nunca pensara soltarme.

—Oh, Violet —solloza—. Oh, mi querida niña—. ¿Estás bien?

Le doy unas palmaditas en la espalda, como se las daría a un niño, y entonces aparece el señor Finch, me rodea con sus enormes brazos y me clava la barbilla en la cabeza. No puedo respirar, y entonces noto que alguien tira de mí y oigo que mi padre dice:

—Creo que nos la llevamos a casa.

Su voz suena brusca y fría. Me dejo arrastrar hasta el coche.

En casa, picoteo la cena y oigo a mis padres hablar sobre los Finch con ese tono de voz controlado y estable que han decidido con tanto cuidado emplear para no inquietarme.

Mi padre: «Ojalá hubiera podido hoy cantarles las cuarenta a esa gente».

Mi madre: «Esa mujer no tenía ningún derecho a pedirle a Violet que hiciera eso. —Me mira de reojo y me pregunta, con un tono de voz exageradamente animado—: ¿Quieres más verdura, cariño?».

Yo: «No, gracias».

Antes de que puedan empezar a hablar sobre Finch, sobre el egoísmo del suicidio y sobre el hecho de que él se ha quitado la vida mientras que a Eleanor se la quitaron, «sin que ella pudiera ni tan siquiera opinar sobre el tema» —qué cosa más inútil, odiosa y estúpida de hacer—, pido que me disculpen, aunque apenas he tocado la comida. No tengo que ayudar a recoger ni lavar los platos, de modo que subo a mi habitación y me siento en el vestidor. Tengo el calendario en un rincón. Lo despliego, lo aliso y miro todos los días en blanco, demasiados para contarlos, que no marqué porque fueron los días que pasé con Finch.

Pienso:

«Te odio.

»De haberlo sabido.

»De haber sido yo suficiente.

»Te fallé.

»Ojalá pudiera haber hecho algo.

»Debería haber hecho algo.

»¿Fue culpa mía?

»¿Por qué no fui suficiente?

»Vuelve.

»Te quiero.

»Lo siento».

En el instituto es como si todos los alumnos estuvieran de luto. Hay mucho negro en la ropa y se oyen lloriqueos por todas las aulas. Alguien ha construido un santuario para Finch en una de las vitrinas del vestíbulo principal, cerca de donde está el despacho del director. Han colocado en su interior una ampliación de su fotografía oficial del instituto y han dejado la vitrina abierta para que todos podamos dejarle nuestro tributo. «Querido Finch —empiezan todos—. Se te quiere y se te echa de menos. Te queremos. Te echamos de menos.»

Desearía romper todas esas notas y dejar que se convirtieran en un montón de cenizas junto con el resto de palabras malas y falsas, pues es allí donde deberían estar.

Los profesores nos recuerdan que solo quedan cinco semanas para terminar el curso y debería estar contenta por ello, en vez de no sentir nada. Últimamente no siento nada. He llorado algunas veces, pero básicamente me siento vacía, como si me hubieran extirpado por vía quirúrgica cualquier cosa que pudiera hacerme sentir, sufrir, reír y amar, dejándome hueca como una concha sin habitante.

Le digo a Ryan que solo podemos ser amigos y ya le está bien, puesto que no quiere ni tocarme. Nadie quiere. Es como si les diera miedo que yo pudiera ser contagiosa. Forma parte del fenómeno de suicidio por asociación.

A la hora de las comidas me siento con Brenda, Lara y las Brianas, hasta el miércoles después del funeral de Finch, cuando también se acerca Amanda, deja la bandeja en la mesa y, sin mirar a las demás chicas, me dice:

—Siento mucho lo de Finch.

Por un momento pienso que Brenda va a pegarle un bofetón, y en el fondo me gustaría o, como mínimo, me gustaría ver qué pasaría si lo hiciese. Pero cuando veo que Bren se limita a permanecer sentada sin hacer nada, le digo a Amanda:

—Gracias.

—No debería haberlo llamado friki. Y quiero que sepas que he cortado con Roamer.

—Demasiado poco, demasiado tarde —murmura Brenda.

Se levanta de repente, golpeándose con la mesa, y todo lo que hay encima se tambalea. Coge su bandeja, me dice que ya nos veremos luego y se marcha.

El jueves me reúno con el señor Embry porque el director Wertz y el consejo escolar han pedido a todos los amigos y compañeros de clase de Theodore Finch que mantengan como mínimo una sesión con un psicólogo, por mucho que «Los padres», que es como llaman mi madre y mi padre al señor y la señora Finch, insistan en que fue un accidente, lo que implica, supongo, que tenemos libertad para llorarlo de un modo normal, sano y no estigmatizado. Sin necesidad de sentirnos avergonzados o incómodos, puesto que no hubo suicidio de por medio.

Pido verme con el señor Embry en lugar de con la señora Kresney, ya que él era el psicólogo de Finch. Cuando entro y me mira con el entrecejo fruncido desde el otro lado de su mesa, me pregunto de pronto si va a culpabilizarme del mismo modo que me culpabilizo yo.

«Nunca debería haber sugerido ir por el puente de la calle A. ¿Y si hubiéramos elegido otro recorrido? Eleanor seguiría aquí.»

El señor Embry tose para aclararse la garganta antes de hablar.

—Siento mucho lo de Finch. Era un chico bueno y traumatizado que debería haber tenido más ayuda.

Y eso me llama la atención.

—Me siento responsable.

Me entran ganas de enviar su ordenador y sus libros al suelo. «Usted no puede sentirse responsable. La responsable soy yo. No intente robarme eso.»

—Pero no lo soy —continúa—. Hice lo que creí que debía hacer. ¿Podría haber hecho más? Seguramente. Sí. Siempre podemos hacer más. Es una pregunta complicada de responder, y, después de todo, una pregunta que no tiene sentido formularse. Tú debes de estar sintiendo más o menos estas mismas emociones y pensando también cosas similares.

—Sé que podría haber hecho más. Debería haber visto qué pasaba.

—No siempre podemos ver lo que los demás no quieren que veamos. Sobre todo cuando se esfuerzan al máximo por ocultarlo. —El señor Embry coge un librito de la mesa y lee—: «Eres un superviviente, y tal y como este desagradable término implica, tu supervivencia (tu super-vivencia emocional) dependerá de lo bien que aprendas a actuar frente a tu tragedia. El lado negativo: sobrevivir a esto será la segunda peor experiencia de tu vida. El lado positivo: lo peor ya ha pasado».

Me pasa el librito. *SOS. Manual para supervivientes al suicidio.*

—Quiero que lo leas, pero también quiero que vengas a hablar conmigo, que hables con tus padres, que hables con tus amigos. Lo último que tenemos que hacer es guardár-noslo dentro. Tú tenías una relación muy estrecha con él, lo que significa que vas a sentir toda la rabia, la pérdida, la negación y el dolor que sentirías ante cualquier muerte, pero esta muerte es distinta, razón por la cual te pido que no seas muy dura contigo misma.

—Su familia dice que fue un accidente.

—Y a lo mejor lo fue. La gente lo superará como pueda. Lo único que me preocupa eres tú. No puedes sentirte res-ponsable de la desaparición de todo el mundo, ni de la de tu hermana ni de la de Finch. Por lo que respecta a lo que le sucedió a tu hermana, no pudo elegir. Y tal vez Finch tampoco pensara que podía elegir, aunque finalmente lo hizo.

Frunce el entrecejo, fija la mirada en algún punto por encima de mi hombro y me doy cuenta de que está reme-morándolo todo —todas sus conversaciones y encuentros con Finch—, igual que yo he estado haciéndolo desde que sucedió.

Lo que no puedo, y no pienso, explicarle es que veo a Finch por todas partes: en los pasillos del instituto, en la calle, en el centro comercial. De pronto veo una cara que me lo recuerda, o los andares de alguien, o una risa. Es como vivir rodeada de mil Finch distintos. Me pregunto si será normal, pero no se lo digo.

Cuando llego a casa me tumbo en la cama y leo el libro entero, que, como solo tiene treinta y seis páginas, termino enseguida. Se me quedan grabadas estas dos frases: «Tu esperanza está en aceptar la vida tal y como se te plantea a partir de ahora, cambiada para siempre. Si eres capaz de conseguirlo, encontrarás la paz que andas buscando».

«Cambiada para siempre.»

He cambiado para siempre.

Durante la cena, le enseño a mi madre el librito que me ha dado el señor Embry. Lo lee mientras come, sin decir palabra, mientras mi padre y yo intentamos mantener una conversación sobre la universidad.

—¿Has decidido ya adónde quieres ir, V?

—Seguramente a UCLA.

Me gustaría decirle a mi padre que eligiera por mí porque, al fin y al cabo, ¿qué importancia tiene? Todas son iguales.

—Pues tendríamos que comunicárselo pronto.

—Imagino. Ya me encargaré de hacerlo.

Mi padre mira a mi madre en busca de ayuda, pero ella continúa leyendo y ha olvidado por completo la cena.

—¿Te has planteado presentar una solicitud a la NYU para la ronda de admisión de primavera?

—No, pero tal vez tendría que hacerlo ahora mismo. ¿Me disculpáis?

Quiero alejarme de ese librito, de ellos y de cualquier conversación que gire en torno al futuro.

Mi padre parece sentirse aliviado.

—Por supuesto. Ve.

Se alegra de que me vaya y yo me alegro de irme. Es más fácil así, porque, de quedarme, todos tendríamos que enfrentarnos a nosotros mismos, a Eleanor y a esa cosa que le ha pasado a Finch. En estos momentos me siento agradecida de no ser madre y me pregunto si algún día llegaré a serlo. Debe de ser un sentimiento horroroso querer a alguien y no poder ayudarlo.

Aunque, de hecho, conozco ese sentimiento a la perfección.

En una reunión de todo el instituto que se celebra el segundo jueves después del funeral de Finch, invitan a un experto en artes marciales de Indianápolis para que nos hable sobre seguridad y sobre cómo defendernos, como si el suicidio fuera algo que pudiera atacarnos en plena calle, y luego nos pasan un documental sobre adolescentes y drogas. Antes de apagar las luces, el director Wertz anuncia que hay contenidos bastante explícitos, pero que considera importante que seamos conscientes de las realidades del consumo de drogas.

En cuanto empieza el documental, Charlie se inclina sobre mí y me dice que nos lo pasan porque corren rumores de que Finch estaba enganchado a alguna sustancia y que por eso murió. Los únicos que sabemos que eso es mentira somos Charlie, Brenda y yo.

Cuando uno de los actores adolescentes muere por sobredosis, me largo. Vomito en una de las papeleras que hay junto a la puerta del auditorio.

—¿Te encuentras bien?

Amanda está sentada en el suelo, la espalda apoyada en la pared.

—No te había visto.

Me aparto de la papelera.

—No podía aguantar ni un minuto más.

Me siento en el suelo, a medio metro de ella.

—¿Qué te pasa por la cabeza cuando estás planteándotelo?

—¿Planteándote...?

—Suicidarte. Quiero saber qué se siente, qué piensas. Quiero saber por qué.

Amanda baja la vista y se mira las manos.

—Lo único que puedo decirte es cómo me sentía yo. Fea. Asquerosa. Estúpida. Pequeña. Inútil. Ignorada. Es como si no hubiera otra elección. Como si fuera la alternativa más lógica porque no hay otra cosa. Piensas: «Nadie me echará de menos. Ni siquiera sabrán que me he ido. El mundo continuará y dará lo mismo que yo no esté aquí. Tal vez sea mejor no estar aquí».

—Pero tú no te sientes todo el rato así. Quiero decir que tú eres Amanda Monk. Eres popular, tus padres se portan bien contigo. Tus hermanos se portan bien contigo.

«Todo el mundo se porta bien contigo —pienso— porque temen qué pasaría si no lo hiciesen.»

Me mira.

—En estos momentos nada de eso importa. Es como si le estuviera pasando a otra persona, porque lo único que percibes en tu interior es oscuridad, y esa oscuridad acaba apoderándose de ti. Ni siquiera piensas en qué podría pasarle a la gente que dejas atrás, porque solo piensas en ti mismo. —Acerca las rodillas al pecho y se rodea las piernas con los brazos—. ¿Sabes si Finch fue a ver alguna vez a un médico?

—No lo sé. —Hay tantas cosas que todavía no sé de él. Y que imagino que ya nunca sabré—. No creo que sus padres quisieran reconocer la existencia de algún problema.

—Él estaba intentando solventarlo por ti.

Sé que lo dice para que me sienta mejor, pero lo único que consigue es que me sienta peor.

Al día siguiente, en clase de geografía, el señor Black se acerca a la pizarra, escribe «4 de junio» y lo subraya.

—Ha llegado el momento..., chicos... Se acerca la fecha de entrega de los trabajos..., así que céntrense, céntrense..., céntrense. Por favor, vengan a verme... si tienen alguna... pregunta, pues de lo contrario... esperaré que... los presenten a tiempo..., si no antes.

Cuando suena la campana, dice:

—Me gustaría... hablar con usted, Violet.

Permanezco sentada en mi lugar, al lado de donde se sentaba Finch, y espero. Cuando se marcha el último alumno, el señor Black cierra la puerta y vuelve a sentarse en su silla.

—Quería hablar... con usted para ver... si necesita algún tipo de ayuda... y también para decirle... que puede entregar lo que sea que tenga... hasta el momento... Evidentemente..., comprendo... que existen circunstancias... atenuantes.

«Circunstancias Atenuantes.» Esa soy yo. Esa es Violet Markey. La pobre Violet, cambiada para siempre y con circunstancias atenuantes. Hay que tratarla con cuidado porque es frágil y podría romperse si se esperara de ella que hiciera lo mismo que los demás.

—Gracias, pero estoy bien.

Puedo hacerlo. Puedo demostrarles que no soy una muñeca de porcelana a la que hay que tratar con sumo cuidado. Solo me gustaría que Finch y yo hubiéramos tenido oportunidad de recopilar nuestras excursiones y tal vez haberlas documentado un poco mejor. Estábamos tan ocupados, que tengo poco que mostrar con la excepción de un cuaderno medio lleno, algunas fotografías y un mapa pintarrajeado.

Por la tarde, me torturo leyendo nuestros mensajes de Facebook, rematándome hasta el principio. Y entonces, aunque sé que Finch no lo leerá nunca, abro nuestro cuaderno y empiezo a escribir.

«Carta a alguien que se suicidó», por Violet Markey.

¿Dónde estás? ¿Y por qué te fuiste? Supongo que nunca lo sabré. ¿Fue porque te hice enfadar? ¿Porque intenté ayudarte? ¿Porque no te respondí cuando lanzaste piedrecitas contra mi ventana? ¿Y si te hubiera respondido? ¿Qué me habrías dicho? ¿Habría podido convencerte de que te quedaras o de que no hicieras lo que hiciste? ¿O habría sucedido igualmente?

¿Sabes que ahora mi vida ha cambiado para siempre? Antes pensaba que era así porque tú habías llegado a ella y me habías enseñado Indiana y, con ello, me habías obligado a salir de mi habitación y abrirme al mundo. Incluso cuando no estábamos de excursión, incluso desde el suelo de tu vestidor, siempre estabas enseñándome el mundo. Pero no sabía que el cambio para siempre de mi vida iba a ser porque me quisiste y luego te marchaste, y de un modo tan definitivo como este.

371

De modo que supongo que al final lo del Gran Manifiesto no existía, aunque me hiciste creer que sí. Supongo que solo había un trabajo del instituto.

Jamás te perdonaré por haberme abandonado. Ojalá tú sí pudieras perdonarme. Me salvaste la vida.

Y al final, me limito a escribir:

¿Y por qué yo fui incapaz de salvar la tuya?

Me recuesto en la silla y veo, en la pared de detrás de la mesa, el corcho lleno de notas relacionadas con *Germ*. He incorporado una nueva categoría: «Pregunta al experto». Paso con la mirada de allí al papelito que describe de qué va la revista. Y mis ojos se detienen en la última frase: «Empiezas aquí».

En un instante, me levanto de la silla y empiezo a buscar por la habitación. Al principio no logro recordar qué he hecho con el mapa. Experimento esa oleada blanca que provoca el pánico y empiezo a temblar porque pienso: «¿Y si lo he perdido?». Otro pedacito de Finch desaparecido.

Al final lo encuentro en el bolso, al examinar su interior por tercera vez, como si hubiera aparecido de la nada. Lo extiendo y miro los lugares marcados que nos quedaban por recorrer. Finch escribió unos números junto a cada uno de ellos, como si hubiese decidido un orden para ellos.

violet

Excursiones pendientes 1 y 2

Milltown, con ochocientos quince habitantes, se asienta en la frontera con Kentucky. Tengo que pararme y preguntar cómo se llega a los árboles de los zapatos. Una mujer llamada Myra me indica un lugar llamado Devils Hollow. La carretera asfaltada se acaba pronto y conduzco por un estrecho camino de tierra, mirando hacia arriba, que es lo que Myra me ha dicho que tenía que hacer. Justo cuando empiezo a pensar que me he perdido, encuentro un cruce de cuatro caminos rodeado de bosques.

Paro el coche y bajo. A lo lejos se oyen niños gritando y riendo. Hay árboles en las cuatro esquinas, las ramas cargadas de zapatos. Centenares y centenares de zapatos. En su mayoría están atados a las ramas con lazos que los hacen parecer decoraciones navideñas de tamaño gigante. Me ha dicho Myra que no sabe muy bien cómo empezó todo, ni quién colgó allí el primer par, pero que llega hasta aquí gente de todas partes con el único propósito de decorar los árboles. Corre el rumor de que Larry Bird, el jugador de baloncesto, dejó también un par.

La misión es muy sencilla: dejar allí un par de zapatos.

He cogido del armario un par de zapatillas Chuck Taylor de color verde y unas Keds amarillas de Eleanor. Echo la cabeza hacia atrás para ver y decidir dónde las pongo. Las colgaré juntas en el árbol en que empezó todo, el que está más cargado y que ha sido, además, víctima de un rayo en más de una ocasión (lo sé porque el tronco parece muerto y está ennegrecido).

Cojo un rotulador que llevo en el bolsillo y escribo «Ultravioleta Marcada» y la fecha de hoy en el lateral de una de las Chuck Taylor. Las cuelgo en una rama baja del primer árbol, puesto que me parece demasiado frágil para trepar por él. Tengo que saltar un poco para alcanzar la rama y los zapatos rebotan y se tambalean antes de quedar instalados.

Ya está. No hay nada más que ver. Ha sido un viaje largo para ver unos árboles cargados de zapatos viejos, pero me digo que no tengo que mirarlo bajo este punto de vista. Tiene que haber también alguna cosa mágica. Intento encontrarla, levantando la cabeza y protegiéndome los ojos del sol con la mano, y justo antes de subir de nuevo al coche, las veo: en la rama más alta del primer árbol, colgando aisladas. Un par de zapatillas de deporte con cordones fluorescentes, «TF» escrito en negro en el lateral de las dos. Un paquete azul de American Spirits asoma en el interior de una de ellas.

«Estuvo aquí.»

Miro a mi alrededor como si fuera a verlo ahora mismo, pero aquí solo estamos yo y los niños que ríen y gritan en las proximidades. ¿Cuándo vino? ¿Sería después de marcharse? ¿Sería antes?

Hay algo que me inquieta. «La rama más alta», pienso. Busco el teléfono pero me lo he dejado en el coche, de modo que recorro corriendo la escasa distancia que me separa de él, abro la puerta y lo busco por el asiento. Me siento, medio cuerpo dentro, medio fuera, y repaso los mensajes de Finch. No tardo mucho en encontrarlo, puesto que los más recientes son pocos. «Estoy en la rama más alta». Miro la fecha. Una semana después de marcharse.

«Estuvo aquí.»

Leo los demás mensajes: «Nuestros nombres están pintados», «Creo en los signos», «El resplandor de Ultravioleta», «Un lago. Una oración. Es tan encantador ser encantador en Privado».

Cojo el mapa, sigo con el dedo el recorrido hasta el siguiente lugar. Está a horas de distancia, al noroeste de Muncie. Miro la hora, pongo el motor en marcha y conduzco. Tengo la sensación de saber adónde voy, y espero que no sea demasiado tarde.

La «Pelota de pintura más grande del mundo» se encuentra en casa de Mike Carmichael. A diferencia de los árboles de los zapatos, está considerada una atracción turística. La pelota no solo tiene su propia página web, sino que además consta en el *Libro Guinness de los récords*.

Cuando llego a Alexandria son poco más de las cuatro de la tarde. Mike Carmichael y su esposa están esperándome porque los he llamado cuando estaba en camino. Aparco junto al edificio que alberga la pelota, una especie de cobertizo que recuerda un granero, y llamo a la puerta. El corazón me late con fuerza.

Viendo que nadie responde, pruebo a abrir, pero está cerrado, de modo que me acerco a la casa y noto que el corazón se acelera más si cabe al pensar en la posibilidad de que haya venido luego alguien. En la posibilidad de que hayan pintado encima de lo que Finch pudiera haber escrito. De ser así, habrá desaparecido y nunca lo sabré y será como si Finch nunca hubiera estado aquí.

Llamo a la puerta con más fuerza de la que pretendía y de entrada pienso que no están en casa, pero entonces aparece un hombre de cabello blanco y sonrisa expectante, me estrecha la mano y me dice que lo llame Mike.

—¿De dónde viene usted, señorita?

—De Bartlett.

No le digo que ahora vengo de Milltown.

—Una ciudad preciosa, Bartlett. A veces vamos allí, a cenar al restaurante Gaslight.

El latido del corazón me resuena en los oídos y es tan potente que me pregunto si también él podrá oírlo. Lo sigo hasta el granero-cobertizo y me explica:

—Inicié esta pelota de pintura hace treinta y cinco años. Todo empezó cuando trabajaba en una tienda de pinturas mientras estudiaba en el instituto, antes de que tú nacieras, seguramente antes incluso de que tus padres nacieran. Estábamos jugando a pasarnos la pelota con un amigo cuando esta cayó en una lata de pintura. Y me dije: «¿Qué pasaría si la pintara con mil capas de pintura?». Y eso fue lo que hice.

Abre la puerta y entramos en una estancia grande y luminosa que huele a pintura, y allí, en medio, hay colgada una pelota enorme, del tamaño de un planeta pequeño. En las estanterías y en el suelo hay latas de pintura y en una pared hay fotografías de la pelota en sus distintas fases. Mike me explica que intenta pintarla un poco cada día, y entonces lo interrumpo y le digo:

—Disculpe, pero es que tengo un amigo que vino aquí

hace poco tiempo y me gustaría saber si se acuerda de él y preguntarle si es posible que escribiera alguna cosa en la pelota.

Le describo a Finch y Mike se rasca la barbilla y asiente.

—Sí, sí. Lo recuerdo. Un joven muy agradable. No se quedó mucho rato. Utilizó esta pintura de aquí.

Me acerca a una lata de pintura de color morado y veo que en la tapa pone el nombre del color: «Violeta».

Miro la pelota y no es violeta. Es amarilla como el sol. Noto que se me desploma el corazón. Miro el suelo esperando casi encontrármelo allí.

—Pero ya ha pintado encima —digo.

Llego tarde. Demasiado tarde para Finch. Demasiado tarde una vez más.

—Siempre que alguien quiere escribir alguna cosa, le digo que pinte encima antes de marcharse. Así queda listo para la siguiente persona que venga. Una pizarra limpia. ¿Le gustaría añadir una capa?

Casi le digo que no, pero no he traído ninguna cosa para dejar aquí, de modo que me pasa un rodillo. Cuando me pregunta qué color quiero, le digo que azul, un azul como el del cielo. Vierte la pintura en un recipiente y lo observo, paralizada, incapaz de moverme ni de respirar. Es como volver a perder a Finch.

Mike ha encontrado un color que es el color de los ojos de Finch, que seguramente ni conoce ni recuerda. Sumerjo el rodillo en el recipiente y cubro el amarillo con mi azul. El movimiento, mecánico y sencillo, resulta balsámico.

Cuando termino, Mike y yo retrocedemos unos pasos para contemplar mi obra.

—¿No quiere escribir nada? —me pregunta.

—Ya está bien así. Además, tendría que taparlo después.

Y de este modo tampoco nadie sabría que he estado aquí.

Lo ayudo a guardar la pintura y a limpiar un poco y entretanto me cuenta detalles sobre la pelota, como que esta es la segunda pelota de pintura que ha creado, no la original, y que pesa más de mil ochocientos kilos. Y entonces me pasa un libro rojo y un bolígrafo.

—Antes de irse tendrá que firmar.

Hojeo el libro hasta que encuentro el primer espacio en blanco donde poder escribir mi nombre, la fecha y un comentario. Recorro la hoja con la mirada y veo que en abril solo han visitado el lugar unas pocas personas. Voy una página más atrás, y aquí está..., aquí está: «Theodore Finch, 3 de abril. "Hoy es tu día. ¡Felicidades! Te marchas muy lejos de aquí, a descubrir maravillosos lugares"».

Acaricio las palabras con la punta de los dedos, las palabras que escribió hace tan solo unas semanas, cuando estuvo aquí, cuando estaba vivo. Las leo una y otra vez y después, al lado, firmo con mi nombre y escribo: «Tu montaña te espera. ¡Así que ponte en camino!».

Mientras conduzco de vuelta a Bartlett, canto lo que recuerdo de la canción del Dr. Seuss. Cuando cruzo Indianápolis, pienso en tratar de encontrar el vivero donde recogió flores en pleno invierno, pero sigo mi camino rumbo al este. No podrán contarme nada sobre Finch, ni sobre por qué murió, ni sobre lo que escribió en la pelota de pintura. Lo único que me hace sentir mejor es saber que, fuera lo que fuese lo que Finch escribió, siempre seguirá allí, bajo las capas de pintura.

Mi padre y mi madre están arriba, en la buhardilla, mi padre escuchando música a través de los auriculares y mi madre viendo la tele. Apago el televisor y digo:

—Necesito que hablemos de Eleanor y que no olvidemos que existió. —Mi padre se quita los auriculares—. No quiero que sigamos fingiendo que todo va bien si no es así, que estamos bien cuando no lo estamos. La echo de menos. Todavía no puedo creer que yo siga aquí y ella no. Siento mucho haber salido aquella noche. Necesito que lo sepáis. Siento mucho haberle dicho que siguiera la ruta del puente para volver a casa. Si fue por ese camino fue solo porque yo se lo sugerí.

Viendo que intentan interrumpirme, subo la voz.

—No podemos volver atrás. No podemos cambiar nada de lo que pasó. No puedo devolverla a la vida, y tampoco puedo devolver a Finch a la vida. No puedo cambiar el hecho de que me escapara para estar con él después de que os dijera que lo nuestro se había acabado. No quiero pasar de puntillas junto a él, ni junto a ella, ni junto a vosotros, porque lo único que consigo así es que me resulte más difícil recordar las cosas que quiero recordar. Hace que me resulte más difícil recordarla. A veces intento concentrarme en su voz solo para volver a oírla, para volver a oír cómo me decía «Hola, qué tal» cuando estaba de buen humor y «Vi-o-let» cuando estaba enfadada. No sé por qué, pero estas frases son las que me resultan más fáciles. Me concentro, y cuando las tengo me aferro a ellas, porque no quiero olvidar jamás cómo las decía.

Mi madre ha empezado a llorar, muy, muy flojito. La cara de mi padre se ha vuelto gris-blanquecina.

—Os guste o no, estuvo aquí y se ha ido, pero no tiene por qué irse del todo. Eso depende de nosotros. Y os guste o no, yo amaba a Theodore Finch. Fue muy bueno para mí, aunque vosotros penséis lo contrario y odiéis a sus padres y seguramente lo odiéis también a él, y por mucho que se marchara y a mí me hubiese gustado que no lo hubiera hecho. Nunca podré hacerlo volver, y es probable que se marchara por mi culpa. De manera que es bueno y es malo y duele, pero al mismo tiempo me gusta pensar en él, porque si pienso en él, tampoco se habrá ido del todo. Que estén muertos no significa que no puedan existir. Y lo mismo pasa con nosotros.

Mi padre permanece sentado como una estatua de mármol, pero mi madre se levanta y se acerca tambaleante hacia mí. Me atrae hacia ella y pienso: «Así es como se sentía antes de que pasara todo esto, fuerte y robusta, capaz de resistir incluso el paso de un tornado». Continúa llorando, pero ahora mi madre es sólida y real y, por si acaso, la pellizco y ella finge no darse cuenta.

—Nada de todo lo que ha pasado es culpa tuya —dice.

Y entonces rompo a llorar, y mi padre llora también, una lágrima estoica detrás de otra, y a continuación esconde la cabeza entre las manos y mi madre y yo nos abalanzamos sobre él como una sola persona y nos abrazamos los tres, acunándonos, turnándonos para decir:

—Todo va bien. Estamos bien. Todos estamos bien.

El autocine de Pendleton Pike es uno de los últimos de su estilo. Lo que queda de él se encuentra en un extenso solar abandonado en las afueras de Indianápolis. Ahora parece un cementerio, pero en los años sesenta era uno de los lugares más populares de la zona, puesto que no solo era un cine al aire libre, sino que además era un parque para niños, con una montaña rusa en miniatura y otras atracciones.

Ahora solo queda la pantalla. Aparco en la carretera, en la parte de atrás. El día está encapotado, el sol se oculta detrás de gruesos nubarrones grises, y a pesar de que hace calor, me estremezco. Este lugar da miedo. Mientras me abro paso con dificultad entre suciedad y malas hierbas, intento imaginarme a Finch aparcando el *Pequeño Cabrón* justo donde yo he aparcado mi coche y acercándose a la pantalla como yo estoy haciéndolo ahora, con los bloques de edificios perfilándose como un esqueleto en el horizonte.

«Creo en los carteles», escribió.

Y eso es lo que parece la pantalla: una valla publicitaria

gigante. La parte posterior está cubierta de *graffiti* y me encamino hacia allí tratando de no pisar botellas de cerveza y colillas.

De pronto, tengo uno de esos momentos que se tienen cuando has perdido a alguien, en los que te sientes como si te hubieran dado una patada en el estómago y te hubieses quedado completamente sin aire y piensas que nunca más recuperarás la respiración. Ansío sentarme en este suelo asqueroso y llorar y llorar hasta que ya no pueda llorar más.

Pero lo que hago en cambio es rodear la pantalla, diciéndome que tal vez no encuentre nada. Cuento los pasos hasta que llevo unos treinta. Me vuelvo y levanto la vista y leo en la gigantesca cara blanca, escrito en letras rojas: «Estuve aquí. TF».

Mis rodillas flaquean y me dejo caer sobre la tierra, las malas hierbas y la basura. ¿Qué estaría haciendo yo mientras él estaba aquí? ¿Estaría en clase? ¿Estaría con Amanda o con Ryan? ¿Estaría en casa? ¿Dónde estaba yo mientras él se encaramaba al cartel para pintarlo, para dejarme una ofrenda y terminar nuestro trabajo de clase?

Me levanto, cojo el teléfono y hago una fotografía al esqueleto de la pantalla y luego me acerco al cartel, poco a poco, hasta que las letras son enormes y se ciernen sobre mí. Me pregunto desde qué distancia pueden verse, si podrían leerse desde varios kilómetros de distancia.

Veo en el suelo un bote de pintura roja en aerosol perfectamente tapado. Lo cojo, esperando encontrar una nota o cualquier cosa que me dé a entender que la dejó aquí para mí, pero no es más que un bote de pintura en aerosol.

Debió de subir por el entramado de los postes de acero

que sujetan el armatoste. Pongo un pie en un peldaño, sujeto el bote de pintura bajo el brazo y me doy impulso. Dado el tamaño, tengo que subir primero por un lado y luego por el otro para terminarlo. Escribo: «Yo también estuve aquí. VM».

Cuando acabo, lo miro de lejos. Sus letras están mejor hechas que las mías, pero juntas quedan bien. «Aquí estamos —pienso—. Nuestro trabajo de clase. Lo empezamos juntos y lo acabamos juntos.» Y hago otra fotografía por si acaso algún día desmantelan la pantalla.

Munster está todo lo al norte y al oeste que puedes llegar sin abandonar Indiana. Lo llaman la «ciudad dormitorio» de Chicago, puesto que está solo a cincuenta kilómetros de allí. La ciudad está rodeada de ríos, algo que a Finch seguro que le gustaría. El monasterio de Nuestra Señora del Monte Carmelo se asienta en un terreno privado extenso y sombreado. Parece una iglesia normal y corriente en medio de un encantador bosque.

Paseo por allí hasta que aparece un hombre calvo vestido con una túnica de color marrón.

—¿Puedo ayudarla en alguna cosa, señorita?

Le explico que he venido para hacer un trabajo del instituto y que no sé muy bien adónde tengo que ir. Asiente, como si me hubiera entendido, y me aleja de la iglesia para ir hacia lo que denomina «las ermitas». Pasamos junto a esculturas hechas con madera y cobre, un tributo a un sacerdote que murió en Auschwitz y también en honor a santa Teresa de Lisieux, conocida como «La florecita de Jesús».

El fraile me explica que la iglesia, las esculturas y los

terrenos en los que estamos fueron diseñados y construidos por antiguos capellanes del ejército polaco, que llegaron al estado una vez finalizada la segunda guerra mundial e hicieron realidad su sueño de fundar un monasterio en Indiana. Me gustaría que Finch estuviera aquí para poder decir: «¿Y quién sueña con construir un monasterio en Indiana?».

Las ermitas son en realidad una serie de grutas construidas con piedra volcánica y cristalitos, de modo que los muros exteriores brillan bajo la luz. La piedra volcánica les otorga el aspecto de una concha o de una cueva y hace que parezcan a la vez antiguas y una obra de arte popular. Cruzamos una puerta construida con arco de medio punto y decorada con una corona y estrellas y el fraile me deja sola.

En el interior, me adentro en una serie de pasadizos subterráneos, empedrados con la piedra volcánica y los cristalitos del exterior e iluminados mediante centenares de velas. Los muros están decorados con esculturas de mármol, ventanas con vidrios de colores y fragmentos de cuarzo y fluorita que capturan la luz y la retienen. El efecto es bello y misterioso. Todo el lugar parece brillar.

Emerjo al aire libre y bajo a otra gruta, donde me encuentro de nuevo una serie de túneles, con vidrios de colores y cristales incrustados en los muros de piedra y esculturas de ángeles con la cabeza inclinada y las manos unidas en oración.

Paso por una estancia que está dispuesta como una iglesia, con hileras de bancos de cara al altar, donde un Jesucristo de mármol yace en su lecho de muerte sobre una base de relucientes cristales. Paso por delante de otro Jesucristo de mármol, esta vez atado a una columna. Y luego entro en una estancia que resplandece desde el suelo hasta el techo.

El arcángel Gabriel y Jesús resucitan a los muertos. Es difícil describirlo: tienen las manos levantadas y en el techo hay docenas de cruces amarillas que lo recorren como si fueran estrellas o aviones. Las paredes son negras, iluminadas por detrás, y están llenas de placas conmemorativas pagadas por las familias de los muertos que piden a los ángeles que devuelvan sus seres queridos a la vida y les den una eternidad feliz.

Lo veo, en la palma de la mano de Jesucristo: una piedra. Es la única cosa que parece fuera de lugar, así que la cojo y la cambio por la ofrenda que he traído conmigo: un anillo de brillantitos en forma de mariposa que había pertenecido a Eleanor. Me quedo un poco más y luego salgo, parpadeando cuando la luz de día me deslumbra. Tengo delante dos escaleras y un cartel: SE RUEGA RESPETO. ¡NO SUBAN CAMINANDO LAS ESCALERAS SAGRADAS! PUEDEN HACERLO DE RODILLAS. GRACIAS.

Cuento veintiocho escalones. No hay nadie. Supongo que podría subirlos andando tranquilamente, pero pienso que Finch estuvo aquí antes que yo y sé que no habría hecho trampas. De modo que me arrodillo y subo.

Cuando llego arriba, aparece el fraile y me ayuda a incorporarme.

—¿Le han gustado las ermitas?

—Son preciosas. Sobre todo la de las paredes negras iluminadas por detrás.

Asiente.

—El apocalipsis ultravioleta. La gente viene desde muy lejos para verlo.

«El apocalipsis ultravioleta.» Le doy las gracias y de camino al coche recuerdo la piedra, que aún tengo en la mano. La abro y allí está, la primera cosa que me regaló y que luego yo le regalé a él. Y que ahora me ha devuelto: «Tu turno».

Por la noche, Brenda, Charlie y yo subimos a la torre Purina. Invito también a Ryan y a Amanda. Nos sentamos los cinco en círculo y cogemos las velas que he traído. Brenda las enciende, una a una, y todos vamos diciendo alguna cosa sobre Finch.

Cuando le corresponde el turno a Bren, cierra los ojos y dice:

—«¡Salta! ¡Salta y lame el cielo! ¡Yo salto contigo! Ardo contigo». —Vuelve a abrir los ojos y sonríe—. Herman Melville.

Entonces toca alguna cosa de su teléfono y la noche se llena de música. La banda sonora de los grandes éxitos de Finch: Split Enz, The Clash, Johnny Cash, etcétera.

Brenda se levanta de un brinco y se pone a bailar. Agita los brazos y lanza patadas. Salta más alto, luego arriba y abajo, arriba y abajo, levantando los dos pies a la vez, como si fuera una niña en plena rabieta. No lo sabe, pero se ondea como las banderolas, como hicimos un día Finch y yo en la sección de libros infantiles de Bookmarks.

Bren corea las canciones a gritos y no podemos parar de reír. Me veo obligada a tumbarme en el suelo y sujetarme el vientre porque las carcajadas me han pillado por sorpresa. Es la primera vez que recuerdo reír así en mucho, muchísimo tiempo.

Charlie tira de mí y empieza a saltar, Amanda también salta, y Ryan ha iniciado un curiosísimo movimiento que es una mezcla de salto a la pata coja y meneo repetitivo de culo. Me sumo a ellos y salto, ondeo y ardo por el tejado.

Cuando llego a casa, no tengo mucho sueño y decido extender el mapa sobre la cama y estudiarlo bien. Me queda un lugar adonde ir de excursión. Quiero postergarla al máximo porque sé que cuando vaya allí el trabajo se habrá acabado, lo que significará que ya no me quedará nada más de Finch pendiente de encontrar. Aunque todavía no he encontrado nada, salvo las pruebas de que él vio todos esos lugares sin mí.

El lugar es Farmersburg, a solo veinticinco kilómetros de Prairieton y el Blue Hole. Intento recordar qué pensábamos ver allí. El mensaje de texto correspondiente, si es que está también relacionado como todos los demás, es el último que recibí: «Un lago. Una oración. Es tan encantador ser encantador en Privado».

Decido buscar información sobre Farmersburg, pero no encuentro ningún lugar de especial interés. Apenas llega a mil habitantes y lo más relevante parece ser que es un lugar conocido por albergar una cantidad enorme de torres de comunicaciones de televisión y radio.

«Este lugar no lo elegimos juntos.»

Cuando me doy cuenta, se me eriza el vello de la nuca.

Es un lugar que incorporó Finch sin decírmelo.

La última excursión

Salgo de casa a primera hora de la mañana siguiente. Cuanto más me acerco a Prairieton, más apesadumbrada me siento. Para llegar a Farmersburg tengo que pasar obligatoriamente por el Blue Hole. Estoy a punto de dar media vuelta y volver a casa porque es demasiado y es el último lugar donde desearía estar.

En cuanto llego a Farmersburg, no tengo ni idea de qué más hacer. Doy vueltas en coche por un lugar que no es grande en absoluto e intento encontrar lo que Finch quería que viese.

Busco cualquier cosa encantadora. Busco cualquier cosa que pueda tener que ver con una oración, que deduzco que debe de ser una iglesia. Gracias a internet me he enterado de que un pueblo tan minúsculo como este tiene ciento treinta y tres «lugares de culto», pero me resultaría extraño que Finch hubiera elegido uno de ellos para la última excursión.

«¿Por qué tendría que parecerte extraño? Apenas lo conocías.»

Farmersburg es uno de esos pueblos pequeños y tranquilos de Indiana con casas pequeñas y tranquilas y un centro pequeño y tranquilo. Hay las granjas de siempre, los caminos rurales de siempre y las calles numeradas de siempre. No llego a ninguna parte, de modo que hago lo que habitualmente hago: aparco en la calle principal (siempre la hay) y busco a alguien que pueda ayudarme. Al ser domingo, están cerradas todas las tiendas y restaurantes. Camino arriba y abajo, pero parece una ciudad fantasma. Todo el mundo debe de estar en la iglesia.

Regreso al coche y recorro todas las iglesias, pero no veo ninguna que resulte especialmente encantadora y tampoco veo ningún lago. Al final, me paro en una gasolinera y el chico que la atiende, que no debe de ser mucho mayor que yo, me explica que hacia el norte hay algunos lagos, junto a la US-150.

—¿Hay alguna iglesia por allí?

—Un par, al menos. Pero aquí también tenemos.

Me ofrece una sonrisa diluida.

—Gracias.

Sigo sus instrucciones hasta encontrar la US-150, que me aleja de la ciudad. Pongo la radio, pero solo hay música country e interferencias, y no sé qué es peor. Escucho las interferencias un rato antes de apagarla. Veo un Dollar General junto a la carretera y paro, pensando que tal vez puedan informarme sobre dónde están los lagos.

Detrás del mostrador hay una mujer. Compro un paquete de chicles y agua y le explico que estoy buscando un lago y una iglesia, un lugar encantador. Hace una mueca con la boca mientras aporrea la caja registradora, que es un modelo anticuado, de los años cincuenta.

—La iglesia baptista de Emmanuel está justo al lado de la autopista. Hay un lago no muy lejos. No muy grande, pero sé que lo hay porque mis niños solían subir hasta allí para nadar.

—¿Es privado?

—¿El lago o la iglesia?

—Cualquiera de las dos cosas. El lugar que ando buscando es privado.

—El lago está junto a la carretera de Privado, si te refieres a eso.

Empieza a escocerme la piel. En el mensaje de Finch, «Privado» está escrito en mayúscula.

—Sí, a eso me refería. ¿Cómo llego hasta allí?

—Sigue la US-150 dirección norte. Dejarás la iglesia baptista a la derecha y después ya verás el lago, y entonces entras en la carretera de Privado. Te desvías y ya está.

—¿A la izquierda o a la derecha?

—Solo puedes girar hacia un lado, a la derecha. La carretera es muy corta. AIT Training & Technology está allí. Verás el cartel.

Le doy las gracias y corro hacia el coche. «Enseguida llegaré y entonces todo se habrá acabado. Las excursiones, Finch, nosotros, todo.» Permanezco un momento sentada, obligándome a respirar para poder concentrarme en cada instante que pasa. Podría esperar y reservarlo para más adelante... sea lo que sea.

Pero no pienso hacerlo porque estoy aquí ahora, el coche se ha puesto en marcha y estoy yendo en esa dirección, y encuentro la iglesia baptista de Emmanuel antes de lo esperado, luego el lago, y aquí está la carretera. Me desvío y noto las palmas de las manos empapadas de sudor sujetando el volante, y tengo la carne de gallina y me doy cuenta de que todo el rato estoy conteniendo la respiración.

Paso de largo el cartel de AIT Training & Technology y veo el edificio al final de la carretera, que está aquí mismo. Es un callejón sin salida y paso por delante de AIT con la deprimente sensación de que no tiene nada de encantador y que este no puede ser el lugar. Pero si el lugar no es este, ¿adónde tengo que ir?

El coche desanda la carretera de Privado por donde he venido y es entonces cuando veo la bifurcación que antes he pasado por alto, una especie de horquilla. La sigo y ahí está el lago, y luego veo el cartel: CAPILLA TAYLOR.

Un poco más allá del cartel hay una cruz de madera de la altura de un hombre, y detrás de la cruz y del cartel veo una minúscula capilla blanca con un minúsculo campanario blanco. Más allá hay casas y a un lado el lago, de superficie verdosa debido a las algas.

Apago el motor y permanezco unos minutos en el coche. Pierdo la noción del tiempo. ¿Vendría aquí el día que murió? ¿Vendría el día antes? ¿Cuándo estuvo aquí? ¿Cómo encontró este lugar?

Salgo del coche y me dirijo a la capilla, y oigo el retumbar del corazón y, a lo lejos, los pájaros en los árboles. El calor del verano ya se percibe en el ambiente.

Giro el pomo y la puerta se abre, sin más, y el interior de la capilla huele a frescor y a limpio, como si la hubieran ventilado recientemente. Hay unos pocos bancos, puesto que es un espacio más pequeño que mi habitación, un altar de madera con un cuadro de Jesucristo, dos jarrones con flores, dos macetas con plantas y una Biblia abierta.

Las ventanas, largas y estrechas, dejan entrar la luz del sol. Tomo asiento en uno de los bancos, miro a mi alrededor y pienso: «Y ahora ¿qué?».

Me levanto y me acerco al altar y, apoyada contra uno

de los jarrones, encuentro una lámina plastificada escrita a máquina con la historia de la iglesia.

«La capilla Taylor fue creada como santuario para que los viajeros exhaustos pudieran detenerse y descansar en su camino. Fue construida en memoria de los que perdieron la vida en accidente de coche y como lugar de curación. Recordamos a los que ya no están aquí, a los que se nos fueron demasiado pronto y a los que siempre llevaremos en el corazón. La capilla está abierta al público día y noche, también los días festivos. Siempre estamos aquí.»

Ahora ya sé por qué Finch eligió este lugar: lo hizo por Eleanor y por mí. Y también por él, porque era un viajero exhausto que necesitaba descansar. Veo un papel que asoma entre las páginas de la Biblia, un sobre de color blanco. Abro por aquella página y veo unas palabras subrayadas: «Entonces brillarás entre ellos como estrellas en el cielo».

Cojo el sobre y veo mi nombre: «Ultravioleta Marcada».

Pienso en llevármelo al coche para leer su contenido, pero me siento en uno de los bancos y agradezco la madera sólida y robusta que me acoge.

¿Estoy preparada para escuchar lo que pensaba de mí? ¿Para escuchar cómo le fallé? ¿Estoy preparada para saber todo el daño que le hice y cómo podría, cómo debería haberlo salvado de haber prestado más atención, haber interpretado los signos y no haber abierto mi bocaza, de haberlo escuchado y haber sido suficiente para él y, tal vez, si lo hubiera amado más?

Abro el sobre y me tiemblan las manos. Extraigo unas hojas de papel grueso de pentagrama, una repleta de notas musicales, las otras dos de palabras que parecen la letra de la canción.

Empiezo a leer.

Me haces feliz,
Cuando estoy contigo me siento a salvo con tu sonrisa,
Me haces sentir atractivo,
Y cuando me toco la nariz simplemente me parece un po-
quito chata,
Me haces sentir especial y solo Dios sabe cuánto he desea-
do ser un chico así.
Me haces amarte,
Y eso es tal vez lo más grande que mi corazón ha sido ca-
paz de hacer...

Estoy llorando, con fuerza, hipando, como si hubiera
contenido la respiración durante muchísimo tiempo y por
fin pudiera respirar.

Me haces encantador, y es tan encantador ser encantador
para la persona que amo...

Leo las palabras una y otra vez.

Me haces feliz...
Me haces especial...
Me haces encantador...

Las leo y las releo hasta que me las sé de memoria, y
entonces doblo las hojas y las guardo en el sobre. Permanezco sentada hasta que las lágrimas cesan y la luz empieza a cambiar, a menguar, y un resplandor cálido y rosado
inunda la capilla.

Cuando llego a casa ya es de noche. En la habitación,
saco de nuevo las hojas del sobre y toco las notas con la

flauta. La melodía me llena la cabeza y se estanca allí, como si formara parte de mí, de tal modo que pasan los días y sigo cantándola.

No me preocupa que Finch y yo no grabáramos nada de nuestras excursiones. No me preocupa que no nos dedicáramos a recoger recuerdos de los lugares o no tuviéramos tiempo de componerlo todo de tal manera que tuviera sentido para cualquiera que no fuera nosotros.

Y me doy cuenta de una cosa: no es lo que te llevas, sino lo que dejas.

Hace un día ardiente de verano. El cielo luce con un azul radiante. Aparco el coche, asciendo el terraplén y me quedó un buen rato junto a la orilla cubierta de hierba del Blue Hole. Casi espero verlo allí.

Me descalzo y me lanzo al agua, me sumerjo. Lo busco con las gafas, aunque sé que no lo encontraré. Nado con los ojos abiertos. Emerjo a la superficie bajo el gigantesco cielo, inspiro hondo y me sumerjo de nuevo, a mayor profundidad esta vez. Me gusta pensar que está de excursión en otro mundo, viendo cosas que nadie puede llegar a imaginarse.

En 1950, el poeta Cesare Pavese estaba en la cúspide de su carrera literaria, era aclamado por sus colegas y su país y estaba considerado el autor italiano más destacado del momento. En agosto de aquel año se tomó una dosis mortal de somníferos y, aunque llevaba un diario, nadie supo explicarse por qué lo hizo. La escritora Natalia Ginzburg lo recordaba después de su muerte con estas palabras: «Nos parecía que su tristeza era la de un muchacho, la melancolía voluptuosa y despistada de un muchacho que todavía no tiene los pies sobre la tierra y que se mueve en el mundo árido y solitario de los sueños».

Era un epitafio que podría estar perfectamente escrito para Finch, aunque él ya se encargó de escribirlo:

«Theodore Finch: estuve vivo. Ardí con incandescencia. Y luego morí, aunque en realidad, no. Porque alguien como yo no puede morir y no muere como los demás. Permanezco ahí, como las leyendas del Blue Hole. Siempre estaré aquí, en las ofrendas y en las personas que dejé atrás».

Nado por la superficie bajo el cielo inmenso y despejado, bajo el sol, bajo todo ese azul que me recuerda a Theodore Finch, del mismo modo que todo me recuerda a él, y pienso en mi epitafio, pendiente aún de escribir, y en todos los lugares que recorreré. Ya no tengo raíces, pero floto, toda de oro. Siento que mil posibilidades nacen en mí.

nota de la autora

Cada cuarenta segundos, una persona muere en el mundo como consecuencia de un suicidio. Cada cuarenta segundos, alguien sigue aquí y debe intentar superar esa pérdida.

Mucho antes de que yo naciera, mi bisabuelo murió como consecuencia de un disparo provocado por él mismo. Su hijo mayor, mi abuelo, tenía solo trece años. Nadie sabe si fue intencionado o un accidente, puesto que, viviendo como vivían en una pequeña ciudad del sur, ni mi abuelo, ni su madre, ni sus hermanas volvieron a hablar nunca más del tema. Pero la muerte ha seguido impactando a nuestra familia durante generaciones.

Hace unos años, un chico al que conocí y amé se quitó la vida. Fui una de las personas que lo encontró. No es una experiencia de la que me guste hablar, ni siquiera con mis más allegados. Hasta la fecha, muchos de mis amigos y familiares siguen sin saber nada, si acaso saben algo, sobre el tema. Durante mucho tiempo me resultó extremadamente doloroso pensar en ello, y mucho más si cabe hablar sobre ello, pero sé que es importante expresarlo.

En *Violet y Finch*, Finch se muestra preocupado por las etiquetas. Por desgracia, el suicidio y las enfermedades mentales están envueltos bajo un gran manto de estigma social. Cuando mi bisabuelo murió, corrieron muchos rumores. Y aunque jamás hablaron de lo que sucedió aquel día, su viuda y sus tres hijos se sintieron juzgados y, de algún modo, se vieron condenados al ostracismo. Perdí al amigo que se suicidó un año antes de perder a mi padre como consecuencia de un cáncer. Ambos estuvieron enfermos de manera simultánea y murieron con catorce meses de diferencia, pero la reacción a su enfermedad y su fallecimiento no podría haber sido más distinta. La gente rara vez lleva flores a un suicida.

No supe que yo también tenía una etiqueta hasta que escribí este libro: «Superviviente después de un suicidio» o «Superviviente al suicidio». Por suerte, existen muchos recursos que me han ayudado a comprender el sentido de un suceso tan trágico como este y cómo puede llegar a afectarme, del mismo modo que existen numerosos recursos para ayudar a cualquier persona, adolescente o adulta, que se enfrenta a trastornos emocionales, depresión, ansiedad, desequilibrios mentales o pensamientos suicidas.

Es muy habitual que las enfermedades mentales y emocionales no se diagnostiquen adecuadamente, puesto que o bien la persona que padece sus síntomas se siente avergonzada y no quiere hablar de ello, o bien sus seres queridos no ven o no quieren reconocer los indicios.

Si piensas que algo va mal, exprésalo.

No estás solo.

No es culpa tuya.

Tienes la ayuda al alcance de tu mano.